Leah Cypess

Death Marked – Die Magierin der Assassinen

W0323100

cbj

© Tova Suslovich

DIE AUTORIN

Leah Cypess schrieb ihre erste Kurzgeschichte – erzählt aus der Sicht einer Portion Eis in der Tüte – mit sechs Jahren und brachte schon auf der Highschool ihren ersten Text unter Vertrag. Sie hat Abschlüsse in Biologie, Jura und Journalismus und hat unter anderem Island, Jordanien und Costa Rica bereist. Inzwischen lebt sie mit ihrem Mann und drei Kindern in Boston. Ihre Bücher schreibt sie größtenteils auf dem Spielplatz.

Von Leah Cypess ist bei cbj erschienen:

Death Marked, Band 1: **Die Magierin der Assassinen (40284)**
Death Marked, Band 2: **Das Geheimnis der Magierin (40295)**

LEAH CYPESS

DEATH MARKED

DIE MAGIERIN DER ASSASSINEN

Aus dem amerikanischen Englisch
von Katja Theiß

cbj

cbj

Kinder- und Jugendbuchverlag
in der Verlagsgruppe Random House

MIX
Papier aus verantwortungsvollen Quellen
FSC® C014496
FSC
www.fsc.org

Verlagsgruppe Random House FSC® N001967

2. Auflage
Deutsche Erstausgabe September 2015
© 2015 der deutschsprachigen Ausgabe:
cbj, Kinder- und Jugendbuch Verlag in der
Verlagsgruppe Random House GmbH, München
Alle deutschsprachigen Rechte vorbehalten
Die Originalausgabe erschien 2014 unter dem Titel
»Death Sworn« bei Greenwillow Books, HarperCollins Children's Books,
einem Teil der Verlagsgruppe HarperCollins Publishers, New York.
© 2014 by Leah Cypess
Published by Arrangement with Leah Cypess
Aus dem amerikanischen Englisch von Katja Theiß
Außenlektorat: Julia Przeplaska
Umschlagbild: Shutterstock (Mädchen © Aleshyn_Andrei,
Landschaft © Andrew Mayorsky)
Umschlaggestaltung: Nele Schütz Design
kk · Herstellung: ReD
Satz: KompetenzCenter, Mönchengladbach
Druck: GGP Media GmbH, Pößneck
ISBN: 978-3-570-40284-9
Printed in Germany

www.cbj-verlag.de

Für Aaron
Das hier ist das erste Buch, das ich angefangen und beendet habe, während wir verheiratet sind.
Außerdem habe ich beschlossen, das Buch mit der rothaarigen Wissenschaftlerin wegzuwerfen.
Deshalb ist das hier für dich.

Kapitel 1

Am schwersten sollte ihr der erste Schritt fallen. Der Höhleneingang bog so scharf um die Ecke, dass es nur eines Schrittes bedurfte: Sie tauchte vom Licht in die Dunkelheit, vom frischen Duft des Schnees in den modrigen Geruch der Erde, trat aus der Leichtigkeit einer Brise unter das Gewicht von feuchtem Stein. Ileni hielt kurz an, und das nicht nur, damit sich ihre Augen anpassen konnten. Geschmolzener Schnee rann ihr Haar hinab und tropfte in ihren Nacken. Ihre Haut war spröde vom Wind, doch im Inneren des Eingangs zu den Höhlen der Assassinen war die Luft trocken und still. Sie konnte das langsame Tropfen des schmelzenden Schnees auf Felsen hören, doch mit den nächsten Schritten würde sie den Schnee für immer hinter sich lassen – und den Wind und das Sonnenlicht und die fallenden Blätter und alles, was sie bisher gekannt hatte.

Sie machte einen weiteren Schritt nach vorne und drängte das wilde Verlangen zurück, einfach umzukehren und nach draußen zu rennen, weiter und immer weiter. Die letzten Tage hatte sie sich ganz auf ihren Weg konzentriert und nicht darauf, wo sie landen würde. Sie hatte die Anweisungen der Ältesten durch dichte Wälder und über schmale Pfade genau befolgt, so, wie sie bisher jede Herausforderung in ihrem Leben mit wilder Entschlossenheit verfolgt hatte.

Doch wozu? Sie hatte auf eine Zukunft hingearbeitet, die es jetzt nicht mehr gab. Ihre Schultern sackten herab, und plötzlich war ihr Fuß zu schwer, um ihn zu heben. Sie war siebzehn und fühlte sich so alt wie die Felsen, die sie umgaben.

Und für sie gab es keinen anderen Weg als vorwärts, tiefer in diese Felsen hinein, wo der Tod bereits auf sie wartete.

Bei ihrem dritten Schritt vertiefte sich die Dunkelheit. Ileni ballte die Fäuste so fest, dass ihre Fingernägel in den Handballen schnitten. Sie hatte genau gewusst, auf was sie sich eingelassen hatte, als sie die Mission der Ältesten angenommen hatte; sie hatte ohne Zögern mit Ja geantwortet und sich der Aufgabe gestellt. Sie würde in den Schwarzen Bergen leben, inmitten von Assassinen, ohne eine Verteidigungsmöglichkeit, wenn sie sich dazu entschlössen, sie zu töten. Nur weil die Felsen sich enger um sie zogen, würde sie jetzt nicht aufgeben. Sie zwang sich weiter voran.

Eine Gestalt schoss lautlos aus den Schatten und sie krachte mit ihr gegen die raue Steinwand.

Ileni schrie, kurz und schrill, und keuchte dann in der Stille. Ein muskelbepackter Arm presste sich gegen ihre Brust und etwas Scharfes und Kaltes wisperte über ihre Kehle. Eine Messerklinge.

Aber sie war immer noch am Leben. Das Messer berührte nur ihre Haut und ritzte sie nicht. Ilenis Herz schlug gegen ihre Rippen, und sie beschwor instinktiv ihre Magie, bevor ihr wieder einfiel, dass sie das nicht tun sollte. Stattdessen hob sie ihre Hände und presste mit aller Kraft gegen den Arm, der sie gefangen hielt. Sie hätte genauso gut versuchen können, die Mauer hinter sich zu bewegen. Ihr Angreifer nahm ihren Versuch noch nicht einmal zur Kenntnis.

Ileni zwang ihre Hände zurück an ihre Seite und sagte in ihrer kältesten Stimme: »Das Messer ist eigentlich überflüssig oder sehe ich das falsch?«

Während sie sprach, rief sie ein Magierlicht herbei.

Ihre Schultern verkrampften sich unter der Anstrengung und ihre Augen brannten. Nur ein paar Monate zuvor hätte sie so einen kleinen Spruch kaum gespürt. Sie ignorierte die Schmerzen und konzentrierte sich auf das Gesicht ihres Angreifers, das durch die Kugel von weißem Licht über ihm beleuchtet wurde.

Es war ein scharf geschnittenes, fast dreieckiges Gesicht mit hohen Wangenknochen, die sich vom Kinn bis hoch zu den kohleschwarzen Augen zogen. Er sah etwas jünger aus als sie, aber etwas Hartes lauerte in diesen Augen, etwas, das ihn als Assassinen auszeichnete.

»Ich entscheide, was notwendig ist«, sagte er. Seine Stimme war tief mit einem rauen Klang. »Wie hast du den Eingang zu unseren Höhlen gefunden?«

Es kostete sie etliche Mühe, trotz der scharfen Klinge am Hals ungezwungen zu reagieren, aber Ileni rollte nur die Augen. »Was glaubst du denn? Die Ältesten haben es mir verraten.«

Er trat so abrupt zurück, dass Ileni das Gleichgewicht verlor. Als sie sich wieder gefangen hatte, war das Messer in seiner grauen Tunika verschwunden.

Ileni atmete tief durch, dankbar dafür, dass sie nun die kühle Luft anstatt des Stahls auf ihrer Haut spürte. Nicht dass er sie nicht auch mit bloßen Händen töten könnte, ... und niemand wusste schließlich, wie Absalm und Cadrel gestorben waren. »Ich bin eine Renegai-Magierin«, schnappte sie. »Was hast du denn geglaubt, wer ich bin?«

»Ich habe nicht ...« Seine dunklen Augen verengten sich. »Die Renegai haben noch nie eine Frau als Lehrerin zu uns geschickt.«

»Gibt es etwas in unseren Vereinbarungen, was dagegenspricht?« Ihre Worte hingen wie eine Herausforderung zwischen ihnen.

Geschmolzener Schnee kroch ihren Nacken und den Rücken hinunter, schlängelte sich träge ihr Rückgrat entlang, und es juckte sie, danach zu fassen und ihn wegzureiben. Sie zwang sich, nichts zu sagen einfach nur, um das Schweigen zu brechen. Schließlich wandte sich der Assassine um und sagte: »Komm mit.«

Ileni atmete tief durch und hoffte, er würde es nicht mitbekommen. Sie folgte ihm den dunklen Korridor entlang. Das Magierlicht schwebte über ihrer Schulter, und sie fragte sich, ob es wirklich angebracht war, sich so erleichtert zu fühlen. Zwei Minuten nach ihrer Ankunft nicht getötet worden zu sein … nun ja, das war doch schon einmal etwas. Ein Anfang.

Wahrscheinlich besser als alles, was man zu Hause von ihr erwartete.

Die Ältesten hatten freundlich, aber unumwunden erklärt, dass sie sie schickten, da sie ersetzbar war. Wenn sie herausfand, wer ihre Vorgänger ermordet hatte, dann war das sicher hilfreich, doch wenn ihr das nicht gelang – und sie hatten ihr keine großen Hoffnungen gemacht – dann erkaufte sie ihnen zumindest Zeit. Im Grunde musste sie ihnen dankbar sein für ihre Ehrlichkeit und den ihr erwiesenen Respekt, aber sie konnte sich nicht dazu durchringen. Wie eine Mauer hielt die Bitterkeit in ihr jegliche versöhnlichen Gedanken fern.

Mehr als alles andere war sie es leid, verbittert zu sein. Verbittert und traurig und wütend. Sie vermisste ihr früheres Ich – ein Ich, an das sie kaum Erinnerungen hatte, obwohl es erst vor sechs Monaten verschwunden war –, sie vermisste ihr Leben, das glücklich gewesen war und einen Sinn gehabt hatte.

Der Assassine lief mit sicherem, unerbittlichem Schritt voraus. Ileni weigerte sich, schneller zu gehen, um mit ihm mitzuhalten. Innerhalb von Sekunden hatte ihn die Dunkelheit verschluckt. Das Magierlicht reiste mit ihr und spendete genug Licht, um die schartigen Felswände zu erkennen. Stalaktiten hingen von der niedrigen Decke. Wie Klingen – gerade hoch genug, dass sie ihren Kopf nicht berührten, aber dennoch so niedrig, dass sie fürchtete, es könnte doch passieren. Wahrscheinlich waren sie extra so entworfen worden, um jeden, der die Höhlen der Assassinen betrat, in Angst und Schrecken zu versetzen. Sie zog den Kopf nicht ein.

Hinter einer Biegung im Gang verschwand die Dunkelheit. Sie stand an der Schwelle zu einer großen Höhle, einem einzigen Labyrinth aus Säulen, die von Dutzenden von leuchtenden Steinen angestrahlt wurden, die in die aufragenden Mauern eingelassen waren und nicht von dieser Welt zu sein schienen. Zapfen aus vielfarbigen Steinen hingen von der Decke und stiegen vom Boden empor, griffen wie Finger nacheinander. Das Ganze wirkte wie eine majestätische Halle, jedoch waren die Formen der Steine und ihre unerwartet schimmernden Farben nichts, was sich der menschliche Geist hätte ausdenken können.

Der Assassine kauerte auf einer kürzeren, dickeren Säule, sein Körper bildete einen Bogen von gespannten Muskeln unter den unscheinbaren grauen Kleidern. Er sah mehr wie eine Waffe denn wie ein Mensch aus. »Schön, nicht wahr?«, sagte er. »Haben dir die Ältesten davon nichts gesagt?«

»Aber ja doch«, antwortete Ileni steif, während sie das Magierlicht ziehen ließ. Was sie tatsächlich gesagt hatten, war: *Teile der Höhlen sind wunderschön, doch lass dich dadurch nicht von dem Bösen ablenken, das sie enthalten.* »Ich habe nur nicht erwartet, es schon so bald zu sehen.«

»Wir haben den Eingang absichtlich hierher gebaut«, sagte er. »Es beeindruckt die … Beeindruckbaren.«

»Was für ein scharfer Verstand«, sagte Ileni. »Bring mich am besten zu meiner Unterkunft, damit ich mich davon erholen kann.«

Er blinzelte. Vielleicht hatten die anderen Lehrer trotz ihrer Stellung und ihrer vermeintlichen Immunität gezögert, ausgebildete Killer offen anzugehen. Doch Ileni hatte die letzten sechs Monate eine schicksalsergebene Sorglosigkeit an den Tag gelegt. Einen großen Teil ihrer selbst würde es nicht kümmern, wenn er sie töten würde.

Der Rest von ihr war dagegen sehr erleichtert, als er nur den Kopf neigte und sagte: »Selbstverständlich. Ich werde diesmal langsamer gehen, aber sag mir ruhig, wenn du nicht mitkommst.«

Als er von seinem Sitzplatz aufsprang, ging auch sie weiter, und als er die andere Seite der Höhlen erreichte, war sie nur einen Schritt hinter ihm. Sie schnippte die Finger gegen seinen Nacken und zog dabei eine winzige Haarsträhne heraus. Blitzschnell wirbelte er herum und spannte eine Hand über ihrer Kehle, bevor sie überhaupt begriff, dass er sich bewegt hatte.

Seine Finger legten sich ohne Druck um ihren Hals, doch sie konnte in seinen gnadenlosen Augen erkennen, dass es ein Leichtes für ihn wäre, den Griff zu verstärken. Es kostete sie allen Mut, ihre Stimme nicht nur gleichmäßig, sondern auch noch irritiert klingen zu lassen, und ihn so abzulenken, während sie ein Haar in den Ärmel ihrer Tunika gleiten ließ. Mit etwas Glück würde er denken, sie hätte ihn nur angeschnipst, um seine Aufmerksamkeit zu erhaschen. »Angriffe mit vorgehaltenem Messer sind eine Sache. Unverschämtheit ist eine andere. Ich werde das von meinen Schülern nicht dulden.«

Er ließ sie los, ließ seine Hände wieder herabsinken. »Es ist nicht sonderlich weise, einen Assassinen zu überraschen.«

»Manchmal bin ich nicht weise.«

Er begutachtete sie kalt, als würde er abwägen, ob er sie nicht doch noch töten sollte. Dann wandte er ihr den Rücken zu und ging weiter.

Ileni griff sich vorsichtig an die Kehle und folgte ihm. »Bringst du mich zu … zum Meister?«

Er neigte leicht den Kopf, ohne ihr das Gesicht zuzudrehen. »Nein. Ich bringe dich auf dein Zimmer.«

Ileni durchlief ein Schauer der Erleichterung. Die Ältesten hatten sie vor dem Meister der Assassinen gewarnt, der alles wusste, was in diesen Höhlen passierte, und absolute Kontrolle über seine Schüler ausübte. Er war so alt, dass keiner wusste, wann er wirklich geboren war, und hatte viele Namen – die Schwunghand der Hundert lebenden Klingen, der Puppenspieler, der Architekt –, doch wenn die Menschen »Meister« sagten, wusste jeder, wer damit gemeint war. Selbst unter den Renegai. Er war der gefährlichste Mann überhaupt.

Ileni wollte ihm nicht begegnen. Doch sie wusste, dass sie ihm gegenübertreten musste, irgendwann … aber jetzt, nachdem sie gerade erst die Höhlen betreten hatte, war dieser Augenblick nicht gekommen. Noch nicht.

Drei Gänge taten sich am Ende der majestätischen Höhle auf, und der Assassine schwenkte geschmeidig ab, um sie in den zur Rechten liegenden Gang zu geleiten. »Danach zeige ich dir den Trainingsraum, wo du diejenigen von uns unterrichten wirst, die in Magie bewandert sind.«

»Gehörst du auch dazu?«

»Ja.« Er ließ das »selbstverständlich« unausgesprochen. »Ich habe mich unter deinem Vorgänger am geschicktesten angestellt.«

Das konnte stimmen. Ileni spürte zwar keine große Zauberkraft in ihm, aber manchmal besaßen selbst Menschen mit geringer Kraft große Geschicklichkeit.

»Das bedeutet nicht viel«, war alles, was sie sagte. »Er war nicht lange genug am Leben, um wirklich aussagekräftige Tests durchzuführen.«

Der geschmeidige Gang des Assassinen stockte für den Bruchteil einer Sekunde. Da sie hinter ihm ging, erlaubte sie sich ein Lächeln.

Er sah über die Schulter zurück. Das Licht fiel auf sein Haar und ließ es so golden wie das von Tellis aussehen – was ihr Herz schneller schlagen und schließlich schmerzen ließ. »Ich habe auch bei seinem Vorgänger das größte Potenzial bewiesen, und dieser hat viel länger durchgehalten. Außerdem war er ein besserer Lehrer. Mit der Qualität unserer Ausbilder scheint es abwärts zu gehen.«

»Parallel zu ihrer Lebenserwartung vielleicht?«, hielt Ileni dagegen. »Diese Höhlen sind für Magier gefährlich geworden.«

»Diese Höhlen waren niemals ein sicherer Ort, Lehrerin.«

War das eine Warnung oder eine Drohung? »Ich heiße Ileni«, sagte sie schließlich.

»Mein Name ist Sorin.«

Die Mauern waren auf beiden Seiten glatt und eben, mit glimmenden eingelassenen Steinen, die ein sanftes weißes Licht durch den Gang warfen. Abgesehen von der trockenen Luft und dem beklemmenden Gefühl, dass über ihrem Kopf bedrohlich schwere Felsmassen hingen – beides möglicherweise Produkte ihrer Fantasie –, hätte sie genauso gut auch in einem von Menschen erschaffenen Gebäude sein können. In den steinernen Gefängnissen des Imperiums etwa, wo – so sagte man – all jene hingeschickt wurden, die sich dem Imperator entgegenstellten, und wo man nie wieder das Licht der Sonne sah.

Sie war zu müde, um sich die unzähligen Kurven und Abzweigungen, denen sie folgten, einzuprägen – der Weg führte sie durch geschwungene Torbögen und glatte rechteckige Öffnungen, die in weitere kurvige Gänge mündeten. Als Sorin schließlich vor einer echten Holztür anhielt, hatte sie den Eindruck, dass sie bereits tief unter der Erde vergraben sein mussten, mit Tonnen von Felsen, die drückend über ihr lagerten.

»Das hier wird deine Unterkunft sein«, sagte Sorin, während er die Tür aufstieß. Kein Schloss, wie Ileni bemerkte – aber sie spürte das Vibrieren von Schutzsiegeln durch die hölzerne Tür, Schichten von ineinandergreifenden Sprüchen, immer wieder verstärkt von verschiedenen Magiern, die hier gelebt hatten. Eine der Aufgaben der Renegai-Lehrer bestand darin, die Assassinenhöhlen gegen magische Angriffe zu schützen, doch diese Siegel, kleiner und dichter, waren gegen alles und jeden gerichtet. Wenn sie erst einmal drinnen war, würde niemand sonst mehr die Tür öffnen können.

Sie schluckte schwer und war unglaublich dankbar für diesen sicheren Ort – wie klein und begrenzt er auch sein mochte.

Natürlich hatte Cadrel noch vor ein paar Wochen hier gelebt, und vor ihm Absalm. Die Siegel hatten keinen der beiden vor dem Tod bewahrt.

Zu ihrer Überraschung war der Raum mit einem freundlich bunten Teppich ausgestattet, der über den Steinboden geworfen worden war, und ein Webteppich hing an der Wand bei ihrem Bett. Nichts Besonderes, keineswegs – auf die meisten würde der Raum sicher spartanisch wirken –, aber er war im Vergleich zu ihrem Zimmer auf dem Ausbildungsgelände für Magier geradezu opulent. Dort hatte sie eine rechteckige Zelle gehabt mit einem Bett, einer Kleidertruhe, einem winzigen Fenster und sonst gar nichts. Und die Betten waren erst kürzlich eingeführt worden. Nach langen, heiß ausgefochtenen Kämpfen hatte man sie letztendlich erlaubt, aber nur, weil die Matratzen auf dem Boden viel schneller von Insekten befallen wurden. Entbehrung, so war ihnen immer wieder gesagt worden, war notwendig, um Magie aufzubauen.

Sie spürte, wie ihre Lippen leicht bebten, und wandte sich zur Ablenkung Sorin zu, damit die Bitterkeit sie nicht überflutete. Sie erwischte ihn dabei, wie er sie abschätzend musterte, und es schien ihr erneut, als würde er über ihr Schicksal entscheiden. Sie begegnete seinem Blick und fühlte sich dabei wie Beute. Sie hatte gesehen, wie schnell er sich bewegen konnte. Wenn er sich entschließen würde, sie zu töten, dann würde sie es wahrscheinlich erst begreifen, wenn sie bereits starb.

Vielleicht war das eine Gnade.

Doch er lehnte sich nur an den Türrahmen und sagte: »Ich zeige dir jetzt den Trainingsbereich. Du fängst morgen mit dem Unterrichten an.«

»Gleich. Ich würde vorher gerne auspacken.«

Sorin begutachtete ihr Bündel, das kaum die Größe eines Kochtopfes hatte, und sah dann sie an. Ileni lächelte höflich.

»In Ordnung«, sagte er. »Ich komme zurück, wenn ich deine Ankunft gemeldet habe.«

Ileni wartete, bis er die Tür hinter sich geschlossen hatte, dann zog sie eine Rolle Kleider aus ihrem Packen und leerte den Rest des Inhalts auf den Boden.

Zwölf flache schwarze Steine schlugen dumpf auf den Teppich. Ileni warf das leere Bündel aufs Bett, ließ sich in den Schneidersitz fallen und arrangierte die Steine sorgsam in einem asymmetrischen Muster. Sie arbeitete schnell, ihre halbe Konzentration war auf die Tür gerichtet, doch es dauerte ein paar Augenblicke, bis die Muster absolut richtig lagen. Schließlich wollte sie ihr Zimmer nicht schon am ersten Tag in die Luft sprengen. Später vielleicht, wenn es notwendig würde.

Falls sie es dann überhaupt noch konnte.

Sie schob den Gedanken von sich, schloss ihre Augen und stellte sich die Worte vor, die sie sagen wollte. Sie erschienen ihr immer in Farbe, schimmerten leicht von innen und waren in der melodischen Abfolge ineinander verschlungen, die sie gelernt hatte. Sie holte das Haar hervor, das sie aus Sorins Nacken gezupft hatte, und hielt es in den Fingerspitzen.

Während sie die Silben des Spruches zwischen ihren

Zähnen zusammensetzte, berührte sie jeden der Steine mit dem Haar und hielt es dann gespannt zwischen ihren Händen. Die Worte des Spruchs waren geräuschlos, obwohl sie sie sprach; doch anstelle eines Tons entwich reine Kraft ihrem Mund. Sie splitterte in der Luft, und Ileni spuckte die Worte schneller und schneller aus, stieß sie von sich. Als sie den Höhepunkt des Zaubers erreichte, schrie sie, obwohl der Raum still blieb.

Mit der letzten Silbe ließ sie auch das Haar los. Statt zu Boden zu schweben, verschwand es so geräuschlos wie die Überreste des Zaubers.

Ileni senkte die Hände, ihre Kehle war rau. Ein Schweißtropfen kitzelte sie am äußeren Rand ihres einen Auges. Es wurde immer schwieriger. Noch vor einem Jahr war dieser Zauber nicht mehr als eine Aufwärmübung für sie gewesen. Damals hatte sie ihn ohne die Steine geschafft. Tellis hatte sich dankenswerterweise jeglichen Kommentar verkniffen, als er sie ihr gegeben hatte.

Sie hatte sich seit Tagen nicht erlaubt, auch nur an Tellis zu denken, und die plötzlich aufflammende Erinnerung tat weh wie ein Schlag in die Magengrube. Bevor sie es verhindern konnte, durchfluteten Bilder ihren Kopf: Tellis' hageres, zerfurchtes Gesicht, die blonden Haare, die ihm über die dunkelblauen Augen fielen. Wie diese Augen ihr einst den Atem geraubt hatten.

Sein Blick, als sie von ihrer zweiten Prüfung zurückgekehrt war. Der Ausdruck auf seinem Gesicht, der ihr verriet, dass er bereits wusste, was die Ältesten gesagt hatten. Dass er akzeptierte, was nun passieren würde.

Dieser Blick hatte sie dazu bewogen, die Mission der Ältesten anzunehmen, hierherzukommen in diese Höhlen voller Mörder, wo innerhalb eines halben Jahres zwei ihrer eigenen Leute gestorben waren. Sie hatte geschworen herauszufinden, *warum* sie gestorben waren, bevor sie selbst diesem Schicksal erliegen würde, aber es war ein leeres Versprechen. Wie standen die Chancen, dass sie – eine 17-Jährige mit rasch schwindenden Kräften – das überleben konnte, was zwei ältere, erfahrene Magier das Leben gekostet hatte?

Doch es hatte sie nicht gekümmert, wie gefährlich oder wie einsam es werden würde. Sie wollte vor allem Abstand zu denen, die sie für wertlos hielten. *Hier* sah sie sicher niemand mitleidig an.

Ilenis Mundwinkel hoben sich – zwar nur ein klein wenig, aber seit dem Treffen mit den Ältesten konnte sie ihre Situation zum ersten Mal mit Humor sehen. Die Leute hier würden ihr nicht mit Mitleid begegnen, da sie zu sehr damit beschäftigt waren, sie umzubringen. Das war doch schon mal etwas.

Jetzt, wo Meilen zwischen ihr und ihrem beschämenden Abschied lagen, war sie dankbar dafür, dass Tellis ihr nicht erlaubt hatte, die Schutzsteine – sein letztes Geschenk – zurückzuweisen. Sollte Sorin sie in irgendeiner Art und Weise verletzen wollen, würde er auf größeren Widerstand stoßen als erwartet.

Die Steine schlugen gegeneinander, als sie sie in ihr Bündel packte. Eine Gefahr weniger, aber ihr standen noch etliche bevor.

Sie schob ihr Bündel unters Bett und wartete auf die Rückkehr des Assassinen.

Kapitel 2

Hoch oben aus einem winzigen schwarzen, aus Stein geschnittenen Raum beobachtete der alte Mann die glatten Felsen vor den Höhlen der Assassinen, die verlassen dalagen, seit die Magierin ihren Weg hinein gefunden hatte. Leichter Schnee wirbelte durch die kalte graue Luft und verdeckte bereits ihre Spuren.

Die Renegai hatten zum allerersten Mal eine Frau geschickt und zum ersten Mal war es jemand Junges. Das Mädchen war nicht sonderlich auffällig, jedenfalls nicht aus der Ferne: Sie war dünn und klein und die zurückgeworfene Kapuze hatte glanzlose braune Locken offenbart. Der Schnee, der über ihr Gesicht wisperte, schien ihr nichts auszumachen. Und sie hatte sich dem Eingang vorsichtig, aber ohne jegliches Zögern genähert.

Ihr Vorgänger war dagegen sichtbar angespannt gewesen, als er über die Felsen kletterte. Und sein Vorgänger wiederum, von Anfang an ganz theatralisch, war mehrere Fuß über den Felsen emporgeschwebt und dann unbeeindruckt zum Eingang gesegelt.

Die Tür hinter ihm öffnete sich. Das Geräusch überraschte den alten Mann nicht; er wusste genau, wie lange Sorin brauchte, um die Magierin in ihr Quartier zu begleiten, und er war sich sicher, dass sie um etwas Zeit für sich gebeten hatte. Er wusste nur nicht, ob der Junge sich umgezogen hatte, bevor er hierherkam. Darüber hatte er mehr als eine Minute nachgedacht und dann getippt, dass Sorin es wohl tun würde.

Er hatte falsch geraten – etwas, was ihm nur noch äußerst selten passierte. Er konnte den feuchten Schweiß riechen, der in der Tunika des Jungen hing, als Sorin den schmalen Raum durchquerte und sich tief verbeugte. »Meister.«

»Sorin«, begrüßte ihn der Meister der Assassinen, und sein Schüler erhob sich mit geschmeidiger Anmut aus seiner Verbeugung.

»Die neue Renegai-Lehrerin ist hier«, sagte Sorin. »Ich hatte den Eingang im Auge, als sie auftauchte, also habe ich sie zu ihrer Unterkunft gebracht.«

Seine Stimme verriet keine Wut darüber, dass man ihn nicht über die mögliche Ankunft eines Magiers informiert hatte, was seinem Meister gefiel. Sorin schien zu wissen, dass es sich um eine Prüfung handelte: Dass man ihn dazu auserkoren hatte, den Eingang zu bewachen, und ihn absichtlich nicht informiert hatte, was ihn erwartete.

»Was hältst du von ihr?«

»Nichts«, antwortete Sorin, ohne zu zögern. »Ich hatte mit ihr nicht mehr als ein paar Minuten zu tun. Jegliche Einschätzung wäre voreilig und würde mich später beeinflussen.«

»Sehr gut«, sagte der Meister. »Das ist die richtige Antwort. Und jetzt sag mir, was du wirklich denkst.«

Sorin wandte sich ihm zu und junge dunkle Augen starrten geradewegs in alte blaue. Nicht viele seiner Schüler in den Höhlen hielten dem Blick ihres Meisters mehr als ein paar Sekunden stand. »Das ist, was ich wirklich denke, Meister«, sagte er.

Der Meister glaubte ihm und damit hatte er zum zweiten Mal in nur einer Stunde falschgelegen. Einen weniger starken Mann mochte das irritieren, doch er war fasziniert. Es gab herzlich wenig, was ihn noch überraschen konnte. »Du wirst es weit bringen, Sorin«, sagte er. »Und dann wird der Tag kommen, an dem du nicht in der Lage sein wirst, alle Informationen zu bekommen, die du haben möchtest – und du wirst eine Entscheidung treffen müssen, die auf nicht mehr basiert als auf dem, was du heute gesehen hast.«

»Selbstverständlich«, antwortete Sorin. »Aber es gibt keinerlei Anlass, davon auszugehen, dass dieser Tag heute ist.«

Erfreut und belustigt lächelte der Meister. »Nun, dann sammle so schnell du kannst Informationen. Ich übertrage sie deiner Verantwortung.«

»Ja, Meister.«

Der alte Mann betrachtete ihn und fragte sich insgeheim, wie viel der Junge ahnte. Er erinnerte sich noch gut an jenen Tag, als Sorin in die Höhlen gebracht worden war, halb verrückt und vollkommen ungebändigt, bereit, nur um seines Zornes willen zu sterben. Nun, da die Wut gebändigt und kanalisiert war, war Sorin ein mustergültiger Assassine, einer der besten, aber dennoch nur ein Mittel, ein Werkzeug, selbst wenn er ein fein geschliffenes war. Scharf, tödlich, und geradlinig.

So dachte sein Meister, jedenfalls meistens. Doch dann gab es diese Momente, in denen seine Voraussagen sich als falsch erwiesen.

Er hatte immer noch nicht herausgefunden, warum das so war, weshalb er Sorin weiterhin testete. Wenn sonst nichts dabei herauskam, so versorgte es ihn zumindest mit neuen und interessanten Informationen über den Jungen. Selbst wenn Sorin sterben würde, wären die Informationen hilfreich.

Das waren Informationen immer.

»Geh jetzt«, sagte er. »Bring sie unbedingt erst in den Trainingsbereich, wenn die fortgeschrittenen Schüler dort üben, damit sie sieht, wozu wir fähig sind.« Er kicherte mehr für sich als für den Jungen. »Oder vielmehr einen Teil dessen, wozu wir fähig sind. Der Rest kann noch ein paar Tage warten.«

»Ja, Meister.«

Weil er einen Hauch von Zweifel in Sorins Stimme

spürte, wurde der alte Mann ernst und suchte den Blick des Jungen. Sorin zuckte zusammen und beugte dann seinen Kopf wie unter einer unerwarteten Last.

»Geh«, sagte der Meister kalt. »Du trägst die Verantwortung für sie. Nimm diese Aufgabe sehr ernst. Ich möchte nicht, dass ihr dasselbe zustößt wie den anderen.«

Worüber redete man, wenn man mit einem ausgebildeten Killer durch unterirdische Gänge spazierte? Während sie Sorin durch einen von Glimmsteinen erhellten Durchgang folgte, spielte Ileni mehrere Möglichkeiten, ein Gespräch anzufangen, durch und verwarf sie gleich wieder, darunter *Das Wetter hier unten ist erstaunlich freundlich* sowie *Und, wie viele Menschen hast du umgebracht?* Sorin schritt grimmig immer einen Schritt vor ihr her und machte keine Anstalten, von sich aus ein Gespräch zu beginnen.

Der Gang neigte sich in einer beständigen Kurve nach unten, weshalb es Ileni leicht übel wurde. Als sie schließlich den richtigen Treppenstieg erreichten, waren sie einmal komplett im Kreis gegangen, da war sie sich sicher. Das wiederum bedeutete, dass sie sich eine ganze Ebene unter ihrem Zimmer befanden. Und jetzt gingen sie sogar noch tiefer. Die Felswände näherten sich bedrohlich. Ihre Sicht verschwamm und sie konnte nicht atmen.

Lass das! Es konnte gut sein, dass sie den Rest ihres Lebens unterirdisch verbrachte. Besser, sie gewöhnte sich rasch daran.

Der Treppenstieg bestand aus einer steilen Spirale aus rauem weißem Stein, die sich manchmal so eng zuzog, dass Ileni langsamer machen musste, um sich durchzuzwängen. In unregelmäßigen Abständen unterbrachen gleichermaßen enge Durchgänge mit etlichen scharfen Windungen die Wendeltreppe. Die glimmenden Steine in den Wänden leuchteten den Weg gut aus, doch der Effekt war eher unheimlich. Jedes Mal, wenn Ileni um eine Ecke bog, musste sie sich zwingen, nicht zurückzuzucken, denn ihr Körper erwartete, dass irgendjemand – oder irgendetwas – ihr auflauerte.

Wie sie feststellte, waren die Stufen gut zu verteidigen. Im Falle eines Angriffs konnten ein paar Männer das Innere der Höhlen leicht gegen eine Armee sichern. Die viel gerühmte Uneinnehmbarkeit dieser Höhlen war keine Legende.

Am Ende des dritten Treppenabsatzes traten sie in eine große Höhle. Von ihr zweigten drei Gänge ab und nur die Mitte war erleuchtet.

»Die linke Abzweigung führt in den Haupttrainingsbereich«, sagte Sorin.

Ileni kniff die Augen zusammen. Sie konnte keine Steine in den Wänden erkennen. »Es ist dunkel.«

»Das stimmt.«

Sie würde ihm keine Gelegenheit geben, sich auf ihre Kosten lustig zu machen. »Na, dann du zuerst.«

Sorin hob die Hand und auf seiner Handfläche glomm

ein gelbes Licht auf. Er betrat den Gang mit erhobener Hand, um den Weg auszuleuchten.

Ileni folgte vorsichtig. Der Durchgang wurde immer enger, je weiter sie kamen, bis sie nicht mehr nebeneinanderher laufen konnten. »Ein normales Magierlicht wäre viel einfacher.«

»Manchmal bin ich nicht einfach.«

Sie blinzelte. Er blickte flüchtig ohne auch nur einen Hauch von Flapsigkeit über seine Schulter zu ihr und wandte sich dann wieder nach vorne.

Ileni beobachtete seinen Rücken, da das alles war, was sie erkennen konnte. Die graue Tunika straffte sich über seinen Schultern, wenn er sich bewegte, und ein ungebändigtes blondes Haarbüschel stand am Schopf ab. »Welcher meiner Vorgänger hat dich diesen Trick gelehrt?«

»Absalm«, sagte Sorin. »Cadrel war nicht lange genug da, um mir irgendetwas beizubringen.«

Absalm war vor seinem Tod zehn Jahre Lehrer der Assassinen gewesen, weshalb niemand misstrauisch wurde, als er dieses Jahr gestorben und die Anfrage nach seinem Ersatz eingetroffen war. Die Ältesten hatten Cadrel geschickt, einen Magier mittleren Ranges mit freundlichem Lächeln und einem Talent zum Kochen. Er war entsandt worden, kurz nachdem die Ältesten beschlossen hatten, Ilenis schwindende Kräfte einer weiteren Prüfung zu unterziehen, weshalb sie dem Ganzen keine große Aufmerksamkeit geschenkt hatte.

Als zwei Monate später ein Bote ankam und berichtete, dass auch Cadrel tot war, hatte die Prüfung bereits ihre schlimmsten Ängste bestätigt. Selbst die Gerüchte, wie Cadrel gestorben war, hatten den Nebel nicht durchbrochen, der sie umgab. Erst als die Ältesten sie herbeizitierten, war ihr Interesse geweckt. Doch da war es selbstverständlich längst zu spät gewesen.

Sie hätte dem Ruf nicht entrinnen können, selbst wenn sie es gewollt hätte. Seit die Ältesten ihr offenbart hatten, dass ihre Aufnahme auf das Gelände der Magier ein Fehler gewesen war, dass ihre Kräfte schwinden würden, wie sie das bei Massen von gewöhnlichen Renegai taten, hatte sie nur überlebt, indem sie sich ganz auf den jeweils vor ihr liegenden Schritt konzentriert hatte. Die Ältesten hatten ihr dabei geholfen, indem sie ihr eine neue, fast unlösbare Aufgabe übertragen hatten: herauszufinden, was den zwei Lehrern widerfahren war, die vor ihr diese Höhlen betreten hatten.

Vielleicht waren ihre Tode Unfälle, hatten die Ältesten gesagt, doch es hatte nicht so geklungen, als wären sie auch nur annähernd überzeugt. Um ehrlich zu sein, wollte Ileni nicht, dass ihre Tode Unfälle waren. Denn sonst hätte sie kein Ziel mehr, keine Aufgabe für die Zeit, in der sie auf ihren eigenen Tod wartete. Dann war sie wahrhaftig entbehrlich. Eine Assassinenverschwörung aufzudecken war ihr um ein Vielfaches lieber.

Falls ihr das gelingen würde.

Eigentlich konnte sie gleich loslegen. »Cadrel hat hier fast zwei Monate gelebt, oder? Da hatte er doch sicher Zeit, dir *irgendetwas* beizubringen.«

»Nicht viel«, sagte Sorin. »Während er hier war, war ich die meiste Zeit in einer Mission unterwegs.«

In einer Mission. Sie wusste, was das bedeutete. »Weißt du, wie er gestorben ist?«

Sorin blieb stehen und wandte sich zu ihr um. Das gelbe Glimmen erhellte sein Gesicht und ließ ihn hart und gefährlich erscheinen ... oder vielleicht war das auch das Wissen, dass er vor ein paar Wochen jemanden umgebracht hatte. »Er ist hier den letzten Treppenabsatz hinuntergestürzt und hat sich am Kopf verletzt. Die Höhlen sind gefährlich, wenn man sie nicht gut kennt.«

»Dann werde ich vorsichtig sein«, sagte Ileni. Sie schnippte aus dem Handgelenk heraus, und auf einmal erhellte ein weißes Licht, das von nirgendwo zu kommen schien, den Gang. Der Zauber war nicht viel schwieriger als das Heraufbeschwören eines Magierlichtes, doch sie fühlte in der Magengrube, wie ihre Kraft schwach flackerte. »So erkenne ich besser, wo ich hintrete.«

In der plötzlichen Helligkeit verblasste Sorins gelbes Licht fast gänzlich. »Ich bin mir sicher, dass Cadrel den Weg genauso hell beleuchtet hat.«

»Er war nicht so stark wie ich«, sagte Ileni matt. Irgendwie stimmte das sogar. »Ich habe gehört, dass Absalm stärker war. Ist *er* auch bei einem Sturz ums Leben gekommen?«

»Nein.« Sorin ballte seine Hand zur Faust und das gelbe Licht verschwand. »Absalm ist ertrunken.«

Ileni blickte auf die dunklen Wände, auf die trockenen Felsen, die sie umgaben. »Wo ist er ertrunken?«

»Wir wissen nicht, wo er gestorben ist. Wir wissen nur, wo wir seine Leiche gefunden haben.«

Noch bevor sie die nächste offensichtliche Frage stellen konnte, drehte er ihr den Rücken zu und stapfte weiter.

Ileni unterdrückte den Impuls, zu den Treppenstiegen zurückzuschauen. Selbst wenn Sorin die Wahrheit über Cadrels Tod gesagt hatte – und es erschien ihr lächerlich, deshalb zu lügen –, dann musste er sie zumindest über das *Wie* angelogen haben. Selbst zwei Monate nach seiner Ankunft war Cadrel in den Höhlen ganz sicher mehr als vorsichtig gewesen.

Sie erreichten das Ende eines weiteren Treppenstiegs, der in eine große Höhle hinunterführte. Hell erleuchtet durch Hunderte von glimmenden Steinen in den Wänden, lag sie vor ihnen. Ileni hatte noch nie so viele Glimmsteine auf einmal gesehen. Sie ließ das weiße Licht verlöschen und unterdrückte ein erleichtertes Seufzen, als die Anstrengung nachließ, den Zauber zu halten, und der Gang hinter ihr wieder in Dunkelheit versank.

Die Wände der gewaltigen Höhle waren rau und zerklüftet und die hohen Decken waren über und über mit Stalaktiten besetzt. Die Glimmsteine beleuchteten Dutzende von jungen Männern, deren Oberkörper unbekleidet waren und vor Schweiß glänzten, während sie sich mit schnellen, tödlichen Bewegungen gegenseitig attackierten. Dabei berührten sie sich nicht, und so ähnelten diese Attacken trotz ihrer Stöße und Tritte, die ganz offensichtlich darauf angelegt waren zu verletzen, mehr einem Tanz denn einem Kampf. Es war Furcht einflößend, anmutig und seltsam schön.

Außerdem – das bemerkte Ileni erst, als sie näher trat – stank es.

Die Assassinen waren zwischen zehn und … so alt wie … nicht sehr alt; keiner von ihnen war auch nur annähernd dreißig, soweit sie das sagen konnte. Der üble Geruch nach Schweiß lenkte Ileni fast von den Waffen ab, mit denen sie trainierten. Keiner von ihnen hielt ein Schwert oder einen Dolch. Stattdessen tanzten sie mit Metallringen, Felsbrocken, hölzernen Latten, wirbelnden Strängen aus Seilen umeinander – die Vielfalt war atemberaubend und erschreckend zugleich. Damit war ein weiteres Gerücht bestätigt: Assassinen konnten mit allem töten.

Einige übten ganz ohne Waffen.

Die Ältesten hatten ihr versichert, dass die Disziplin und der Gehorsam der Assassinen ausreichten, um ein einsames Mädchen, das in ihren Höhlen festsaß, zu beschützen. Und zum Glück dachten ja alle, sie wäre mächtig genug, sich mit einem einzigen Wort selbst zu verteidigen. Das war nützlich. Trotzdem lief sie so nah wie möglich an der Wand entlang.

Sorin bewegte sich so, wie die Assassinen kämpften, mit anmutiger Zielstrebigkeit. Jeder Teil seines Körpers war angespannt und kontrolliert, obwohl er einfach nur ging. Er hob eine Augenbraue, während er sie anschaute, und Ileni versuchte – zu spät – unbeeindruckt zu erscheinen. Er führte sie am Rand der Höhle entlang, viel zu nah an einigen der Kämpfer vorbei – doch keiner davon schaute auch nur in ihre Richtung, obwohl sie hier alle mit Sicherheit noch nie ein Mädchen gesehen hatten.

Auf der anderen Seite der Höhle waren einige enge Torbögen in den Felsen geschnitten. Sorin führte sie durch einen davon in eine schmalere Höhle, die genauso zerklüftet war wie die vorherige. Diese jedoch war vollkommen leer.

»Hier wirst du unterrichten.« Sorin drehte sich in einem engen Kreis, seine Augen huschten rasch über alle Oberflächen im Raum, als würde er nach Gefahr Ausschau halten. »Absalm hat immer nur einen Schüler unterrichtet, um Verletzungen zu vermeiden. Aber du kannst das halten, wie du willst.«

Absalm hatte diese Regel ohne Zweifel eingeführt, um die Fortschritte seiner Schüler zu minimieren. Zu Hause hatten sie alle gemeinsam in einem großen Stadion trainiert, umgeben von majestätischen Bäumen. Schnell und unerwartet schnitt die Erinnerung daran durch Ilenis Schutzschilde und für einen Augenblick fehlten ihr die Worte.

Als Sorin sie von der Seite ansah, sagte sie rasch: »Ich unterrichte keine Zauber, die verletzen können.«

Seine Mundwinkel hoben sich ein wenig. »Man hat mir

gesagt, dass auch Absalm das gedacht hat, als er hier eintraf. Er hat aber schnell begriffen, dass für einen Assassinen alles eine Waffe sein kann. Du wirst vielleicht etwas länger brauchen.«

Ileni wandte sich ihm ganz zu und starrte ihn an. Sie fühlte, wie es gefährlich in ihr zu brodeln begann. »Ich rate dir dringend, mich nicht mit ehemaligen Lehrern zu vergleichen. Du könntest ein paar unliebsame Überraschungen erleben.«

Er sah sie nur an. Sein Gesichtsausdruck war schwer zu ertragen. Er sagte: *Du bist überhaupt nicht gefährlich. Ich durchschaue dich.*

Er weiß es … aber nein, das konnte nicht sein. Wenn ihre Nutzlosigkeit allgemein bekannt wäre, dann wäre sie längst tot.

Darum schloss Ileni die Augen und griff in ihren Erinnerungen nach dem letzten Zauber, den sie gelernt hatte. Sie hatte ihn zwar noch nicht vollständig gemeistert, aber das war ihr egal. Sie spuckte die Worte des Zaubers aus, schleuderte ihn aus ihrer Hand und setzte so all ihren Zorn über den grinsenden, selbstverliebten Killer vor ihr frei.

Eine grüne Leuchtkugel traf Sorin vor die Brust und schleuderte ihn mit Wucht kopfüber rückwärts. Zu Ilenis Verwunderung kam er mit einem Dolch in der Hand wieder auf den Füßen zu stehen.

Und dann war er wieder in der Luft, flog mit direkt auf sie gerichteter Klinge auf sie zu.

Als er nur noch Zentimeter von ihr entfernt war, explodierte die Luft um Ileni, und Sorin schrie. Der Dolch glitt ihm aus der Hand, donnerte an einer der rauen Höhlenwände ab, während sein Körper in die andere Richtung geschleudert wurde und gegen einen besonders scharfkantig hervorstehenden Felsen prallte. Dieses Mal kam er nicht wieder auf die Füße.

Sie befürchtete schon, ihn getötet zu haben. Als ihre Schutzsiegel reagierten, hatte sie bereits begriffen, dass der Dolch ihre Haare und nicht ihren Hals durchschnitten hatte. Ileni trat gerade vor, als er wieder aufsprang. Eine Hand auf die Seite gepresst, stand er mit einem Ausdruck auf dem Gesicht da, über den sie sich hätte freuen sollen: Erstaunen paarte sich darin mit Angst.

Aber er starrte nicht sie an.

Ileni folgte seinem Blick. Der Missklang aus Klirren, Schlägen und Grunzen aus dem Haupttrainingsbereich war verstummt. Eine Ansammlung von Assassinen drängte sich am geschwungenen Höhleneingang zusammen und sah sie an, jeglicher Anschein von Desinteresse war aus ihren Gesichtern verschwunden.

Sie hatte in ihrer Rolle als Lehrerin ganz offensichtlich einen glänzenden Start hingelegt.

Kapitel 3

Trotz ihrer Erschöpfung fiel es Ileni leicht, in dieser Nacht wach zu bleiben. Das winzige Zimmer fühlte sich eng und bleischwer an, als drückte das Bergmassiv um sie herum die Luft zusammen. Es war kalt, aber nicht so kalt, wie sie erwartet hatte – wahrscheinlich ein Effekt der Glimmsteine, die tagsüber mal schwächer, mal stärker leuchteten, ganz nach dem Rhythmus der Sonne, deren Licht sie niemals berührte. Ileni lag in ihrem schmalen Bett, starrte in die absolute Schwärze und versuchte, nicht an die Berge zu denken, die über ihrem Kopf hingen.

In den letzten Wochen hatte sie jede Menge Übung darin bekommen, nicht über Dinge nachzudenken. Über das Leben, das sie hatte aufgeben müssen, und das Leben, das sie nun hatte, und über die überwältigende Wahrscheinlichkeit, dass *Leben* an sich für sie nicht mehr sehr lange von Bedeutung war. Sie konzentrierte sich stattdessen auf die

Aufgabe, die unmittelbar vor ihr lag: herauszufinden, ob Sorin in Bezug auf Cadrels Tod die Wahrheit gesagt hatte.

Sie wirkte einen Zauber, um ihr Gehör zu stärken, und widmete den alten Worten besondere Aufmerksamkeit. Der Spruch war knifflig, sodass ihn selbst fortgeschrittene Renegai-Schüler nicht alle meisterten. Sie hatte ihn genau deshalb ausgewählt, denn die Konzentration, die sie dafür aufbringen musste, ließ ihr keinen Raum für eigene Gedanken.

Um Magie zu wirken, waren zwei Aspekte ausschlaggebend: Da war zum einen die Kraft, die man aus sich selbst schöpfte, und zum anderen die notwendige Fertigkeit, um einen Zauber zu wirken. Ihre Kraft war zwar im Schwinden begriffen, doch ihr Talent war stark wie eh und je ... was schmerzhaft und frustrierend war, aber auch nützlich. Mit ihren Fertigkeiten konnte sie die Zauber so erschaffen, dass sie möglichst wenig Kraft dafür brauchte, um so die Überreste ihrer einst überreichen Kraft so lange wie möglich zu wahren.

Erbärmlich, dass ihr so wenig geblieben war. Eine wohlbekannte Wut flammte in ihr auf. Wie hatte den Ältesten nur dieser Fehler unterlaufen können? Die Prüfung in der Kindheit sollte ermitteln, ob die Kraft eines Novizen sich als beständig erwies und nicht nur als helle Energie in der Kindheit. Ihr Leben war rund um diese Fehleinschätzung aufgebaut worden: Sie wurde auf dem Areal der Magier aufgezogen, man hatte sie in Sprüchen, Zaubern und Techniken unterrichtet, die bald alles sein würden, was ihr blieb. Und ganz ohne ihre Kraft war sogar dieses Wissen vollkommen sinnlos.

Aber noch war es nicht so weit. Sie beendete den Zauber mit knappen, präzisen Handbewegungen, saß dann da und lauschte mit gespitzten Ohren in die Stille, die gegen den dicken Fels echote, der sie umgab.

Als sie aufstand, flackerten die Glimmsteine sanft als Antwort auf ihre Bewegungen und sie zuckte leicht zusammen. Ihr Atem stockte und Aufregung und Angst ließen ihre Haut prickeln. Es war kein angenehmes Gefühl. Aber es durchbrach zumindest den dumpfen, benommen machenden Nebel, der sie seit Monaten umgab, und sie klammerte sich daran, als sie die Tür aufzog und in den Gang trat.

Die Glimmsteine flimmerten auf, während sie an ihnen vorbeilief, wenn auch nicht so hell wie bei Tage. Sie streckte die Hand aus und sandte einen Hauch ihrer Kraft, um sie davon abzuhalten. Sie wollte keine Spuren legen, die ihren Weg verrieten.

Mit ihrem geschärften Gehör setzte sie das Echo ihrer Fußtritte dazu ein, um Mauern und Durchgänge trotz der sie umgebenden Dunkelheit zu erspüren. Sie rief sich außerdem den Weg mit Sorin ins Gedächtnis und schaffte es so ohne allzu viele Schrammen und blaue Flecke bis zur Wendeltreppe. Dort blieb ihr nichts anderes übrig, als den Hörzauber ziehen zu lassen, damit sie ein Licht herbeirufen konnte.

Als Helligkeit um sie herum aufflammte, spannte sie sich an, da sie sich schrecklich ungeschützt fühlte. Obwohl sie wusste, dass sie einen ausgebildeten Assassinen niemals kommen hören würde, strengte sie ihr Gehör an und lauschte nach Fußtritten.

Die Stufen dehnten sich steil unter ihr, ihre Kanten waren abgetragen, rund und glatt. Ihr Licht war klein und unter ihr lag alles dunkel und still. Von plötzlichem Schwindel übermannt, stützte sie sich mit einer Hand an der Wand ab. Hier also war Cadrel gestorben.

Falls Sorin die Wahrheit gesagt hatte.

Sie stieg langsam und vorsichtig nach unten, ließ dabei ihre Hand die ganze Zeit über Halt suchend an der glatten, kühlen Wand. Als sie unten ankam, wo der Fels sich zu einer großen Höhle weitete, lehnte sie sich an die Mauer. Sie war so müde. Vielleicht hätte sie sich doch besser eine Nacht Schlaf und einen sanfteren Übergang gegönnt, bevor sie das hier versuchte.

Doch selbst als sie mit dem Handrücken über ihre sandigen Augenlider rieb, wusste sie, dass dies ein törichter Gedanke war. Sie hatte möglicherweise keine Zeit, sich an irgendetwas zu gewöhnen, bevor sie als nächste Renegai in den Höhlen zu Tode kam. Absalm hatte zehn Jahre hier verbracht, Cadrel nur zwei Monate; wer wusste schon, wie viel Zeit ihr blieb?

Ileni griff in ihre Tunika und zog ein Quadrat aus Seide hervor, das sie zu einem hauchdünnen, im Magierlicht schimmernden Stoffstück ausschüttelte. Sie legte den Stoff auf den steinernen Boden, drehte ihre Finger in die Ecken ein und holte tief Luft. Ihre Angst, entdeckt zu werden, war so groß, dass sich selbst stummes Schreien falsch anfühlte. Sie schob die Angst beiseite und schrie die Worte des Zaubers dennoch in die Leere.

Wie die Schutzsteine war der Zauber für diesen Spruch von anderen vorbereitet worden, weshalb sie ihn mit einem geringen Kraftaufwand ihrerseits heraufbeschwören konnte. Trotzdem zwang sie die Anstrengung in die Knie und sie stürzte beinahe. Sie presste ihre Fingerknöchel gegen den Stein und hielt sich aufrecht, zwang sich, die Augen zu öffnen, und hoffte darauf, dass ein Teil des Stoffes einen Punkt berühren würde, auf den Cadrels Blut geflossen war.

Bevor er abgereist war, war sie Cadrel einige Male begegnet, und jetzt sah sie ihn wieder vor sich. Die tiefliegenden Augen quollen hervor und der dünne Mund stand offen. Er lag auf dem Bauch, in braune Kniehosen und eine Tunika gehüllt, die an manchen Stellen noch weiß war. Doch das meiste war mit dunklen, harschen Flecken übersät. Ein langer Messergriff ragte aus seinem Rücken.

Er ist gestürzt. Ileni schnaubte leise und kroch an die Seite der Leiche. Der Messergriff war schlicht, ohne Schmuck und mit einem Spiralmuster versehen. Sie griff nach ihm und ihre Hand stieß einfach hindurch. Sie hielt ihre Finger weiter so, dass ihre blasse Haut die gerade Linie aus Stahl durchbrach. Ihr fielen zwar ein Dutzend Zauber ein, die ihr verraten würden, wer ihn zuletzt gehalten hatte, doch für keinen davon hatte sie genügend Kraft.

Scham stieg in ihr auf. Sie drängte sie zurück. Zwar konnte sie versuchen, die Schattenwürfe Cadrels letzter Augenblicke heraufzubeschwören – doch das würde sie alle Kraft kosten, die sie besaß, und sie in den nächsten Tagen vollkommen machtlos zurücklassen. Das konnte sie nicht riskieren, nicht, wenn sie am nächsten Morgen ein Dutzend Killer zu unterrichten hatte, nicht, wenn ihr Leben jede Sekunde in Gefahr war.

Sie kannte einen einfacheren Zauber, mit dem sie das echte Messer finden würde. Wenn sie es erst einmal hatte, würde sie einen weiteren Zauber einsetzen, um herauszufinden, wer es zuletzt geworfen hatte. Es war frustrierend, immer nur mit diesen kleinen, stufenweisen Zaubern arbeiten zu müssen, aber ihr blieb keine andere Wahl.

Sie öffnete den Mund, um mit dem Singen zu beginnen, als etwas von hinten in sie hineinknallte.

Sie schrie auf und versuchte noch, die Worte in einen Abwehrspruch umzuwandeln, als sie kopfüber in das Abbild des toten Mannes stürzte. Es zersplitterte um sie herum, und sie wappnete sich gegen das Messer, das ihr selbst in den Rücken gerammt werden würde. Schmerz schoss ihr durch die Handgelenke, als sie herumrollte und in ein Paar finster blickender brauner Augen und ein Maul voll scharfer Zähne blickte.

Sie verkniff sich einen Schrei und lag sehr, sehr still. Der Hund knurrte grollend. Er war groß und schwarz, mit spitzen, angelegten Ohren.

Also keine Messerspitze, sondern Zähne, die ihr an die Kehle gingen – Ileni schluchzte fast auf. Tiere waren mit Magie schwer zu kontrollieren. Selbst wenn sie nicht gerade fast all ihre Kraft verbraucht hätte, würde sie sich eine Abwehr nicht zutrauen. Sie hob einen Arm, um ihre Kehle abzuschirmen. Doch der Hund bewegte sich nicht.

Ileni holte lang und zittrig Atem, zwang ihre Panik zurück und versuchte, klar zu denken. Er bewachte sie, wartete … worauf?

Auf den Meister. Ileni streckte ihre Finger – langsam, um den Hund nicht zu erschrecken – und sagte sanft: »Azkarabilin –«

»Nicht!«, sagte Sorin scharf. »Tu ihm nicht weh. Er wird dich nicht angreifen.«

Ileni hielt still, sah auch nicht in die Richtung, aus der die Stimme des Assassinen gekommen war. Sie wusste, wie Jagden funktionierten. Der Hund brachte die Beute zu Fall und der Jäger erledigte den Rest. »Wenn du nicht willst, dass ihm etwas passiert, dann ruf ihn zurück.«

Sorin blieb so lange stumm, dass Ileni schon fürchtete, er würde ihren Schwindel durchschauen. Dann sagte er: »Sitz, Fangzahn.«

Der Hund setzte sich mit noch immer offenem Maul auf die Hinterläufe. Ileni ballte ihre Finger zu Fäusten und wandte ihren Kopf in Sorins Richtung. Sie konnte seine Umrisse in der Dunkelheit ausmachen. »Gehört er dir?«

Sorin trat in den Schein des Magierlichtes, sein Körper warf harte Schatten gegen das abgeschwächte Licht. Sein kantiges Gesicht war ausdruckslos. »Das ist im Moment nicht die wichtigste Frage.«

»Für mich schon.« Ileni tat ihr Bestes, um nicht verängstigt zu klingen – so furchtlos, wie sie flach auf dem Rücken eben wirken konnte, während das Entsetzen in ihr pulsierte. Er hatte sie dabei erwischt, wie sie in den Höhlen herumschnüffelte, hier, wo die Strafe für jegliche Verfehlung sicher der Tod war. Sie war wahrscheinlich nur noch am Leben, weil er Fragen hatte. Wenn sie diese erst beantwortet hatte …

Vielleicht sollte sie einfach vermeiden, sie zu beantworten.

Sie sah zu dem Hund. »Wann musst du ihn töten?«

Sorin erstarrte mitten im Schritt. »Ihn töten?«

»Funktioniert das nicht so? Du bekommst den Hund, wenn er noch ein Welpe ist. Du ziehst ihn groß und sorgst für ihn.« Ileni blickte auf den Hund, der in ihre Richtung hechelte. »Und wenn deine Ausbildung schließlich abgeschlossen ist, musst du ihn töten.«

Sorin lehnte sich leicht zurück, sein Körper blieb dabei perfekt im Gleichgewicht. »Erzählt man sich das so?«

»Das ist eine der Geschichten, die man so hört«, sagte Ileni ruhig. Vorsichtig stützte sie sich auf die Ellbogen. »Sie sagen, dass euer erster Mordauftrag nach Abschluss des Trainings euren Eltern gilt. Dass ihr glaubt, euer Meister sei ein Gott. Und dass euch nach dem Betreten der Höhlen eine Droge verabreicht wird, die ungeahnte Ekstase hervorruft, die dich aber langsam tötet, sobald du sie nicht mehr nimmst.«

Er legte den Kopf leicht schräg. Seine Haut wirkte im Magierlicht fast weiß, seine Augen blitzten im Kontrast dazu noch dunkler. »Und welche dieser Geschichten glaubst du?«

»Ich weiß nicht«, sagte Ileni. »Noch nicht.«

Er betrachtete sie stumm und zeigte dann auf den Hund. »Er gehört nicht mir. Wir haben einen Zwinger, damit wir den Umgang mit Wachhunden lernen. Ich habe gerade geübt, als ich dich gehört habe.«

»Mitten in der Nacht?«

»Wir üben, ohne Schlaf auszukommen.«

Ileni wagte es, sich in eine sitzende Position zu hieven. Der Hund knurrte sanft, bewegte sich aber nicht.

»Warum bist du mir gefolgt?«, fragte sie.

Seine Augenbrauen hoben sich leicht. Hatte er wirklich erwartet, dass sie ihm diese jämmerliche Geschichte abnehmen würde? »Weil du dein Zimmer verlassen hast. Dachtest du, ich würde das nicht merken?«

»Beobachtest du mein Zimmer?«

Sorin kam näher, und ihr Atem stockte, doch er kniete sich nur neben den Hund. Er strich mit einer Hand über den Kopf des Tieres, kraulte es hinter den Ohren, und der Hund schloss halb die Augen, ohne den Blick von Ileni zu wenden. Sorins Blick war genauso ruhig, doch um einiges kälter. »Das lenkt mich nicht von der viel drängenderen Frage ab, was du hier tust!«

Unglücklicherweise war Ileni immer noch keine glaubhafte Lüge eingefallen. Wahrscheinlich, weil es keine gab. Sie zögerte und sagte schließlich: »Ich versuche herauszufinden, wer Cadrel getötet hat.«

Sorin runzelte die Stirn. »Cadrels Tod war ein Unfall.«

»Ganz sicher. Es ist auch nur Zufall, dass er zu diesem Zeitpunkt von Hunderten ausgebildeten Killern umgeben war.«

Sorin ließ die Hand vom Kopf des Hundes sinken und bewegte sich auf sie zu – es war nur eine kleine Bewegung, doch Ileni konnte plötzlich nicht mehr atmen. Die unverbrauchte Kraft in dieser Bewegung, die konzentrierte Stärke seines Körpers machte sie schwach und hilflos. Er konnte sie töten. Sie rief sich in Erinnerung, dass sie die Schutzsiegel gegen einen direkten Angriff beschützen würden … doch sie würden nichts bewirken, wenn er den Hund auf sie loslassen würde. Sie würde wie Cadrel sterben, tief in den Höhlen, und sie würden es ebenfalls als Unfall ausgeben.

Ihr Herz hämmerte wild, und ihr fiel nichts Besseres ein, als ihm die Wahrheit zu sagen. Oder zumindest einen Teil davon. »Ich möchte nicht unbedingt die nächste Renegai sein, die hier unten stirbt. Ich bin hierhergekommen, um mir anzuschauen, wie Cadrels Körper nach seinem Tod aussah.«

Sorin drehte sich mit geschmeidiger Anmut, bis er neben ihr kniete. Er kam ihr dabei so nah, dass sie die Wärme spürte, die von seiner Haut abstrahlte, und sie zog sich so unauffällig wie möglich zurück. Der Hund beobachtete sie immer noch mit hochgezogenen Lefzen, die seine scharfen Zähne überdeutlich zeigten.

»Und wie«, sagte Sorin, »sah er aus?«

»Er hatte ein Messer im Rücken.«

Sorin erstarrte so unerwartet neben ihr, als ob er das Atmen eingestellt hätte. »Beschreibe es.«

»Ein einfaches Messer aus Stahl. Auf dem Griff war ein Spiralmuster.«

»Das ist ein normales Assassinenmesser. Das verrät uns gar nichts.«

»Das hätte es, wenn du mich nicht unterbrochen hättest. Immerhin hat es mir gezeigt, dass Cadrel nicht zu Tode gestürzt ist.«

Schweigen. Offensichtlich hatte sie sich so daran gewöhnt, allem zu trotzen, dass nicht einmal Todesangst sie aufhielt. Sie redete sich ein, dass das gut so war, selbst, als ihre Muskeln sich vor Anspannung verhärteten und wehtaten. Wenn sie tatsächlich so mächtig wäre, wie er annahm, dann hätte sie sicher keine Angst vor ihm gezeigt.

Sorin kniff die Augen zusammen. Dann sagte er leise: »Nennst du mich einen Lügner?«

Bei seinem Ton durchfuhr sie Furcht – und mit ihr unerwarteter, fatalistischer Leichtsinn. Sie mochte bald sterben, aber sie würde nicht klein beigeben. »Du bist ein Killer«, erinnerte sie ihn. »Du magst es vielleicht nicht wissen, aber für die meisten Menschen ist das schlimmer als ein Lügner. Erwarte nicht, dass ich dir traue.«

Er reagierte nicht. »Hättest du erfahren, wer das Messer zuletzt in der Hand hatte, wenn ich dich nicht unterbrochen hätte?«

Wenn sie Ja sagte und er derjenige war, der Cadrel getötet hatte, dann wäre ihr Leben in den nächsten Sekunden vorbei. Aber sie glaubte nicht, dass seine Überraschung gespielt war. Anderseits war er wahrscheinlich um Längen besser darin, Reaktionen vorzutäuschen, als sie darin, diese zu entschlüsseln.

»Ja«, sagte sie. Und als sein Mund schmal wurde: »Aber ich kann es nicht wiederholen. Der Zauber wirkt nur einmal.«

Zu ihrer Erleichterung schien er das zu akzeptieren. Er setzte sich auf seine Fersen. »Was wirst du tun, wenn du den Mörder findest?«

Sie zuckte die Achseln, insgeheim froh darüber, dass er nicht *falls* gesagt hatte. Ihr Vortäuschen von Macht war offenbar erfolgreich. Wahrscheinlich war das auch das Einzige, was ihr Weiterleben garantierte. »Es kommt darauf an, wer es ist.«

Er sah sie genauer an. »Du wirst ihn nicht töten?«

»Meine Leute töten nicht.«

»Wie ungünstig«, murmelte er. »Obwohl du wahrscheinlich sein nächstes Ziel bist?«

»Ich …« So weit hatte sie bis jetzt noch gar nicht gedacht. Und die Ältesten ganz offensichtlich auch nicht. Vielleicht weil sie gar nicht erst davon ausgingen, dass sie erfolgreich sein könnte.

»Ich verrate dir was.« Sorin kam geschmeidig wie eine Schlange, die sich entrollte, auf die Füße. »Ich mache es dir leichter. Ich helfe dir, ihn zu finden, und dann werde *ich* ihn töten.«

»Du …«

»Wir fangen an«, sagte Sorin, »indem ich dir auf dein Zimmer zurückhelfe.« Er drehte halb den Kopf und sein gesamter Körper folgte fast unmerklich dieser Bewegung. Was bei jedem anderen wie eine einfache Bewegung aussah, wirkte bei ihm wie die Vorbereitung auf einen Angriff. »Und ich schlage vor, Lehrerin, dass du dieses Mal dortbleibst.«

Kapitel 4

Am nächsten Morgen stand Ileni vor einem Raum voller Killer und versuchte, so auszusehen, als wüsste sie, was sie tat.

Dunkelgraue Matten, viel zu dünn, um wirklich bequem zu sein, lagen in vier ordentlichen Reihen auf dem Steinboden. Die zwanzig Schüler, die im Schneidersitz darauf saßen, sahen nicht aus, als hätten sie es bequem. Sie sahen … bereit aus. Sie saßen alle stumm und gerade in den gleichen grauen Tuniken und gewebten grauen Hosen vor ihr und sahen sie erwartungsvoll an. Sie würde jeden Morgen je drei Klassen unterrichten, sechzig Schüler insgesamt, die von den älteren Assassinen mit magischen Fähigkeiten ausgewählt worden waren.

Ileni fühlte sich lächerlich.

Eigentlich war das aber egal, sagte sie sich. Sie war wahrhaftig nicht hier, um zu unterrichten; junge und gefährliche

Männer zu Magiern auszubilden, war alles andere als ihr Ziel. Alles, was zählte, war, die Unterrichtsstunden zu überstehen und dabei möglichst wenig ihrer verbleibenden Kraft zu verbrauchen. Was jede Menge Theorie bedeutete – unglücklicherweise scherten sich die Renegai jedoch nicht wirklich um Theorie, weshalb sie irgendetwas erfinden und unzählige praktische Übungen auf den Stundenplan setzen müsste.

Nur zu gerne hätte sie gewusst, was ihre Schüler bereits gelernt hatten.

Sorin saß so selbstsicher und aufmerksam wie alle anderen Schüler ganz rechts am Rand der letzten Reihe. Letzte Nacht hatte er sie schweigend zurück auf ihr Zimmer geleitet. Auch heute Morgen, als er sie in den Essensbereich der Höhlen zum Frühstück und danach in den Trainingsbereich gebracht hatte, hatte er keinen Laut verschwendet. Als sie das Wort ergriff, mied Ileni seine dunklen Augen sorgfältig.

»Mein Name ist nicht wichtig. Ihr könnt mich mit Lehrerin ansprechen.« Zu diesem Einstieg hatten ihr die Ältesten geraten, obwohl sie sich dabei dumm vorkam. »Wie es die Waffenruhe zwischen unseren Völkern verlangt, bin ich hier, um euch in der Kunst der Magie zu unterrichten, damit ihr eure Missionen besser ausführen könnt. Auch wenn ich eure Lebensweise verabscheue, werde ich diesen Teil der Vereinbarung meines Volkes loyal erfüllen.«

Niemand bewegte sich oder blinzelte auch nur. Sie alle

hatten das selbstverständlich schon einmal gehört. Die Ältesten hatten diese Einführung vor langer Zeit entworfen. Natürlich ohne einen Gedanken daran zu verschwenden, wie es sich anfühlte, sie in einem Raum voller ausgebildeter Killer wiederzugeben.

Sie holte tief Luft und fuhr fort: »Als vor vierhundert Jahren die meisten Magier ihr Bündnis mit dem Rathianischen Imperium schlossen, trennte sich mein Volk von ihnen. Wir wurden als Abtrünnige gebrandmarkt und verfolgt. Wir flohen hierher, in die Berge, um weiterhin auf unsere Art leben zu können, wir arbeiten an unseren Stärken und warten bis heute auf den rechten Zeitpunkt, um zurückzukehren. Als Gegenleistung für meine Anwesenheit hier in den Höhlen lässt euer Meister uns in Frieden unser Ziel verfolgen.«

Die Mauer undurchdringlicher Blicke war nicht gerade ermutigend. So viel zur offiziellen Rede! »Ich habe keine Ahnung, wie viel euch mein Vorgänger beigebracht hat«, sagte Ileni, »daher fangen wir mit einer einfachen Demonstration der Fähigkeiten an. Bitte schaut genau zu.«

Mit einer dramatischen Geste streckte sie ihre Hand aus und ein Licht erschien knapp über ihrer Handfläche. Sie setzte den gleichen Zauber wie gestern in den Gängen ein und wählte bewusst einen einfachen Zauber, der keine Worte erforderte. Sie murmelte einen kurzen Spruch und fügte damit ein wenig Schimmer hinzu, sodass das Licht Funken sprühte, als ob es kaum zu bändigen wäre.

»Kann das einer von euch nachmachen?«

Das Schweigen breitete sich aus – lastete schwer auf dem Raum, oder war das einfach nur das Gewicht der massiven Felsen über ihnen? Sie ballte die Faust und ließ das Licht mit einem Stirnrunzeln verblassen, das ihre Erleichterung verbarg. »Nun. Dann fangen wir am besten mit den Grundlagen an. Kennt ihr die acht Vorbereitungsübungen?«

»Natürlich kennen wir die«, sagte einer der Jungen. Er war größer als die anderen und hatte die mandelförmigen Augen und das blauschwarze Haar der rathianisch-imperialen Blutslinie. Wie war einer aus der imperialen Linie bei den Assassinen gelandet? »Wenn man uns etwas beigebracht hat, dann können wir es auch. Zum einen kann eines Tages unser Leben davon abhängen, vor allem aber würden wir den Meister enttäuschen, wenn wir nicht lernen. Und wir enttäuschen den Meister nie. Beleidige uns nicht mit dummen Fragen.«

Ileni hatte keinerlei Geduld mit selbstgefälligen, engstirnigen, eingebildeten Strebern. Bis vor einem halben Jahr war sie selbst so gewesen, was sie nicht gerade duldsamer machte. »Dein Name?«

»Irun.« Er lehnte sich auf seine Hände zurück, posierte für die anderen Schüler, die ihn beobachteten. Alle bis auf einen; Sorins Augen ruhten immer noch auf ihr. »Und Absalm hatte keine Zeit für überladene Lichttricks. Er hat uns wirklich nützliche Dinge beigebracht. Wie Feuerzauber.«

»Du bist nicht bereit für Feuerzauber«, sagte Ileni.

»Sind wir das nicht?«

Sein scharfer Ton war die einzige Warnung, die sie brauchte. Sie schnippte einen Schutzzauber herbei und fügte schadenfroh ein Spiegelelement hinzu, das alles, was er ihr entgegenschleuderte, mit doppelter Wucht zurücksenden würde.

Doch er griff sie nicht an. Stattdessen drehte er sich halb um und schickte mit einem Handschnippen und einem scharfen, bösartigen Satz einen grünen Feuerblitz direkt gegen einen seiner Mitschüler.

Ileni ließ ihren Schild fallen und warf mit einem Wort einen eigenen reinweißen Feuerblitz. Er zerbrach Iruns Blitz, Sekunden bevor er sein ausgewähltes Opfer erreichte. Die beiden Zauber gingen in einem leuchtenden Energieball auf, und sie musste einen weiteren Zauber anwenden, um den Aufprall zu kontrollieren. Der Ball stürzte in sich zusammen und verpuffte. Die Höhle wirkte dunkler als zuvor und Ileni konnte sich nur noch mit Mühe auf den Füßen halten.

Sie hatte Besseres zu tun, als ihre Kraft ausgerechnet damit zu verschwenden, einen Killer zu beschützen. Egal ob er noch in Ausbildung war oder nicht. Sie zischte zwischen den Zähnen hindurch und wirbelte auf Irun zu.

»Was genau war *das*?«

»Eine Demonstration dessen«, sagte er, »was wir *gelernt* haben. Allerdings hat keiner deiner Vorgänger uns deine

Abwehr beigebracht. Vielleicht könnte das unsere nächste Lektion sein?«

Sein Tonfall war nicht mehr schneidend. Und obwohl seine Augen immer noch auf sie gerichtet waren, hatte er den Kopf leicht gesenkt, um zumindest den Eindruck zu vermitteln, als würde er zu ihr aufsehen. Ileni überflog rasch die anderen Gesichter und las weder Erstaunen noch Ärger in ihnen. War das Respekt oder bildete sie sich das nur ein?

Sie konzentrierte sich auf Iruns Opfer – der Junge wäre mit Sicherheit schwer verletzt worden, wenn sie den Zauber nicht gestoppt hätte. Er sah jung aus, mit runden Backen und rotbraunem Haar. Er saß so still, als hätte es nie einen Angriff gegeben, seine Hände zitterten kein bisschen. Doch als sie seinem Blick begegnete, erkannte sie den Ausdruck eines gehetzten Tiers darin.

Ironischerweise war er es, der vor magischer Kraft geradezu loderte. Sie hatte ihn bereits bemerkt, als sie den Raum betreten hatte: Durch ihre Ausbildung hatte sie seine Kraft von Anfang an gespürt, doch er selbst hatte offenbar durch *diese* Ausbildung keinen Zugang zu ihr.

Ileni holte tief Luft und sammelte so ihre Energie. Mit etwas Glück würde sie sich lange genug auf den Beinen halten, um die Stunde beenden zu können.

»Das Erste, was ich euch beibringe«, schnappte sie, »wird Kontrolle sein. Eine solche Verschwendung von Kraft ist mir noch nie untergekommen.« Da war sie, die Ausrede, nach der sie gesucht hatte. »Der wichtigste Teil eurer

Ausbildung ist kläglich vernachlässigt worden. Bevor ihr irgendeinen Zauber ausüben könnt, müsst ihr euren Geist stärken. Das erfordert tägliche Übung. Wir werden mit den Neun-Stufen-Meditationen anfangen.«

Irun hob sein Kinn und sie begegnete seinem trotzigen Blick ohne Zögern. Sie musste ihre Furchtlosigkeit nicht länger spielen. Sie war zu erschöpft, um auch nur irgendetwas zu fühlen. Nach einem Augenblick senkte er die Augen wieder.

»So hat Absalm nicht unterrichtet«, murmelte er.

»Das hätte er, wenn er die Zeit gehabt und euch fertig ausgebildet hätte. Er ist sicher nicht davon ausgegangen, dass ihr diesen Zauber ohne die entsprechende Vorbereitung anwendet. Ihr werdet keinen eurer Klassenkameraden ohne Erlaubnis angreifen. Habt ihr das verstanden?«

Er nickte kurz.

»Gut.« Sie ließ ihren Blick durch den Raum schweifen und sah, dass alle Augen respektvoll gesenkt waren. Vielleicht hatte sich dieser kräftezehrende Zauber doch gelohnt. Zumindest würde sie das vielleicht so sehen, wenn sie wieder ohne Anstrengung atmen konnte.

Als sie später unruhig in ihrem engen Bett schlief, berührte sie jemand am Arm. Sie rollte zur Seite und murmelte verschlafen: »Tellis?«

Dann fiel sie mit einem Poltern aus dem Bett auf den Boden.

Der Fall schnürte ihr die Luft ab, und die Leere, die dieses Gefühl hinterließ, füllte sich umgehend mit Trauer. Sie schnappte nach Luft, und für einen Moment war es ihr egal, dass sie flach auf dem Bauch gelandet war und vollkommen ungeschützt dalag – bis ihr schlagartig klar wurde, dass sie jemand geweckt haben musste.

Rasch raffte sie sich auf und drehte sich um. Sorin wich bereits nach hinten zurück und hielt abwehrend die Hände vor sich.

Ileni brauchte nur einen Augenblick, um die Angst abzustreifen und Sorin wütend anzustarren. Falls er sie hätte töten wollen, dann hätte er sie bestimmt nicht erst geweckt. »Was machst du hier?«

Im schwachen Licht der Glimmsteine sah Sorins Gesicht elegant und ungezähmt aus. »Wer ist Tellis?«

»Niemand, über den du mich ausfragen darfst. Und du hast auch kein Recht, mitten in der Nacht in mein Zimmer einzubrechen! Wie hast du die Tür aufbekommen?«

Als er sie anlächelte, blitzten kurz seine weißen Zähne auf. »Sie war schon auf.«

Sie schritt an ihm vorbei. Da: Ein dünner Keil aus Stoff war zwischen Türpfosten und Boden geklemmt. So hatte die Tür nicht ganz geschlossen und die Schutzsiegel hatten nichts bewirkt.

Zornig kickte sie den Stoff in den Gang, bevor sie sich umdrehte. Wie hatte sie nur so unvorsichtig sein können?

Als sie sah, wie Sorin sie beobachtete, fiel ihr wieder ein, dass sie nur ihre Schlaftunika anhatte. Er selbst war in dieselbe graue Tunika und Hosen gekleidet, die er tagsüber trug. Sie kämpfte dagegen an, rot zu werden, scheiterte und hob das Kinn.

Er streckte seine Arme so an den Seiten nach vorne, als wolle er seine Unschuld beweisen. Stattdessen strahlte jede seiner Bewegungen eine gebändigte Bedrohung aus. »Das ist nicht dein Zimmer. Du hast es nur zur Verfügung gestellt bekommen, das ist alles. Alles in diesen Höhlen gehört dem Meister.«

»Danke für diese aufschlussreiche Lektion über die Denkweise der Assassinen …«

»Und er möchte dich sehen«, unterbrach Sorin. »Ich bin geschickt worden, dich zu holen.«

In der sich anschließenden Stille entdeckte Ileni, dass man gleichzeitig zornig *und* verängstigt sein konnte. »In Ordnung«, sagte sie schließlich. »Wartest du draußen, bis ich angezogen bin?«

»Nein.«

»Wie bitte?«

»Der Meister will dich umgehend sehen.«

»Ich denke, du nimmst das zu wörtlich …«

»Er hat deutlich zum Ausdruck gebracht, dass du dich nicht zuerst anziehen sollst.« Sorins Gesicht war wie versteinert. Alle Hinweise, was er fühlte, waren daraus verschwunden. War er verlegen?

»Glaubt er etwa, ich hätte Zauber in meine Kleidung

gewoben?« Doch schon als Ileni ihre Frage stellte, wusste sie, dass es das nicht war. Er wollte sie verletzlich; wollte ihr zu verstehen geben, dass sie unter seiner Kontrolle stand. Wollte sie wissen lassen, dass alles in diesen Höhlen ihm gehörte – ganz, wie es Sorin betont hatte. Inklusive ihr.

Sie verstand nur zu gut. Aber sie würde sich eher beerdigen lassen, als sich dieser Tatsache in ihrer Nachtwäsche zu stellen.

Sorin blieb stumm, wartete. Sie sagte: »In Ordnung, dann geh eben nicht«, und lief an ihm vorbei zu ihrer Kleidertruhe.

Seine Augen weiteten sich leicht, als sie ihren Rock hervorzog. Sie konnte richtig sehen, wie er im Kopf seine Optionen durchspielte. Er hatte nicht viele – jedenfalls glaubte sie das. Sie hoffte, ihm würde nichts einfallen, was sie nicht bedacht hatte.

Offenbar hatte sie Glück. Als sie ansetzte, um sich ihre Schlaftunika am Saum über den Kopf zu ziehen, drehte er sich abrupt um und starrte die Wand an.

Ileni ließ den Saum los und griff stattdessen nach dem langen braunen Rock und zog ihn sich über, dann schnürte sie ihre abgestoßenen Lederschuhe. Sie beeilte sich, sodass der rechte zu locker und der linke zu straff saß, doch sie nahm sich nicht die Zeit, das zu richten. Sorins angespannte Schultern strahlten Ungeduld und Missbilligung aus. »Ich bin fertig.«

»Dann komm«, sagte Sorin knapp und schritt aus der Tür, ohne sich noch einmal umzudrehen.

Er lief zügig, sodass Ileni hinterherhasten musste, um Schritt zu halten. Sie überlegte, ob sie ihn auffordern sollte, langsamer zu gehen. Doch da sie gerade erst ihre Auseinandersetzung um die Kleiderfrage gewonnen hatte, wollte sie nicht gleich den nächsten Streit anfangen, zumal sie diesen wahrscheinlich verlieren würde. Der Rand ihres Schuhs schnitt mit jedem Schritt in ihren Knöchel, was ihre Laune nicht gerade hob.

Sorin führte sie durch dunkle Flure, weg von den Essens- und Trainingsbereichen. Das schwache Licht der Glimmsteine reichte kaum, um seinen Rücken oder den Boden vor sich auszumachen. Sie konzentrierte sich darauf, sich den Weg einzuprägen.

Nach unzähligen Biegungen und Abzweigungen – von denen sie dunkel vermutete, dass einige überflüssig waren – hielt Sorin in einer unregelmäßig geformten Höhle. Dünne Stalaktiten hingen von der Decke wie kleine Messer, das dämmerige Licht der Glimmsteine fing sich in ihnen wie in einem makabren Leuchter. In der Mitte hing ein riesiger Stalaktit von der Decke, und ein ebenso mächtiger Stalagmit wuchs aus dem Boden empor und verband sich mit ihm zu einer Säule aus reinweißem Stein, dick an der Basis, schmaler in der Mitte und dann wieder dicker, wo sie auf die Decke traf. Hunderte kleiner Zeichen waren in die Seiten der natürlich geformten Säule geritzt.

»Was ist das?«, fragte sie und lehnte sich dankbar für die Unterbrechung an die Wand. Sorins schneller Schritt und der störende Schmerz in ihrem linken Knöchel hatten ihr alle Energie entzogen.

Sorin hielt ein paar Fuß von der Säule entfernt an und stellte sich breitbeinig auf, als würde er sich für einen Angriff ausbalancieren. Dabei war das wohl sein natürlicher Stand; mit Stolz sah er von der Säule zu ihr herüber. »Das ist die Ehrenrolle. Sie listet all jene, die ihre Ziele erfolgreich getötet haben.«

Die mühsam eingeritzten Namen vereinnahmten die gesamte Oberfläche des weißen Steins. Vom Boden über die schmale Mitte wanden sie sich um die Säule bis hinauf zur Decke. Etwa ein Viertel der Namen war nicht nur eingeritzt, sondern vergoldet und glitzerte im schwachen Licht der Glimmsteine.

Jeder Name stand für einen Tod, für einen Mann oder eine Frau, deren Leben plötzlich und gnadenlos beendet worden war. Ileni schlang die Arme um ihren Körper, als ein Schauer sie durchlief. Es war ein Fehler gewesen anzuhalten – so hatte sie Zeit zum Nachdenken.

»Der Meister hat vorgeschlagen, dass ich sie dir zeige«, fügte Sorin hinzu. »Da sie auf dem Weg liegt.«

Ileni zwang sich, ihre Arme wieder locker herabhängen zu lassen. Das hier war dazu gedacht, sie einzuschüchtern. Nun denn, Bangemachen galt nicht.

Sorin beobachtete sie mit gerunzelter Stirn und versuchte wahrscheinlich, ihre Reaktion einzuschätzen, um sie seinem Meister wiedergeben zu können. Es war schwer zu glauben, dass er ihre Furcht nicht sah. Sie sagte das Erstbeste, was ihr in den Sinn kam. »Steht dein Name auch drauf?«

»Ja.«

Sorins Schultern waren wie zur Abwehr gebeugt, doch er sprach mit ruhigem Stolz. Ein Teil von ihr wollte ihn fragen, wen er getötet hatte, aber sie besann sich eines Besseren. »Warum sind einige Namen golden?«

»Sie haben nicht nur ihr Ziel getötet, sondern auch überlebt.« Sorin neigte sein Kinn, während er weiter an der Säule hinaufsah. »Zumindest ihre erste Mission.«

Sein Name war also einer der goldenen. »Und das ist dann besonders eindrucksvoll?«

»Wenn wir unsere Mission dadurch nicht gefährden, wird uns gestattet, am Leben zu bleiben. Aber die Mission steht an erster Stelle.«

»Sicher«, sagte Ileni.

»Wir fürchten uns nicht vor dem Tod. Und wir haben gelernt, unsere eigenen Wünsche und Ängste zu überwinden.« Er schaute sie direkt an. »Das ist etwas, was auch du lernen solltest.«

»Wirklich.«

»Ich wollte dich nicht beleidigen«, sagte Sorin und klang dabei, als meinte er es ernst und doch wieder nicht. »Ich kann dir dazu verhelfen, dass deine Zeit hier erfolgreicher verläuft, wenn du auf meinen Rat hörst.«

»Wie nett.« Wenigstens lenkte sie das ab und schob das Unausweichliche auf.

Sorins Schultern zuckten nach oben und fielen mit einem Seufzer herab. »Ich will, dass du erfolgreich bist.«

»Wirklich?«

Er sah leicht irritiert aus. »Warum sollte ich dir dabei helfen, Cadrels Mörder zu finden, wenn ich das nicht wollte? Magie hilft uns dabei, unsere Mission zu erfüllen. Wir wollen alle, dass du so lange wie möglich unsere Lehrerin bleibst.«

»Alle?«, fragte Ileni. »Den Eindruck hatte ich nicht.«

Kaum hatte sie es ausgesprochen, wünschte sie, sie könnte es wieder zurücknehmen. Sie wollte ihm nicht zeigen, wie sehr Iruns Angriff sie mitgenommen hatte. Doch Sorins Stimme wurde sanfter. »Irun ist … ein Problem. Er ist ein imperialer Edelmann.«

Ileni blinzelte. Bei ihr zu Hause war *imperialer Edelmann* so ziemlich die übelste Beleidigung, die man sich vorstellen konnte. Der Gedanke, dass Irun tatsächlich einer von ihnen war … nun. Das ergab Sinn. »Wenn er ein Edelmann ist, wie kommt er …«

»Er ist als Junge entführt worden. Niemand wusste zu diesem Zeitpunkt, warum. Erst Jahre später hat der Meister seine Gründe offenbart.«

Ileni kaute auf ihrer Unterlippe. »Entführt? Weiß er das?«

»Natürlich.«

»Seid ihr alle so …«

»Nein, normalerweise nicht. Ungefähr die Hälfte von uns

sind verwaiste Straßenkinder. Die andere Hälfte wird von jenen, die uns insgeheim unterstützen, aus den geheimen Widerstandsnestern im Imperium hierhergeschickt. Sie schicken uns ihre Söhne, wenn sie können.«

»Was genau unterstützen sie?«, fragte Ileni. »Den perfekten Messerschwung?«

Sorin presste die Lippen aufeinander, doch er fuhr fort, ohne auf ihre Provokation einzugehen. »Es ist uns nicht verboten … Kinder zu zeugen, wenn wir uns auf einer Mission befinden. Wenn wir Zeit dazu finden.«

Und hattest du Zeit dazu? Ilenis Wangen glühten. Sie hatte vom Ruf der Assassinen gehört. Die Frauen im Imperium fanden sie wohl unwiderstehlich … und obwohl sie nicht unbedingt alle Details erfahren wollte, war sie neugierig. »Und wann holt ihr die Kinder später ab? Wie denken die Mütter darüber?«

»Das ist egal«, sagte Sorin. »Die Kinder gehören hierher.«

Ein Schauer durchlief sie. »Kannst du dich an deine Mutter erinnern?«

Sorins Gesichtsausdruck wurde unlesbar. »Nein. Meine frühesten Erinnerungen habe ich daran, in einer Gruppe von Kindern zu leben, nach Essen in Müllbergen zu graben und zu stehlen, wann ich konnte. Ich schätze, meine Mutter hat mich bei der Geburt verlassen.«

Wie viele Renegai-Kinder mit Talent und Macht war Ileni bereits in jungen Jahren auf das Trainingsgelände gebracht worden, daher fühlte sie nicht die gleiche Bindung zu ihrer Mutter wie andere Kinder. Aber sie hatte immer gewusst, dass ihre Mutter sie liebte und stolz auf sie war. Sie hatte sich geweigert, ihre Mutter nach der abschließenden Prüfung noch einmal zu sehen, da sie fürchtete, all die Liebe und der Stolz wären verraucht.

»Als ich fünf Jahre alt war«, sagte Sorin, »wurde ich beim Stehlen erwischt. Zur Strafe sollte meine Hand abgehackt werden.« Seine Stimme war so ausdruckslos wie sein Gesicht. »Das ist die Strafe für Diebstahl im gesamten Imperium, egal wie alt der Dieb ist. Und ich hatte zwei Silberlinge aus dem Beutel am Gürtel eines Edelmannes genommen. Er hätte sie sicher nicht vermisst.«

»Sorin …« Sie setzte ihre Füße um, blieb aber, wo sie war. Sie wusste natürlich, wie grausam das Leben im Rathianischen Reich war. Sie hatte Dutzende von Geschichten gehört, eine schrecklicher als die andere. Doch sie hatte noch nie jemanden getroffen, der tatsächlich dort gelebt hatte und das alles ertragen musste.

»Ich bin dem Edelmann entwischt. Und ich habe einen Soldaten getötet, der mich mit seinem Schwert angegriffen hat.« Seine Schultern sanken leicht nach unten. »Aber es waren zu viele und ich war ein Kind. Sie haben mir den Arm gebrochen und ich bin zum Tode verurteilt worden.« Er sprach ruhig, hob die Stimme nicht. »Zu meinem Glück befand sich ein Assassine auf Mission auf dem Platz. Er hat gesehen, was ich getan habe, und war beeindruckt. Nachdem er seinen Auftrag ausgeführt hatte, hat er mich aus dem Gefängnis befreit und hierhergebracht.«

Durch Ilenis dünnes Hemd sickerte die Kälte der Steinmauern. Sie drückte sich mit dem Rücken so hart dagegen, dass sie die kleinen Erhöhungen im Fels fühlen konnte. »Welcher von ihnen ist es?«

Zum ersten Mal verriet Sorins Stimme eine Regung: Überraschung. »Das ist über zehn Jahre her, Ileni. Er ist tot.«

Darauf fiel ihr keine Erwiderung ein. *Es tut mir leid,* schien lachhaft, da *er* nicht so klang, als tue es *ihm* leid. Und natürlich war der Mann tot. Wie lange lebten Assassinen?

Sorin lehnte sich zurück, um an der Säule mit den Namen hinaufzuschauen – der Name seines Mentors musste irgendwo dort stehen; sie fragte sich, ob er sich den Ort gemerkt hatte – und sah dann zu Ileni hinüber. Sein Ausdruck schien zunächst unlesbar, doch dann konnte sie ihn einordnen. Mitleid. Damit hatte sie nicht gerechnet – und es sich auch nicht gewünscht. Er schüttelte den Kopf und sagte: »Bist du bereit weiterzugehen?«

Ileni stieß sich von der Wand ab. »Ich war schon die ganze Zeit bereit.«

Er schenkte ihr nur ein wenig länger denselben Ausdruck und führte sie dann durch mehrere Flure, bis er in der Mitte eines nach unten gewandten Durchgangs seitwärts abbog und ihrem Blick entglitt. Ileni brauchte ein paar

Sekunden, um den schmalen Schlitz im Felsen zu finden, durch den er verschwunden war, da er halb in der Kurve der Wand verborgen lag. Sorin war ihr bereits etliche Längen voraus, als sie sich endlich hindurchgequetscht hatte und in einem langen, engen Durchgang auf der anderen Seite auftauchte.

Etwas in ihr begehrte auf. Die Stimmen der Ältesten wisperten in ihrem Kopf: *Der Meister sitzt im Zentrum des Netzes, spinnt seine Intrigen und Täuschungen über das Imperium. Der Tod ist nur eine seiner Taktiken.*

Was, wenn sie Sorin nicht weiter folgte? Was, wenn sie umdrehte, einen anderen Weg nahm und niemals dem entgegentrat, was vor ihr lag?

Dann würde sie auf jeden Fall sterben, allein im Dunkeln, wenn ihre Magie versiegte und sie verhungerte. Und sie würde sterben, ohne ihrem Volk geholfen zu haben, ohne Antworten gefunden zu haben, ohne Zeit erkauft zu haben. Ein Tod so sinnlos wie ihr Leben.

Sie schritt hinter Sorin her, die Abfolge der Biegungen und Kurven fühlte sich ganz so an, als würden sie im Kreis gehen, bis sie auf einen steilen steinernen Treppengang stießen, der hinauf in die Dunkelheit führte.

Sorin sah sie von der Seite an und sagte: »Du solltest zuerst gehen.«

»Warum?«

»Dann kann ich dich auffangen, wenn du stürzt.«

»Ich werde ...«, fing sie an, doch ein Verdacht ließ sie

verstummen. Sein Gesicht war unbewegt und er lächelte nicht. »Machst du dich über mich lustig?«

»Glaubst du ernsthaft, dass ich das machen würde?«, sagte er, ohne zu grinsen. »Das wäre nicht besonders respektvoll.«

»Dann ist es ja gut, dass ich nicht mehr mein Nachtgewand trage«, schnaubte Ileni und stieg die Stufen hinauf. Sie war sich fast sicher, dass seine Mundwinkel zuckten, als sie an ihm vorbeistapfte.

Es war ein langer und mühsamer Aufstieg bis nach oben. Als das Ende schließlich in Sicht kam, war sich Ileni nicht mehr sicher, ob es wirklich ein Scherz war, dass Sorin sie fangen würde. Ihr wurde schwindlig, und sie wünschte, sie hätte daran gedacht, außer ihren Kleidern auch etwas zu trinken mitzunehmen. Ihre Waden schmerzten und ihr linker Schuh hatte den Knöchel aufgescheuert.

Sie blickte auf die Holztür am Ende des Aufgangs und wandte sich dann zu Sorin um. Er stand ein paar Stufen unter ihr und schien aufreizend unberührt von dem langen Aufstieg. Ileni strich sich ein paar Strähnen aus ihrer schweißbedeckten Stirn. Ihre Stimme zitterte. Sie hoffte, er würde es der Anstrengung zuschreiben. »Was soll ich jetzt tun – klopfen?«

»Macht man das so, wo du herkommst?«

Ileni drehte sich wortlos um, legte beide Hände auf die Tür und drückte dagegen.

Die Tür war schwer, schwang aber leichter auf, als sie

erwartet hatte. Ileni gelang es, nicht zu stolpern, doch sie eilte etwas weniger würdevoll in den Raum als geplant. Sie ließ die Tür los und hörte, wie sie hinter ihr zuschlug. Sorin war ihr nicht gefolgt.

Das schien kein gutes Zeichen zu sein. Sie krampfte ihre Finger in den Rock. Das Zimmer war ungleichmäßig geformt, etwa sechs Schritt lang, und niemand befand sich darin. Zwei in die schwarzen Steinmauern eingelassene Lampen tauchten den Raum in diffuses Licht. Ein gemusterter Teppich lag in der Mitte auf dem Boden, ein hochlehniger Sessel stand in der Ecke, und an der gegenüberliegenden Seite gab es ein Fenster, auf das Ileni nun zuschritt. Es war tief ins Mauerwerk eingelassen. Doch als sie ihre Ellbogen auf den Sims lehnte, konnte sie sich so weit hinausbeugen, dass sie den dunklen Samt des Himmels erkennen konnte – wie beiläufig fein mit Sternen bestickt. Vor ihr lag nichts als Schwärze. Sie wusste, dass die Dunkelheit Bäume und Berge verbarg, doch es war, als würde sie direkt in einen Himmel starren, der sich über ihrem Kopf streckte und einen Bogen bildete. Ein Schauer durchlief sie. Erst jetzt wurde ihr schmerzlich bewusst, wie sehr sie den offenen Himmel und das Gefühl von Wind hier unter der Erde vermisste. Dabei waren es erst zwei Tage. Wie würde sie sich erst in einer Woche – einem Monat – einem Jahr fühlen? Für den Rest ihres Lebens?

Jemand räusperte sich hinter ihr, und ihr fiel schlagartig wieder ein, dass der Rest ihres Lebens gar nicht so unerträglich lang sein würde. Sie zog ihren Kopf wieder nach drinnen und wandte sich um.

Sie hatte weder die Tür gehört, noch hatte sie Schritte vernommen. Doch der Mann saß jetzt in dem Ohrensessel, Gesicht und Gestalt lagen im Schatten verborgen.

Kapitel 5

Ein Kribbeln lief Ilenis Rückgrat hinab, als sie sich gegen das Fensterbrett lehnte und die dunkle Gestalt im Sessel ansah. Er hatte keine Magie eingesetzt, um so leise hereinzukommen; einen Zauber hätte sie gespürt. Die Holztür war noch geschlossen und Sorin war nirgends zu sehen.

Der Mann saß so reglos, als wäre er tot. Ileni machte den Mund auf, doch ihr fiel nichts ein, was sie hätte sagen wollen. Panisch wirbelten Gedanken durch ihren Kopf, während sie wie erstarrt dastand. Was ihr schließlich einfiel, war: »Schöne Aussicht.«

Vielleicht wäre ihr Einstieg gar nicht so übel gewesen, wenn ihre Worte wenigstens bitter oder einfach nur ungerührt geklungen hätten. Doch ihre Stimme klang zittrig und ängstlich. Als der Meister sich vorbeugte, tauchte sein Gesicht aus der Dunkelheit in die Schatten. Sie konnte immer noch nicht viel erkennen, aber seine Augen schienen im Lampenlicht scharf und hell wie die eines Raubtiers. Schweigen senkte sich drückend über den Raum.

Ileni hielt den Atem an. Unter der Last seines Blickes fühlte es sich an, als müsste sie ihre Worte einzeln herauszwingen. »Wo ist Sorin?«

Die Stimme des Meisters war leise und trocken und unerwartet sanft. »Er wird hier nicht gebraucht.«

Warum nicht? Ihr eigener Herzschlag erfüllte die dunkle Kammer. Sie fühlte sich klein und machtlos, wie eine Maus im Schatten eines Falken. »Warum bin *ich* hier?«

»Ich habe Cadrel nie kennengelernt, bevor er gestorben ist.« Die Stimme war fast ein Schnurren. »Ich wollte denselben Fehler nicht noch einmal machen.«

»Mich nicht zu treffen, bevor ich sterbe?« Ihre Stimme zitterte jetzt. Sie konnte nicht anders, aber es war ihr zunehmend egal.

Statt einer Antwort stand der Meister auf.

Das war alles, was er tat, und doch fühlte Ileni ein Dutzend Dolche auf ihre Brust gerichtet. Sie hatte gedacht, dass Sorin und die anderen Assassinen eine bedrohliche Aura umgab, aber im Vergleich zu diesem Mann waren sie blasse Abziehbilder. *Er kann mit einem Fingerschnippen töten,* hatten die Ältesten sie gewarnt, und in diesem Moment glaubte sie ihnen.

Sie wollte zurückweichen – nein, sie wollte wegrennen –, aber seine Augen nagelten sie auf der Stelle fest. Schmal und dunkel nahmen sie sein gesamtes Gesicht ein und ihr Fokus ließ alle Luft aus ihren Lungen weichen. Sie wollte wegsehen, konnte es aber nicht. Seine Augen brannten wie Flammen, die von innen durch … Weisheit? Macht? Wahnsinn? … befeuert wurden. Etwas anderes, etwas, das all diese Dinge umfasste und mehr.

Er lächelte sie freundlich an, als verstünde er. Ganz langsam bewegte er seinen Kopf zur Seite und verlagerte seinen Blick.

Ileni japste und Luft strömte in ihre Lungen zurück. Ihre Beine fühlten sich an, als würden sie ihren Körper nicht mehr tragen, aber es gab keinen weiteren Sessel im Raum. Außerdem fürchtete sie sich davor, sich zu bewegen.

»Sorin sagt, dass du dich von den anderen Lehrern unterscheidest«, sagte der Meister der Assassinen. »Und er ist ein aufmerksamer Junge. Findest du ihn hilfreich beim Einleben in dein neues Leben?«

»Ich …« Sie versuchte, klar zu denken. »Nein … nicht wirklich.«

»Das ist schade.« Er schwang seinen Kopf zurück in ihre Richtung, doch dieses Mal war sein Blick bewusst zurückgenommen – wie sie dachte –, und sie war dankbar dafür. Sie verspürte kein Bedürfnis, sich in diesem schwarzen Starren fangen zu lassen. »Sorin ist in vielerlei Hinsicht mein bester Schüler. Er hat Einfluss auf die anderen. Du bist von Anfang an in einer schlechteren Ausgangslage, da du so jung bist …« *Und weiblich*, aber das fügte er nicht hinzu. »Wie wirst du damit umgehen, dass deine Schüler dich nicht respektieren?«

Trotz durchzuckte sie und durchbrach ihre Angst. »Ich gedenke, dem keine Beachtung zu schenken.«

»Ich bin mir nicht sicher, ob du diese Möglichkeit hast.«

Ileni gelang ein Schulterzucken. Ihre Stimme war schon wieder etwas sicherer. »Selbst wenn mich einer von ihnen umbringt, heißt das nicht, dass ich etwas darauf gebe, was sie von mir halten.«

Zum ersten Mal hatte sie so etwas wie eine Reaktion herausgefordert. Nichts Offenkundiges, keine Bewegung, auch keine Veränderung seines Ausdrucks, aber sein Gesicht war für eine Sekunde bewegungslos.

»Du willst nicht hier sein«, sagte er mit sanfter Stimme, »aber du bist es nun mal. Je eher du das akzeptierst, desto leichter wird es für dich.«

Ileni presste die Zähne zusammen. »Ich habe mich freiwillig gemeldet.«

»Wirklich?«

»Ich wurde ausgewählt und habe nicht abgelehnt.«

Er studierte sie eingehend und sie fühlte sich durchschaut. Es war, als würde sein Blick ihre Worte ebenso wie ihre Haut durchbohren. »Aber wenn du die Wahl gehabt hättest, wärst du woanders hingegangen.«

Wie konnte er das wissen? Das hatte sie niemandem anvertraut. Sie hatte es selbst erst begriffen, als sie ihren Weg fast hinter sich gehabt hatte.

»Ich möchte meinem Volk dienen«, sagte sie. Selbst in ihren Ohren klang ihre Stimme kindisch und schrill.

»Obwohl du uns hasst?«

Sie hob ihre Hände wie zur Verteidigung gegen einen realen Schlag halb an. *Das* hatte sie sich noch nicht einmal selbst eingestanden.

Der Meister kicherte tief und trocken. »Ich werde dich nicht als Lügnerin bezeichnen. Man kann schließlich mehr als eine Sache auf einmal wollen. Du kannst dir den Respekt von Menschen herbeisehnen, die du verachtest. Wenn es um Sorin geht, fühlst du bereits auf diese Weise.«

Halt, dachte sie. Als jemand an die Holztür klopfte, schnappte sie vor Erleichterung fast nach Luft.

Der Meister nahm seinen Blick nicht von ihr und hob seine Stimme. »Komm herein.«

Sorin schob die Tür auf und trat in den dämmrigen Raum. Ein kleiner, schmächtiger Junge folgte ihm.

Endlich wandte sich der Meister von ihr ab. Er setzte sich wieder und legte beide Unterarme auf den Sessellehnen ab. »Jastim, nicht wahr?«

Der Junge nickte steif, sein Gesicht wirkte so trostlos und grau wie Stein. Schrecken strahlte so greifbar von ihm aus, dass Ileni fast zurückwich.

»Du ehrst unsere Sache.«

Es war keine Frage, aber die folgende Pause schien eine Antwort zu erfordern. Ruckartig nickte der Junge erneut.

Die Stimme des Meisters wurde rhythmisch – fast lyrisch.

»Du ehrst sie unauffälliger als andere, aber du ehrst sie dennoch. Dein Mut wird in Erinnerung bleiben.«

Der Junge suchte den Blick seines Meisters und ein Teil des Schreckens schien von ihm abzufallen. Er hob das Kinn und dieses Mal nickte er bestimmt und geschmeidig.

»Bitte zeige der Magierin«, sagte der Meister der Assassinen, »wie vollkommen meine Befehle in den Höhlen befolgt werden.«

Sorin trat zurück und Jastim schritt durch den Raum direkt auf Ileni zu. Er war zwar klein, doch auf seinen Armen zeichneten sich deutlich Muskelstränge ab. Sein Mund war zusammengepresst, entschlossen, und seine Augen glänzten. Vor Angst … nein, Stolz. Zumindest schien es vorwiegend Stolz zu sein.

In ihrer Panik gelang es Ileni tatsächlich, Kraft für einen Abwehrzauber aufzubringen. Er wackelte ungleichmäßig, ihm fehlte jegliche Feinheit, was vor einem Jahr noch undenkbar gewesen wäre, doch er hielt.

Der Junge lief jedoch mit triumphierendem Gesichtsausdruck direkt an ihr vorbei und erklomm den Fenstersims in einer flüssigen Bewegung. Er verharrte dort zusammengekauert, da sein Körper den gesamten Raum der quadratischen Öffnung einnahm. Er hätte nicht einmal genug Platz gehabt, um zu ihnen zurückzuschauen, wenn er es gewollt hätte.

»Spring«, befahl der Meister.

Jastim warf sich in die Nacht.

Ileni schrie. Sofort war sie am Fenster und erwartete fast, die schlanke dunkle Gestalt zu den Sternen aufsteigen zu sehen.

Tief unter ihr traf etwas mit einem dumpfen, Übelkeit erregenden Schlag auf den Boden.

Galle stieg bis in Ilenis Kehle hoch, und sie zwang sich, sie hinunterzuschlucken. Ihre Finger gruben sich so fest in den steinernen Fenstersims, dass sie schmerzten, doch sie drehte sich nicht um, und sie sah nicht – sie sah *nicht* – nach unten. Sie starrte vor sich auf die schwarzen Berge und den noch schwärzeren Himmel. Der Ausblick fühlte sich nicht mehr nach Freiheit an.

Die Stimmen der Ältesten in ihrem Kopf klangen gedämpft und weit entfernt: *Er wird aus Gründen töten, die nur ihm zugänglich sind.*

Aber er hat immer einen Grund.

»Danke«, sagte der Meister hinter ihr. Zu wem sagte er das? »Du kannst jetzt gehen.«

Sie wirbelte herum, während Tränen ihre Wangen hinunterrannen. Die Augen des Meisters waren immer noch sanft – grauenvoll und schrecklich sanft. Er lächelte sie vollkommen ruhig an, so als wäre Jastim nur eine Schachfigur gewesen, die man ungerührt vom Brett schnippen konnte, und kein menschliches Wesen mit blauen Augen, das nun zerschmettert auf den Felsen lag.

Als Ileni den kleinen Raum durchschritt, spürte sie seinen Blick zwischen den Schulterblättern. Sorin wartete, bis sie nur einen Schritt entfernt war, dann wandte er sich um und führte sie hinaus.

Die Stimme des Meisters hielt sie im Türrahmen auf. »Magierin?«

Sie klammerte sich am Türbogen fest und schaffte es nicht, seinem Blick zu begegnen.

»Wenn du ständig damit rechnest, dass dich hier jeder angreifen will, dann wirst du viele Abwehrzauber verschwenden.« Er kicherte tief und trocken. »Und du musst doch deine Kraft schonen, nicht wahr? Solange du es noch kannst.«

Er wusste es. Wie konnte er es nur wissen?

Sie versuchte gar nicht mehr, auch nur ein Fünkchen Würde vorzutäuschen, und floh überhastet. Dabei wäre sie in ihrer Eile beinah die Stufen hinuntergestürzt.

Sie und Sorin hatten ungefähr die Hälfte der Stufen hinter sich, als sie ihre Stimme wiederfand. »Du wusstest, weshalb du den Jungen nach oben bringen solltest.«

Sorin antwortete nicht. Er war ihr einen Schritt voraus, sodass sie sein Gesicht nicht lesen konnte.

Sie stolperte und stützte sich an der Wand ab, um nicht zu fallen. »Wie konntest du das tun?«

»Hättest du es lieber gehabt, dass ich dafür sorge, dass er bis in alle Ewigkeit lebt?«, fragte Sorin sanft. »Wir alle sterben. Jastims Tod hatte einen Sinn. Der Tod ist nichts, was wir fürchten. Er ist einfach ein Mittel. Jeder von uns würde sterben, wenn der Meister es befiehlt. Jeder von uns wäre *dankbar.*« Sein Ton veränderte sich leicht. »Ich erwarte nicht, dass du das verstehst.«

»Du würdest also dein Leben verschwenden …«

»Nicht verschwenden.« Sorins Stimme klang bestimmt. »Der Meister verschwendet keine Leben. Wenn er Jastim dazu eingesetzt hat, dich zu beeindrucken, dann hatte er einen gewichtigen Grund.«

Sie konnte sich beim besten Willen nicht vorstellen, warum es den Meister kümmern sollte, dass sie *beeindruckt* war. Schließlich war sie nicht wirklich die mächtigste Renegai-Magierin, die in den letzten Jahrhunderten geboren worden war. Auch wenn die Ältesten das lange gedacht hatten.

Doch der Meister wusste, dass sie es nicht war. Er hatte es erkannt, nachdem er kurz mit ihr geredet hatte. Sie schlang die Arme um ihren Körper, zwang sie dann aber wieder an ihre Seite, bevor Sorin es sah.

Wann würde der Meister es ihm verraten – es allen verraten? Er konnte ihr jederzeit den Boden unter den Füßen wegziehen, indem er aufdeckte, dass sie ihre Kraft nur vortäuschte. Dann wäre sie der Gnade ihrer Schüler ausgeliefert.

Als sie das Ende der Stufen erreichten, beschleunigte sie ihre Schritte. Aber auch Sorin wurde schneller und so starrte sie immer noch auf seinen Hinterkopf. »Ihr seid also nur seine Werkzeuge? Habt ihr keinen eigenen Kopf? Keinen eigenen Willen? Ist dir alles egal?«

»Nicht ganz.« Sorin hatte immer noch nicht zu ihr zurückgeschaut. »Ich versichere dir, dass jeder in diesen Höhlen alles daransetzt, sich als zu wertvoll zu erweisen, um einen solchen Befehl zu erhalten.«

Er wurde jetzt doch langsamer und Ileni fand sich an seiner Seite wieder. Er sah sie nicht an – sein Profil wie aus Stein gemeißelt –, aber es war praktisch eine Einladung weiterzureden. »Dein Meister hat gesagt, dass du mir helfen könntest. Aber was ist deine Aufgabe? – Sicherzustellen, dass ich gehorche, und wenn ich es nicht tue, tötest du mich?«

Sorin drehte sich zur Seite und schnitt ihr damit den Weg ab. Sie hatte schon fast einen Abwehrzauber beschworen, als sie begriff, dass sie den schmalen Durchgang zu den Haupthöhlen erreicht hatten und sie beinahe daran vorbeigegangen wäre. Sie seufzte und ließ den Zauber ziehen. Der Meister der Assassinen hatte recht. Wenn sie nicht weniger schreckhaft würde, wären ihre Kräfte binnen einer Woche aufgebraucht.

Die Ereignisse dieser Nacht trugen allerdings nicht dazu bei, ihr die Angst zu nehmen.

»Meine Aufgabe besteht darin, dich zu beschützen«, sagte Sorin.

»Und du glaubst nicht, dass mehr dahintersteckt?«

Sorin winkte irritiert ab. »Ich maße mir nicht an, die Motive meines Meisters ergründen zu können. Ich weiß nicht, warum er dir helfen will, und ich versuche auch nicht zu ergründen, warum er uns heute Nacht gerufen hat.«

»Dann bist du dumm«, sagte Ileni schärfer, als sie beabsichtigt hatte. »Ich kenne den Grund. Er will sicherstellen, dass ich genauso viel Angst vor ihm habe wie alle anderen in diesen Höhlen.«

»Hat es denn geklappt?«

Seine dunklen Augen blickten ernst, und er sah sie mit einer seltsamen Intensität an, als wäre ihre Antwort wichtig.

Ileni brachte es nicht über sich, schnippisch zu antworten, weshalb sie widerwillig die Wahrheit verriet: »Ja.«

Sorin seufzte so leise, dass es fast auch ein unkontrollierter Atemzug hätte sein können. Dann lief er weiter und sie setzten ihren Weg durch die langen Flure und leeren Höhlen schweigend fort.

Nachdem die Magierin und Sorin gegangen waren, saß der Meister für einige Augenblicke still da und betrachtete den leeren Fensterrahmen, in dem der Junge gekauert hatte. Vor wenigen Minuten hatte Jastims Geist noch vor Angst hell geleuchtet; nun war er nur noch ein zerschmetterter Haufen aus Blut und Knochen. Manchmal traf dieser Widerspruch den Meister selbst nach all den Jahren und all den Toden hart. Einst waren ihm diese Gegensätze wichtig erschienen.

Er neigte leicht den Kopf und sagte: »Was denkst du darüber?«

Ein Mann trat aus den Schatten am anderen Ende des Raumes. Er war dünn, fast schon hager, seine Wangenknochen erhoben sich aus seinen schmalen Zügen. Er beobachtete den Meister mit hinter dem Rücken verschränkten Händen. »Ich denke, es war erfolgreich.«

»Sie war nicht vollständig eingeschüchtert. Das gefällt mir.« Der Meister strich sich übers Kinn. »Und mir scheint, das gilt auch für Sorin.«

Der dürre Mann presste die Lippen zusammen. »Dem müssen wir Einhalt gebieten.«

»Müssen wir das?«, fragte der Meister.

Obwohl seine Stimme glatt und gleichmäßig klang, zuckte der dünne Mann leicht zusammen. »Ich meine – ich würde vorschlagen, dass wir nicht zulassen, dass sich irgendein Interesse entwickelt. Das könnte gefährlich werden.«

»Oder es könnte uns zugutekommen.«

Der dünne Mann zupfte an seinem Ohrläppchen und bereute es im gleichen Augenblick. Es war eine nervöse Angewohnheit und er wollte doch ruhig und gelassen erscheinen … nicht dass er wirklich glaubte, den Meister täuschen zu können. Aber ganz so offensichtlich musste man auch nicht sein. »Ich kenne den Ruf deiner Schüler draußen im Imperium. Aber dieses Mädchen ist alles andere als leichte Beute. Es wäre nicht klug, eure Schüler so … über sie denken zu lassen. Es ist riskant genug, ein Mädchen in die Höhlen zu lassen.«

»Ist es das?« Der Meister lächelte schwach und der dünne Mann biss sich auf die Lippe. Er kannte dieses Lächeln. Es bedeutete, dass der Meister ihn in die Irre geführt hatte und er dadurch wesentliche Teile seines Plans einfach übersehen hatte. Oder seiner *Pläne.* Der Meister hatte immer mehr als einen. »Ich glaube das nicht. Meine Schüler sind, wie du bereits gesehen hast, gut ausgebildet und darauf spezialisiert, ihre natürlichen Instinkte zu kontrollieren.«

»Nicht dass es nicht eindrucksvoll war.« Der dürre Mann räusperte sich. »Aber sich umzubringen, kostet nur eine Sekunde. Selbstkontrolle dagegen fordert jede Sekunde. Eure Schüler sind äußerst diszipliniert, aber unter alldem sind sie doch noch Jungen.«

»Das ist wahr.« Der Meister schien sich seine Aussage durch den Kopf gehen zu lassen, obwohl der dünne Mann aus Erfahrung wusste, dass er die Situation sicher schon durchdacht hatte. Er konnte nicht genau sagen, ob der Meister tatsächlich noch einmal darüber nachdachte oder ihn einfach nur auf die eine oder andere Art prüfte. Er wartete ab und widerstand der Versuchung, unruhig auf und ab zu trippeln.

Schließlich nickte der Meister. »Wenn es nötig wird, kann ich einen anderen als Sorin zu ihrem Schutz abstellen.«

»Wem traust du mehr als Sorin?«, warf der dünne Mann ein. »Er ist der perfekte Assassine.«

»Ja«, sagte der Meister fast wie zu sich selbst. »Aber ein Teil von ihm wünscht, er wäre es nicht.«

Der dünne Mann blinzelte. »Ein Teil von ihm lehnt das Töten ab?«

Der Meister lächelte schwach. »Natürlich nicht. Davon

ist er weit entfernt. Aber ein Teil von ihm lehnt Perfektion ab.«

Der dünne Mann verstand zwar nicht, aber das war er gewöhnt. Er hatte oft genug erlebt, dass die Pläne des Meisters aufgingen, um sich allzu große Sorgen über etwas zu machen, was er nicht verstand.

Der Meister wandte seine Aufmerksamkeit wieder dem Fenster zu. »Ich glaube, ich nehme das Risiko auf mich.«

»Wir sollten kein Risiko eingehen«, erwiderte der dünne Mann. »Nicht in dieser Angelegenheit. Nicht mit ihr.«

»Halte dich nicht zu sehr an deinen Plänen fest, alter Freund. Sie ist ein nützliches Werkzeug. Doch wenn sich ein Werkzeug als fehlerhaft erweist, dann wirft man es weg, oder?«

Der dünne Mann hob eine Hand zu seinem Ohrläppchen, erwischte sich selbst dabei und kratzte sich stattdessen am Kinn. Er beugte kurz den Kopf, drehte sich dann um und ging.

Der Meister der Assassinen dachte lange nach, während seine Finger beständig einen Rhythmus auf die Lehnen des Sessels trommelten. Seine Augen hielt er auf die blau-roten Schattierungen gerichtet, die der Himmel beim Verklingen der Nacht annahm.

Kapitel 6

Zu ihrer eigenen Überraschung schlief Ileni ein, kaum dass sie auf ihr Lager gekrochen war. Sie träumte davon zu fallen, über die Kante eines steinernen Fenstersimses zu stürzen, während die kalten Augen des Meisters sie von unten, vom harten Grund, fixierten. Sie wachte schweißgebadet und mit verklebten Augen auf und war nicht in der Stimmung, eine Gruppe von Killern zu unterrichten, denen das Sterben ebenso leicht wie das Töten fiel.

Als Sorin auftauchte, wirkte er ausgeruht, als hätte er die ganze Nacht in seinem Bett geschlafen. Er hatte einen Jungen dabei, der die typische graue Kleidung der Assassinen trug und nicht älter als acht sein konnte. Ohne auch nur in ihre Richtung zu schauen, ging der Junge zu ihrem Bett hinüber, hob den Nachttopf, ersetzte ihn durch einen leeren und verließ das Zimmer.

Sorin erwähnte die Ereignisse der Nacht mit keinem

Wort, während er sie in den Speisesaal zum Frühstück führte. Ileni sah ihn von der Seite an und suchte nach einer Spur jener Verletzlichkeit, die sie an der Ehrenrolle gesehen hatte – oder zumindest zu sehen geglaubt hatte. Sie hätte auch eine Marmorstatue anstarren können.

Wie am Tag zuvor brachte er sie an einen kleinen runden Tisch auf einer Seite der rechteckigen Höhle, um anschließend zu einer langen Tafel zu marschieren, wo zwanzig junge Männer saßen. Es gab fünf solche Tische, die alle von etwas älteren Assassinen besetzt waren. An einem davon musste heute ein Platz frei geblieben sein. Wussten die anderen Assassinen, was mit Jastim passiert war? Dass sein Leben wegen ihr beendet worden war?

Tat der Meister der Assassinen das für jeden neuen Renegai-Lehrer? Einen seiner Killer opfern, um seine absolute Macht zu demonstrieren?

Wenn das überhaupt der Grund war, warum er es getan hatte. *Ich maße mir nicht an, die Motive meines Meisters ergründen zu können,* hatte Sorin gesagt. Als sie sich an die dunklen Augen und das kalte, wissende Lächeln erinnerte, glaubte sie ihm.

Sie rührte mit ihrem Löffel in ihrem Haferbrei und brachte es einfach nicht fertig, ihn zu probieren. Wahrscheinlich wussten die Schüler nichts davon, aber einer der Lehrer würde sicher wissen, ob sein Tod der ganz normale Ablauf oder eine Sondervorführung speziell für sie gewesen war.

Am sechsten Tisch saß ein Dutzend älterer Männer, von denen sie nur einige aus dem Trainingsbereich wiedererkannte.

Ein Anfall von Leichtsinn überkam sie. Sie war Lehrerin, oder etwa nicht? Sie sollte bei den Lehrern sitzen. Ihnen sagen, was passiert war, herausfinden, wie sie darauf reagierten. Jedenfalls würde sie mit Sicherheit nichts in Erfahrung bringen, wenn sie alleine sitzen blieb und dem Haferbrei beim Kaltwerden zusah.

Sie nahm die Schüssel und wollte gerade ihre Beine über die Bank schwingen, als sich die Tür öffnete und ein großer Mann hereinkam, dessen schlaksige Arme trotz seiner Assassinenanmut unbeholfen wirkten. Er war älter als die Lehrer am Tisch und weiße Strähnen durchzogen sein graues Haar. Ileni hatte ihn vorher noch nie gesehen.

»Eine Vorladung des Meisters«, sagte er und der Raum versank in tiefes Schweigen. Alle senkten kurz den Kopf.

Ileni kämpfte gegen den Impuls an, ebenfalls den Kopf zu beugen, doch selbst dieser kleine Widerstand ließ ihr Herz hämmern, als würde sie etwas Falsches tun. Ihr Blick schnellte zu Sorin, doch der sah nicht zu ihr herüber. Seine Augen waren auf den großen Mann geheftet und ausnahmsweise war sein Blick ein offenes Buch: Hoffnung, so intensiv, dass es fast wehtat, war darin zu lesen.

Diese Hoffnung spiegelte sich auf den Gesichtern aller Jungen im Raum. Bei einigen mischte sich leichte Beklemmung hinzu. Doch nicht bei Sorin.

»Ravil«, sagte der Mann und ein schwarzhaariger Junge neben Sorin sprang mit leuchtendem Gesicht von der Tafel auf.

»Es ist mir eine Ehre zu dienen«, sagte er.

Der grauhaarige Lehrer wandte sich um und marschierte hinaus, während der junge Assassine ihm folgte und die neidischen und fragenden Blicke voller Trotz ignorierte. Auch Ileni beobachtete ihn, und ihr ganzer Körper spannte sich unter der Aufregung an, die durch die Luft flimmerte.

Sobald sich die Tür schloss, explodierte die Höhle vor Lärm: »Ich dachte, es würde Jadbez –«, »Meinst du, er wird auf die Akademie des Imperiums geschickt? Ich habe gehört –«, »Er hat Sondereinheiten in Tanfirian absolviert. Sein Ziel muss –«

Sorins Gesicht war versteinert, und er starrte seine Schüssel an, ohne zu essen. Jede Faser seines Körpers schrie förmlich vor kontrollierter … es war keine Wut, nicht wirklich. Aufruhr? Rebellion?

Es schien unmöglich, doch als sie das Wort erst einmal gedacht hatte, erkannte sie die Regung wieder. Sie hatte dasselbe gefühlt, als ihr ihr eigenes Schicksal entglitten war. In diesem Moment hatte sie blind um sich schlagen und den sich verengenden Pfad vor ihr verändern wollen. Sie hatte sich von ihrer eigenen Zukunft befreien wollen. Auch sie hatte sich immer im Zaum gehalten.

Etwas Scharfes und Wagemutiges durchfuhr sie. Sie nahm ihre Schüssel und lief zu dem Platz hinüber, den

Ravil frei gemacht hatte, stieß seine verwaiste Schüssel beiseite, um Platz für ihre eigene zu machen.

Alle starrten sie an, doch es waren Sorins Augen, denen sie begegnete. »Kann ich mich hier hinsetzen?«

»Ich weiß nicht«, antwortete Sorin ruhig.

»Dann schätze ich, ich sollte auf Nummer sicher gehen und nachfragen?« Es klang wie eine Herausforderung.

Er sah auf seinen eigenen Teller, doch sie hatte das Funkeln in seinen Augen schon gesehen. Bei jedem anderen hätte ein Lächeln dieses Glitzern begleitet. »Das solltest du«, sagte er. Aber es klang nicht nach einer Warnung. Es klang wie eine Einladung.

Sie glitt auf die Bank neben ihm und ihr Ärmel berührte fast den seinen. Der schlaksige blonde Junge ihr gegenüber sah sie mit zusammengepressten Lippen an. »Wohin wird er geschickt?«

Sorin löffelte ein paar Happen Haferbrei. »Ich weiß es nicht.«

»Warum haben sie nicht *dich* geschickt?«

Allein das leichte Kräuseln der Muskeln unter seinen grauen Ärmeln verriet seine Anspannung. Er kaute und schluckte, bevor er antwortete. »Auch das weiß ich nicht. Aber wenn der Meister Ravil für diese Mission am geeignetsten hält, dann hat er recht.«

Ileni hob die Augenbrauen. »Wie vertrauensvoll von dir.«

Er warf ihr von der Seite einen Blick zu. Das Glitzern in

seinen Augen war verschwunden. »Du bist ihm begegnet. Glaubst du, er ist ein Mann, der Fehler macht?«

Ileni schluckte. Das wagemutige Kribbeln verschwand so rasch, wie es gekommen war, und hinterließ nur einen schalen Geschmack von Angst in ihrem Mund. Sie zog ihren Arm, der Sorins fast berührt hatte, näher zu sich. Für diesen Tag war sie waghalsig genug gewesen und aus diesem Gespräch zog sie sich besser zurück. »Wie viele Missionen hast du –«

Sorin schnellte wie eine sich entrollende Schlange nach vorne. Sie zuckte instinktiv zur Seite, und sein Arm strich an ihrem Haar vorbei, als er die erhobene Hand des blonden Jungen gegenüber packte.

»Nicht«, sagte Sorin. Seine Stimme war leise und absolut ruhig.

Der andere Junge vollführte ein kompliziertes Manöver mit seinem Handgelenk und befreite sich fast. Sorin reagierte mit einer ähnlich komplexen Bewegung und hielt den Jungen fest. Dieser starrte ihn voll Trotz an. »Sie hat den Meister beleidigt!«

Seine Stimme war absichtlich laut und erneut versank der Raum in Totenstille. Alle sahen Ileni an, Hunderte von Augenpaaren mit hartem Blick und leicht gekräuselten Lippen. Ihr Abscheu war geradezu greifbar und sie kam sich klein und widerwärtig vor.

Jetzt bringen sie mich also um, dachte Ileni und überraschte sich selbst mit dem urplötzlich aufbrandenden, unbändigen

Verlangen zu leben. Obwohl sie wusste, dass sie nicht ausreichen würde, sammelte sie ihre verbliebene Magie.

»Sie hat eine Frage gestellt.« Auch Sorin hob die Stimme. »Sie hat eine Antwort erhalten. Es ist vorbei und vergessen.«

»Sie hat vom *Meister* ohne jeglichen Respekt gesprochen«, zischte der Junge. »Und das lässt du zu?«

»Das werde ich«, erwiderte Sorin. »Denn der Meister hat es mir befohlen.«

Schwer atmend starrte ihn der blonde Junge an. Aber dann lehnte er sich ein wenig zurück.

»Was waren seine konkreten Anweisungen?«, fragte Irun träge vom anderen Ende der Tafel. »Dass sie am Leben bleiben soll? Oder dass sie selbst für die abstoßendsten Sprüche nicht gemaßregelt werden darf?«

Der blonde Junge sah gespannt auf, und Ileni beging den Fehler, seinem Blick zu begegnen. Der Hass in seinen Augen verschlug ihr den Atem. Die Renegai respektierten ihre Ältesten ebenfalls und Ileni hätte nie im Leben so abschätzig über sie gesprochen. Doch selbst wenn, hätte sie nicht um ihr Leben fürchten müssen.

»Wenn es einer von euch wagt, sie zu *maßregeln*, wird es der Meister erfahren«, sagte Sorin. Er klang fast gelangweilt, aber er hielt nach wie vor das Handgelenk des blonden Jungen fest, obwohl der andere Assassine eindeutig versuchte, dem Griff zu entkommen. Sorins Arm war immer noch Zentimeter von Ilenis Wange entfernt, und sie konnte fühlen, wie seine Muskeln leicht unter der Anstrengung zitterten. »Er hat befohlen, dass sie nicht zu Schaden kommen darf.«

»Nun. Das stimmt nicht ganz, oder?« Irun stand auf und schlenderte heran. Er befand sich auf der anderen Seite des Tisches, doch Sorin richtete seine ganze Aufmerksamkeit auf ihn, wie alle am Tisch – alle in der Höhle, wie Ileni begriff. Irun stand im Zentrum der Aufmerksamkeit. »Er hat keinem von *uns* befohlen, ihr nichts zu tun. Er hat nur *dir* befohlen, sie zu beschützen.«

»Und genau das«, sagte Sorin, »tue ich.« Er drehte seine Hand. Dem Jungen entfuhr ein dumpfes Wimmern.

»Ah ja. Weil du schon immer so gehorsam warst.« Eine Welle von Gelächter drang durch die Höhlen. »Deine Hingabe spricht für dich.«

»Danke.« Das Wort war ein Knurren.

Irun grinste. »Wirst du mit mir um sie kämpfen?«

Sorin ließ den Arm des blonden Jungen fallen und sprang in die Hocke auf die Bank. Sein Rückgrat zu einem Bogen gespannt, über dem sich sein graues Hemd straffte. Doch sein Gesicht war vollkommen ruhig. »Gegen einen imperialen Hund wie *dich* kämpfe ich nur um Kupfermünzen.«

Irun stolzierte näher, er bewegte sich wie eine Katze auf der Pirsch, und die Assassinen auf seiner Seite des Tisches schlichen von dannen. »Dein Glück, dass ich dieser vulgären Hure noch nicht einmal so viel Wert beimesse.«

Sorin lehnte sich vor – selbstsicher, tödlich. Ileni konnte

seinen Eifer spüren. Der Glanz in seinen Augen war zurückgekehrt.

Irun verschränkte die Arme vor der Brust und feixte. »Was? Bist du dazu abgestellt worden, sie auch gegen Beleidigungen zu schützen?«

Ileni lachte. Es fing zu laut und zu gewollt an, doch ihre Hysterie kippte und sie lachte unkontrolliert. Alle Gesichter wandten sich ihr zu und starrten sie an.

»Das ist niedlich«, sagte sie an Irun gewandt, »dass du tatsächlich glaubst, irgendetwas aus deinem Mund könnte mich genug beschäftigen, um als Beleidigung durchzugehen.«

Sein Gesicht wurde ausdruckslos vor Schock, als hätte ein Ausgestoßener ihn zurechtgewiesen.

»Wenn du mit dem Essen fertig bist«, fügte Ileni hinzu, »solltest du deine Zeit lieber damit verbringen, an deinen Handbewegungen für die fünfte Übung zu arbeiten. Die waren ziemlich schlampig.«

In der vollkommenen Stille, die sich über den Raum gelegt hatte, stand sie auf und ging auf die Tür zu. Sie hatte noch keine zwei Schritte gemacht, als Sorin schon an ihrer Seite war.

Es gelang ihr noch, sicher aufzutreten, bis sie die äußere Halle erreicht hatte. Doch dann gaben ihre Knie nach. Schwach drang der Gedanke in ihr Bewusstsein, dass sie ihre Fassade vor Sorin aufrechterhalten sollte, doch es wollte ihr einfach nicht gelingen. Sie lehnte sich gegen die Mauer und schloss die Augen.

Keine Tränen. Wenigstens *das* würde sie sich vor ihm verkneifen. Sie presste die Augen so heftig zusammen, dass ihr Kopf schmerzte.

Nach wenigen Augenblicken, in denen Sorin nichts tat – was hatte sie erwartet? –, öffnete sie sie wieder. Er lehnte an der gegenüberliegenden Wand, offenbar so weit von ihr entfernt wie nur möglich.

»Das war nicht sonderlich schlau von dir«, sagte er.

»Welcher Teil davon?«

»Alles.«

»Gehört dazu auch, Irun einen imperialen Hund zu schimpfen und ihn dazu aufzufordern, für eine Münze gegen dich anzutreten?«

Ein Lächeln umspielte Sorins Lippen und war so schnell wieder verschwunden, dass sie nicht sicher war, ob sie es wirklich gesehen hatte. »Ich neige dazu, mich in Iruns Gegenwart nicht sonderlich vernünftig zu verhalten.«

Ileni schlang die Arme um sich. »Ich glaube, er mag mich nicht.«

Sorin lachte und erschreckte sie damit. Sein Lachen war erstaunlich. Die scharfen Linien seines Gesichts wurden weicher, nur ein wenig zwar – aber es war genug. Plötzlich sah er überhaupt nicht mehr gefährlich aus. Er sah … gut aus. Zu einer anderen Zeit, an einem anderen Ort, hätte er ein bisschen wie Tellis aussehen können.

Aber das war eine Illusion, wies sich Ileni zurecht.

Sorin verlagerte sein Gewicht von der Mauer weg. »Er wird dir nicht wehtun. Das werde ich nicht zulassen.«

»Danke«, flüsterte sie – und dann fiel ihr ein, dass sie ihm nicht danken sollte. Schließlich führte er nur Befehle aus.

»Versuch, meine Aufgabe einfacher zu machen, indem du deine Meinung … für dich … behältst. Besonders wenn es um den Meister geht.« Er senkte seine Stimme, als er seinen Anführer erwähnte und Ehrfurcht stahl sich in seinen kühlen Tonfall. »Du kannst solche Sachen nicht einfach sagen. Wenn du erst einmal länger hier bist, wirst du sehen, wie sich seine Pläne entfalten und aufgehen. Du wirst begreifen, wozu er fähig ist, und dann wirst du verstehen, warum wir ihm folgen.«

»Es tut mir leid«, erwiderte Ileni, ohne darüber nachzudenken, warum sie das sagte. Selbst sie konnte hören, dass in ihrer Stimme die Aufrichtigkeit fehlte.

Sorin biss die Kiefer zusammen. »Du hast letzte Nacht gefragt, ob ich nur ein Werkzeug bin. Die Antwort ist ja. Wir sind alle Werkzeuge und wir sind stolz darauf. Was auch immer er verlangt, was immer er tut, ist es wert, ein Teil davon zu sein.« In diesem Moment sah er sie an und ein selbstironischer Ausdruck flimmerte über sein Gesicht. »Ist auch egal. Du brauchst das nicht zu verstehen. Du brauchst eigentlich nichts zu verstehen.«

Sie rutschte an der Wand entlang – weiter von ihm weg.

Sorin sah sie aufmerksam an; seine Gesichtszüge wurden

dabei … nicht wirklich weicher, aber weniger hart. »Du brauchst keine Angst *vor mir* zu haben.«

Ihm zu glauben wäre äußerst dumm, egal wie sehr sie es auch wollte. Ileni suchte seinen Blick.

Sorin blinzelte. Dann streckte er urplötzlich die Hand aus. »Hier. Ein Friedensangebot.«

Zunächst sah sie nicht, was er in der Hand hielt. Etwas Schmales, Rundes und Dunkles. Sie sah in Sorins erwartungsvolles Gesicht und versuchte zu erraten, ob es eine Waffe sein könnte.

»Nachtisch«, sagte er. Fast konnte sie die Herausforderung in seinen Augen lesen.

»Gift?«, fragte sie so schelmisch wie möglich. Ob ihr Schutzsiegel wohl reagieren würde? Wahrscheinlich nicht. Er musste ein Dutzend Wege kennen, sie unauffällig umzubringen, ohne das Schutzsiegel auszulösen.

Sorin schnaubte. »*So* schlecht war dein Unterricht jetzt auch wieder nicht.«

Was für ein Spiel spielte er? Sie beschwor instinktiv ihre Magie, damit sie ihr verriet, was er in der Hand hielt, und die Stimme des Meisters flüsterte in ihrem Kopf: *Und du musst doch deine Kraft schonen, nicht wahr? Solange du es noch kannst.*

Ihr Magen verkrampfte sich. Sie streckte ihre Hand aus, um den Ball aus seiner Hand zu pflücken, und warf ihn sich in den Mund.

Er schmeckte bitter und süß, fest und schmelzend zugleich, und der Geschmack hielt sich auf der Zunge, als könne sie ihn ewig schmecken. Sie keuchte Sorin zu: »Schokolade?«

»Schmeckt es dir?«, fragte er zurück.

Das hier war kein Geschenk. Es war ein Bestechungsversuch – ein Versprechen kommender Bestechungsgeschenke. Was wollte er von ihr?

Sie war sich sicher, dass sie es früh genug herausfinden würde.

Ileni beschloss, nicht darüber nachzudenken, denn der samtige Geschmack lag ihr noch auf der Zunge und benetzte ihren Gaumen mit einer reichen Süße. Sie fuhr sich an der Innenseite ihrer Zähne entlang. Schokolade hatte sie erst ein paar Mal in ihrem Leben genossen – sie wurde auf dem südlichen Kontinent hergestellt und war unglaublich teuer. Die wenigen Händler, die es bis in die Berge schafften, machten sich meist nicht die Mühe, sie mitzuschleppen.

»Woher hast du sie?«

Er sah sie an. Sie seufzte. »Lass mich raten. Das gehört zu den Dingen, die ich nicht zu wissen brauche.«

»Du lernst dazu«, sagte er anerkennend.

Ileni verschränkte die Arme. Sie war nicht auf die Anerkennung eines Killers angewiesen – noch legte sie Wert darauf. »Und ist das erlaubt? Solltest du mir … Geschenke machen?«

»Ganz bestimmt nicht.«

»Warum tust du es dann, wenn es gegen die Regeln verstößt?«

»Genau darum tue ich es.« Das Funkeln war wieder in seine Augen zurückgekehrt und dieses Mal wurde es durch die Andeutung eines Lächelns begleitet.

Ich glaube dir nicht. Sie wandte sich ab.

Seine Stimme hielt sie zurück. »Du hast wirklich gedacht, dass es Gift ist, stimmt's?«

Ohne sich umzudrehen, antwortete sie mit »Ja«.

»Warum hast du sie dann gegessen?«

Sie sah ihn über die Schulter an. »*Du*«, sagte sie, »hast wirklich gar nichts verstanden.«

Er blieb ihr eine Antwort schuldig. In der hallenden Stille schritt sie den Gang entlang auf die Trainingshöhlen zu. Sie sah sich nicht um, und obwohl er lautlos lief, wusste sie ganz genau, dass er ihr folgte.

Sorin begleitete sie vor ihre Klasse und setzte sich dann auf seine Matte. Ileni sah ihn an, ließ ihren Blick dann über die neunzehn anderen Gesichter schweifen, die sie anstarrten. Irun war unter ihnen und er lehnte sich leicht nach hinten und feixte. Einige der anderen Jungen tauschten Blicke. Sie alle hatten den Streit während des Frühstücks mit angehört, und es schien, als ob eine Schärfe in ihrem Starren lag, die gestern noch nicht dagewesen war – eine kaum verhüllte Feindseligkeit.

Sie hatte sich noch nicht endgültig bewiesen.

Doch seit ihrem leichtfertigen Zauber in der Kammer des Meisters waren ihre Kräfte so schwach wie nie. Sie hatte geplant, ein paar Tage auszusetzen, bis sie wiederkehrten, doch das schien nun gänzlich außer Frage. Sie war sich ziemlich sicher, dass Irun die Zauber nur so herbeischnippen würde, um sie zu einer Reaktion zu zwingen, wenn sie – wie von den Ältesten in einem anderen Leben vorgeschlagen – Meditationen begutachten würde. Und wenn sie dann nicht reagieren konnte, würden alle die Wahrheit kennen.

Die Konsequenzen konnte sie nicht abschätzen … besonders, weil es der Meister ja schon wusste. Warum hatte er noch nichts gesagt? Was war sein Plan und spielte ihm ihre Machtlosigkeit in die Hände? Sie erinnerte sich an seine dunklen Augen, sein mitleidloses Lächeln und Furcht breitete sich in ihr aus.

Er hatte sie zum Sterben hierhergebracht. Sie wusste es tief im Inneren. Vielleicht war das hier ein Test, den er für seine Schüler entworfen hatte. Ein Spiel. Vielleicht gab es einen Preis für den ersten Assassinen, der ihr Geheimnis herausfand und sie für diese Täuschung umbrachte.

»Heute«, sagte sie, »Feuerzauber.«

Irun straffte sich und warf sein dunkles Haar zurück. Ileni wandte den Blick von ihm ab und sagte: »Bazel. Du zuerst.«

Bazel war der pausbackige Junge, den Irun gestern angegriffen hatte. Er sah sie erschrocken an und schien überrascht, dass sie ihn überhaupt bemerkt hatte. Als er geschmeidig auf die Füße kam und nach vorne lief, hatte Ileni das Gefühl, dass er absichtlich näher an der Wand entlangging als alle anderen Jungen; er stellte sich mit hinter dem Rücken verschränkten Händen neben sie und starrte den Boden an, anstatt ihr ins Gesicht zu sehen. Ihm fehlte die unangestrengte Arroganz von Irun und er verströmte keine kontrollierte Kraft wie Sorin.

Doch er besaß ohne Zweifel die mächtigste Magie in diesen Höhlen.

Wenn sie nur neben ihm stand, fühlte Ileni das magische Potenzial, die Kraft, die er für die Anfängerzauber kaum anzapfen musste. Sie strahlte geradezu von ihm aus. Vielleicht mochte er nie die Fertigkeit erwerben, sie voll und ganz zu nutzen – Kraft und Talent verbanden sich nicht immer miteinander –, doch wenn sie bei einem Renegai-Magiewettbewerb gegen ihn hätte antreten müssen, wäre sie wachsam gewesen. Er besaß fast so viel Kraft wie sie früher. Wahrscheinlich sogar so viel wie Tellis – und Tellis war – jetzt – der mächtigste lebende Renegai.

Sie würde vorsichtig sein müssen, damit Bazel nicht begriff, was er alles leisten konnte. Aus genau diesem Grund hatte sie ihn als Ersten aufgerufen. Sie wollte nicht, dass er die anderen beobachten konnte, bevor er sich selbst versuchte.

»In Ordnung«, sagte sie. »Hört alle gut zu, denn was jetzt kommt, ist kompliziert.«

»Wir hören immer gut zu.«

Irun wieder. Wenn sie das den ganzen Morgen ertragen musste, würde es tödlich enden. Wahrscheinlich für sie. »Zur Kenntnis genommen«, sagte sie. »Nun fängst du an, indem du dir vor dem inneren Auge eine Flamme vorstellst und dann –«

»Absalm hat gesagt, dass wir den Zauber am besten lernen, wenn wir ihm zuschauen.«

Ilenis Augen verengten sich. Irun saß so aufrecht da wie alle anderen, sein Gesicht war ausdruckslos, und doch vermittelte er den Eindruck, als würde er nach hinten zusammensinken und zynisch lächeln. »Falls du es noch nicht bemerkt haben solltest: Ich bin nicht Absalm.«

»Das ist mir schon aufgefallen.« Er sagte es monoton, ohne Ausdruck, aber einer der anderen Schüler kicherte dennoch. Ein kurzer, schnell unterdrückter Laut, der dennoch in der Stille hallte wie eine Glocke.

Ileni erlaubte sich kurz, darüber zu sinnieren, wie Irun reagieren würde, wenn sie seine Kleidung bei einer Vorführung in Flammen setzte. Plötzlich war sie sich der Kraft nur zu bewusst, die gerade so von Bazels Haut zu tropfen schien und gegen ihre knisterte. Das Verlangen, sie einzufangen, zu nutzen und wieder freizusetzen, übermannte sie beinahe.

Sie hatte schon davon gehört, dass man die Kraft eines anderen anzapfen konnte. Es gab Methoden, die die Magier des Imperiums perfektioniert hatten – aber das war böse

Magie. Und ihr Volk hatte sich davon abgewandt, als es sich vor Jahrhunderten vom Rathianischen Reich losgesprochen hatte. Selbst wenn sie der Versuchung erlegen wäre, hätte Ileni gar nicht gewusst, welche Art von Zauber überhaupt funktionieren würde.

»Wenn du so ein Experte bist, macht es dir sicher nichts aus, mit dem ersten Zauber anzufangen?«, schnappte sie. Nein, das war keine gute Idee. Sie wünschte, ihr Kopf wäre klarer. »Warum probiert ihr es nicht einfach alle gleichzeitig? Bazel, zurück auf deine Matte. Alle tun, was ich sage.«

Bazel schlich sich zurück. Sein Gesichtsausdruck hatte sich keine Sekunde lang verändert, soweit sie das sagen konnte. Sie stahl einen Blick zu Sorin hinüber, weil sie nicht zu Irun schauen wollte. Auch Sorins Ausdruck war unverändert. Klare Sache.

Zu spät für einen Rückzieher. Sie räusperte sich. »Fangt mit folgender Abfolge an …«

Nach einer zehnminütigen Einführung waren sie so weit. Sie beobachtete, wie sie im Einklang miteinander sprachen und gestikulierten, fühlte, wie sich die Magie um sie herum aufbaute, nach ihr schlug, sie herausforderte. Sorins Gesicht war aufs Schärfste konzentriert. Es war ein schwieriger Zauber.

Erst bei der letzten Zeile fiel ihr ein, dass sie vergessen hatte, den Übergang in der Betonung mitten in der Abfolge zu erklären. Doch es war schon zu spät, sie aufzuhalten. Der Raum hallte von den letzten triumphierend herausposaunten Worten wider und die Kraft wurde freigesetzt. Schwebende Wasserkugeln tauchten über den Köpfen der Assassinen auf und platzten. Wasser regnete in der schmalen Höhle herab, rann durch Haare und dünne graue Tuniken, floss in Rinnsalen über den steinernen Boden bis durch den Bogen, der in den Haupttrainingsbereich führte.

Absolute Stille. Dann kicherte jemand, eine zweite Stimme gesellte sich dazu, bis sich alle zwanzig durchnässten jungen Killer vor Lachen bogen.

»Das hätte euch töten können!«, schrie Ileni. Wenn sie die Betonung tiefer statt höher gesetzt hätten, dann wäre das Wasser siedend heiß gewesen. Sie starrte alle der Reihe nach an – und bemerkte plötzlich, dass es nur neunzehn durchweichte Schüler gab. Bazel lachte zwar genauso ungehemmt wie alle anderen – aber er war vollkommen trocken.

Ileni näherte sich Bazel. Das Gelächter verstummte. Selbst ein unerwartetes erstauntes Fluchen aus der Richtung des Trainingsbereichs, wo die Assassinen manchmal barfuß übten, ließ das Gelächter nicht wieder aufflammen, obwohl ein paar Schüler grinsten.

»Was ist mit dir passiert?«, fragte Ileni fordernd.

Bazel sah sie ausdruckslos an, als würde ihn ihre Frage verwirren, doch er konnte einen Anflug von Selbstgefälligkeit nicht aus seiner Stimme verbannen. »Cadrel hat uns vor seinem Tod einen Regenschildzauber beigebracht, Lehrerin.«

Schweigen. Als Ileni den Blick durch den Raum schweifen ließ, sah sie, dass niemand mehr grinste. Sie müssten den

Regenschild eigentlich beherrschen, – unter den Renegai nutzten bereits Dreijährige den Zauber –, doch nur Bazel hatte daran gedacht, ihn einzusetzen.

Das Grinsen und unbeschwerte Gelächter war dunklen Gesichtsausdrücken und nicht wirklich freundlichen Blicken in Bazels Richtung gewichen. Besonders Sorin schien zu grollen, und Ileni konnte sich nur zu gut denken, warum: *Er* sollte seine Lehrer mit schlauen Tricks beeindrucken, die der anderen übertreffen, ohne es groß darauf anzulegen.

Nachdenklich sah Ileni zu Bazel. »Vielleicht sollten wir für dich Einzelstunden ansetzen.«

Darauf folgte ein weiteres Kichern – viel gehässiger, weniger freundlich als zuvor. Bazel starrte sie an, als hätte sie ihn geschlagen, und senkte dann den Blick.

Ileni seufzte und wandte sich dem Rest der Klasse zu. Neunzehn harte Gesichter: kalt, nachtragend und tropfnass.

Natürlich war es Irun, der das Wort ergriff. »Warum nur Bazel?«

Sie blinzelte ihn an. »Wie bitte?«

»Absalm hat jedem Einzelunterricht erteilt, der große Kraft zeigte. Vielleicht solltest du das auch tun.«

Sie kreuzte die Arme. »Ich schätze, du warst einer davon?«

»Ich. Arkai. Elum. Efram.« Er zeigte auf die Schüler, deren Namen er nannte, und fügte voller Spott »und Bazel« hinzu.

Sie folgte seinem ausgestreckten Zeigefinger und blinzelte. Sorin beobachtete sie genau und ergriff dann das Wort. »Fällt deine Einschätzung anders aus, Lehrerin?«

»Nein«, sagte Ileni, die zu überrascht war, um zu lügen. Sie sah das ganz genauso. Irun hatte die fünf Schüler in ihrer Klasse mit der größten ungeschliffenen Kraft richtig benannt.

Aber diese zu erkennen war eigentlich nicht Aufgabe der Lehrer. Die Ältesten waren ganz klar in ihren Ansagen gewesen: Das Abkommen verlangte von ihnen, dass sie die Assassinen ausbildeten. Doch sie waren dazu angehalten, dies so wenig effektiv wie möglich zu tun, ohne Verdacht zu erregen. Nicht-Magier konnten magisches Potenzial nicht spüren, weshalb alle Lehrer eigentlich problemlos die schwächsten Schüler für den Einzelunterricht aussuchen konnten. Überragende Killer zu erschaffen war das Letzte, was sie tun sollten.

Was hast du im Schilde geführt, Absalm?

»Ich werde darüber nachdenken«, sagte sie schließlich. Alle beobachteten sie immer noch mit feindseligen Gesichtern und sie holte tief Atem. »In der Zwischenzeit üben wir noch einmal den Zauber.«

Kapitel 7

Du machst einen Fehler«, sagte Sorin, als er sie in den Essbereich zum Mittagsessen brachte.

Ileni ignorierte ihn und ging zu ihrem Tisch hinüber. Sie war ganz in Gedanken versunken, und Sorin lief so lautlos, dass sie zunächst nicht merkte, dass er ihr folgte. Erst als er auf die andere Seite des Tisches zusteuerte, wurde ihr klar, dass sie dieses Mahl nicht alleine verbringen würde.

Das Essen befand sich in der Mitte des Tisches – war aber nur genug für eine Person. Ileni griff nach dem Eintopf und schaufelte sich die Hälfte in ihre Schüssel, brach dann ein Stück Brot ab und tunkte es hinein, ohne Sorin anzusehen.

Sorin machte sich mit der gewohnten Anmut eines Raubtiers auf der Bank ihr gegenüber breit. Er griff nicht nach dem Essen, obwohl er offensichtlich fast den gesamten Morgen heftig trainiert hatte. Schweiß glänzte auf seiner

Stirn und den Oberarmen. »Du hilfst Bazel nicht, wenn du ihn auswählst. Du machst es nur schwerer für ihn.«

Ileni schluckte einen würzigen Happen Eintopf hinunter – irgendjemand in den Höhlen wusste ganz offensichtlich, wie man kochte – und sagte: »Ich werde ihm beibringen, wie er seine Magie einsetzen kann. Warum sollte es das für ihn schwerer machen? Bin ich nicht genau deshalb hier?«

»Du bist hier, um uns dabei zu helfen, auf unseren Missionen Magie einzusetzen«, sagte Sorin. »Du solltest deine Zeit nicht an Bazel verschwenden. Er wird wahrscheinlich nicht lange genug überleben, um auf seine erste Mission geschickt zu werden.«

Ileni brach ein weiteres Stück von ihrem Brot ab. »Warum? Was wird mit ihm geschehen?«

»Ein tödlicher Unfall während des Waffentrainings, schätze ich mal.«

Sie konnte nicht genau sagen, ob er einen Scherz machte. Sorin lehnte sich auf der Bank zurück und sah sie mit zur Seite geneigtem Kopf an. »Schockiert, dass wir zum Morden fähig sind, Magierin?«

Sie dachte sorgfältig nach, bevor sie antwortete. »Einen aus den eigenen Reihen? Wirklich?«

»Ah. So langsam beginnst du, uns zu verstehen.« Fast klang es wie ein Kompliment, doch er sagte es ohne Betonung. »Aber ich habe *Unfall* gesagt. Bazels Kampfkünste sind … nicht auf unserem Niveau. Und deshalb sind die anderen nicht ganz so vorsichtig, wenn sie mit ihm kämpfen. Um ihm einen Stoß in die richtige Richtung zu geben, damit er sich verbessert, verstehst du? Und je weiter er zurückbleibt, desto höher wird das Risiko.« Er zuckte die Schultern. »So funktionieren die Dinge nun mal.«

Ihr fiel nichts ein, was sie darauf sagen sollte, und sie konnte ihren Abscheu nicht verbergen. Er setzte sich auf. »Was macht ihr Renegai, wenn jemand mit unzulänglichem magischen Geschick geboren wird?«

Ileni verschluckte sich an ihrem Brot, hielt die Augen aber auf ihr Essen gerichtet. Er konnte ja nicht ahnen, wie sehr das wehtat. »Wir bringen sie nicht um! Gewöhnliche Menschen dürfen ganz normal unter den Renegai leben.«

»Gewöhnlich.« Er äffte ihre Aussprache nach und dieses Mal zuckte sie vor der lässigen Geringschätzung in seiner Stimme zurück. Es war das exakte Echo ihrer eigenen. »Wie schön für sie, wenn sie damit leben können. Keiner von *uns* würde das hinnehmen.«

Ileni gab vor, sich ausgiebig mit dem Entfernen der Pilze aus ihrem Eintopf zu beschäftigen, da sie ihrer Stimme nicht traute. Sie konnte fühlen, wie sein Blick sich in ihre Schädeldecke bohrte, doch ihr fiel nicht ein, wie sie ihn ablenken könnte.

Schließlich sagte er: »Der Tod bedeutet für uns nicht das Gleiche wie für euch. Wir ziehen ihn einem Leben in Schande vor.«

Sie erinnerte sich an die gespannte Angst im Gesicht des dünnen Jungen, die Verbissenheit in seinen blauen Augen, als er zum Fenster schritt. Aber er war gesprungen. Gesprungen und gefallen und dann … der Aufprall … Sie zwang ihre Gedanken weg von der Erinnerung.

»Bazel wird sich verbessern«, sagte Sorin, »oder er wird sterben. Dazwischen gibt es nichts.«

»Und du versuchst sicherzustellen, dass es Letzteres ist, nicht wahr?«, fragte sie.

Obwohl er ihr Gesicht nicht sehen konnte, musste er etwas gespürt haben, denn seine Stimme wurde weicher. »Denk daran, dass er wie wir ist. Er wird ausgebildet, um zu töten. Du hast klar und deutlich verkündet, dass du uns verabscheust, warum also solltest du dir etwas aus Bazel machen?«

Ileni riss wieder ein Stück Brot ab, doch sie konnte es nicht essen. Sie war vollkommen ausgehungert gewesen, als sie sich hingesetzt hatte, doch jetzt war sie sich nicht sicher, ob sie überhaupt schlucken konnte. »Warum kümmert es *dich?*«, wollte sie schließlich herausfordernd wissen. »Darf er nicht in etwas anderem gut sein, weil er kein guter Kämpfer ist? Macht es dir so viel aus, dass er mehr magische Kraft besitzt als du?«

Sorin saß kerzengerade da, und Ileni wusste, dass sie richtiglag. In den Augen seiner Klassenkameraden hatte Bazel kein Recht darauf, besser zu sein als sie. Und indem sie ihm Einzelstunden angeboten hatte, hatte sie ein Versprechen abgegeben: das Versprechen, dass sein kleiner Sieg von heute kein Glückstreffer war. Damit würde sie sicherstellen, dass er auch in Zukunft wieder siegen würde. Sie lehnte sich über den Tisch und fühlte sich plötzlich angriffslustig. »Außerdem hast du mir gerade gesagt, dass er niemals auf eine Mission geschickt werden wird. Dann ist er also gar kein Killer, oder?«

»Er wünscht es sich, einer zu sein.« Auch Sorin lehnte sich vor. Seine Wangenknochen stachen wie Klingen unter seinen kämpferischen Augen hervor. »Denk ja nicht, dass er wie du ist. Er ist seinem Meister ergeben und hat sich unserer Aufgabe verschrieben, wie wir alle.«

»Welcher Aufgabe?«, fragte Ileni. »Ihr seid bezahlte Killer. Gold ist eure Motivation.«

Sorin biss die Zähne zusammen. »Glaubst du wirklich, dass das alles ist, was wir sind?«

Ileni legte das Brot aus der Hand. »Willst du mir ernsthaft sagen, dass ihr mehr seid?«

»Geld ist eine Notwendigkeit«, gab Sorin zu, »und, ja, manchmal töten wir wegen der Bezahlung. Aber normalerweise töten wir, weil der Tod unseres Zieles oder das Bündnis mit unserem Auftraggeber unser größeres Ziel voranbringt.«

»Und das wäre was, um genau zu sein?«

»Das Imperium aus den Angeln zu heben.«

Sie starrte ihn an.

Sorin zog die Schultern zurück. »Das war schon immer unser Ziel. Sieht ganz so aus, als hätten die Ältesten dir nicht die ganze Wahrheit erzählt.«

Das tat weh. »Nun«, gab Ileni zurück, »ihr erledigt euren

Auftrag offensichtlich brillant. Ihr tötet nur erst seit, genau, vierhundert Jahren …«

»Und jeder erfolgreich ausgeführte Auftrag ist ein Schlag, der das Imperium verunsichert und dafür sorgt, dass uns die Rathianer fürchten.« Seine Stimme war wie seine Haltung, die Heftigkeit seiner Emotionen war unter seinem ruhigen Tonfall fast nicht spürbar. »Wenn das Imperium erst einmal zusammenbricht, wird es für seine Einwohner so aussehen, als geschehe es aus heiterem Himmel. Sie werden nicht erkennen, wie sehr wir die Fundamente geschwächt hatten, ein Splitter hier, ein Stein da, über Jahrhunderte hinweg. Niemand sieht bisher das gesamte Bild. Niemand außer unserem Meister.«

Er sagte das so, als ob es unumstößliche Tatsachen wären, und die Wucht seiner Überzeugung zerschmetterte ihre Fragen. Sie sah weg.

Die Flamme erlosch in Sorins Augen und er presste die Lippen zusammen. »Ich muss mit dir über etwas anderes reden.« Er stand auf und wandte ihr den Rücken zu. »Folge mir!«

Ileni zögerte nur einen Augenblick. Dann glitt sie von der Bank und eilte ihm nach.

Außerhalb der tiefliegenden Essenshalle führten sie einige Biegungen und Abzweigungen in kaum ausgeleuchtete Durchgänge und schließlich in eine kleine Kammer – nicht viel mehr als ein etwas breiterer Teil des Gangs, aber dicht bepackt mit langen, dünnen Stalaktiten, die von der Decke bis fast auf den Boden hingen. Ein paar Dolche steckten in ihnen. Ganz bewusst drehte Ileni den Steingebilden ihren Rücken zu und verschränkte die Arme. »Was ist das hier?«

Sorin lief hinüber zu dem dichten Block aus hängenden Steinen und ließ sich in einer geschmeidigen Bewegung auf den Rücken fallen. Während Ileni noch starrte, griff er nach der Unterseite der Stalaktiten und zog sich an ihnen über den Boden hinweg. Ein paar Herzschläge später konnte sie ihn schon nicht mehr sehen.

Ileni blieb, wo sie war. »Mmmh. Ich glaube ja nicht ...«

»Du bist wohl nicht bereit, viel zu riskieren, um die Wahrheit herauszufinden, oder?« Sorins Stimme klang durch die Felsen zwischen ihnen seltsam verzerrt, doch sie kam eindeutig nicht von unten; er stand ganz offensichtlich. Es musste einen offenen Raum zwischen den Tropfsteinen und der Höhlenwand dahinter geben.

Das ist keine gute Idee. Ileni ging langsam in die Knie und rollte sich dann auf den Rücken. Sie stieß sich mit den Absätzen ab, bis ihr Kopf unter den Stalaktiten lag. Ihre Enden waren nicht so spitz, wie sie gedacht hatte, sondern stumpf und irgendwie knotig. Trotzdem war sie sich ziemlich sicher, dass sie sterben würde, wenn einer davon sich lösen würde und auf sie herabstürzte.

Sie hob die Hände und umschloss die beiden Steinenden, die ihr am dicksten erschienen. Sie wirkten fest und stabil. Dann holte sie tief Luft und zog.

Natürlich war es nicht einfach. Während Sorin es in einer

einzigen Bewegung geschafft hatte, musste sie sich dreimal vorwärtsziehen, bis sie auf der anderen Seite landete. Als sie schließlich stand, waren ihre Arme und ihr Rücken mit blauen Flecken übersät und Schmutz rieselte aus ihrem Haar.

Sie befanden sich in einem kleinen Raum, der kaum groß genug für zwei war. Er schien stockdunkel, bis Ilenis Augen sich an das schwache Licht gewöhnt hatten, das unter den hängenden Steinen durchkroch.

»In Ordnung«, sagte sie. »Hast du einen Grund für diese ausgefeilten Vorsichtsmaßnahmen oder macht es dir einfach nur Spaß?«

»Beides.« Sorin hob die Hand und etwas flackerte im Dämmerlicht auf: eine Klinge. Ileni lehnte sich scharf zurück und stieß gegen einen Felsensplitter. Gefangen. Sie beschwor ihr Schutzsiegel und fühlte, wie es sich als leichtes Kribbeln über ihre Haut legte. »Ich habe das Messer gefunden. Das Messer, mit dem Cadrel getötet wurde.«

Ileni blinzelte. Er lächelte sie an, listig und stolz, und schließlich ließ sie ihr Schutzsiegel sinken. »Wie?«

»Das ist nicht wichtig. Kannst du herausfinden, wer es gegen ihn erhoben hat?«

Ihre Kehle fühlte sich plötzlich wie zugeschnürt an.

»Und?«, drängte er ungeduldig. Sie fühlte das Zischen seines Atems auf ihrer Wange.

Obwohl sie wusste, dass es zwecklos war, versuchte sie, wenigstens ein bisschen Kraft heraufzubeschwören. Die

Anstrengung – und die ausbleibende Reaktion darauf – erzeugten eine ekelerregende Leere in ihr und machten sie schwindelig. Als sie sich nach vorne beugte, um das Messer zu untersuchen, versuchte sie ihren Zustand mit allen Mitteln zu verbergen. Ihr Kopf schwirrte wie wahnsinnig und sie fühlte sich einfach nur nutzlos. »Ich … ich kann nicht. Nicht hier. Hier ist nicht genug Platz.«

Sorin legte einen Finger ans Kinn. »Glaubst du wirklich, dass ich es nicht erkenne, wenn du lügst? Wir sind darauf geschult, Menschen zu lesen. Mach es *jetzt*, Magierin.«

Diesmal bewegte sie sich vorsichtig und schaffte es, sich gegen die Wand zu lehnen, ohne mit einem Teil ihres Körpers über Felsen zu schrammen. Sie legte ihre Hand direkt neben Sorins Finger um den Messergriff. Als er seine Hand wegzog, berührte seine Haut ihre. Trocken und warm. Sie schloss die Augen, nahm einen Ausdruck an, der von tiefer Konzentration sprach, wie sie hoffte, und murmelte wahllos magische Worte. Sie klangen dünn und schwach in der trockenen Luft. Doch als sie die Augen öffnete, schaute Sorin sie erwartungsvoll an.

Mit einer dumpfen bleiernen Schwere auf der Brust nahm sie ihre Hand fort. »Es ist zu lange her, wurde von zu vielen Menschen benutzt. Die Spuren von demjenigen, der Cadrel getötet hat, sind verschwunden.«

Sorin sah enttäuscht aus, aber – zum Glück – nicht misstrauisch. »Bist du dir sicher? Gibt es keinen anderen Spruch …«

»Nein«, sagte sie. Zu schnell? Sie versuchte, wütend und enttäuscht zu klingen. »Nichts. Magierfeuer!«

Sorin bewegte sich nicht. Er war ihr so nah, dass sie glaubte, seinen Herzschlag hören zu können. »Bist du dir sicher?«

Ileni verlagerte ihr Gewicht. »Ganz sicher.«

Der Raum fühlte sich beklemmend klein an. Eigentlich hätte sie Angst haben sollen – und vielleicht hatte sie die auch ein wenig; was wäre, wenn er begreifen würde, dass sie log? Doch vor allem schämte sie sich. Tränen drängten an die Oberfläche. Sie *hatte* das Messer, und trotzdem war sie keinen Schritt weiter, weil sie einfach nicht stark genug war.

Es tut mir leid, Cadrel.

Sie biss die Zähne zusammen und ließ die Stille noch länger anschwellen, damit sie ihre Stimme wieder unter Kontrolle brachte. Sie hatte keine Ahnung, was Sorin wohl denken mochte. Aber sie war sich sicher, dass ihre Unfähigkeit so spürbar von ihr abstrahlte, dass er sie förmlich greifen konnte.

»Nun«, sagte sie schließlich. Ihre Stimme war *fast* sicher. »Wenn das alles ist …«

Als er sich nicht bewegte, ließ sie sich auf den Boden gleiten und hangelte sich unter die Steinenden. Sorin landete mit einem leisen Plumps hinter ihr und schoss dann an ihr vorbei. Sie zog sich halb hindurch, rollte dann auf den Bauch und krabbelte den restlichen Weg. Als sie schließlich wieder in der Kammer vor den Stalaktiten stand, wandte sie sich von ihm ab, während sie sich Strähnen aus dem Gesicht strich und mit den Fingern den Staub aus dem Haar zu lösen versuchte.

Sorins Stimme klang scharf. »Was ist das?«

Sie erstarrte. »Was?«

Er griff nach vorne und kämmte ihr Haar aus dem Nacken. Die Berührung ließ sie erschauern und sie versteifte sich noch mehr.

Sein Atem flüsterte über ihren Nacken. »Was ist das?«

Plötzlich verstand sie. Sie fühlte, wie seine Finger direkt unterhalb des Haaransatzes in ihre Haut drückten. »Wonach sieht es denn für dich aus?«

Er blieb so lange regungslos und still, dass sie sich beinah umgedreht hätte, um zu sehen, ob er überhaupt noch da war, wenn sie nicht seinen Atem auf ihrer Haut und seine Finger auf ihrem Nacken gespürt hätte. Seine Hände so nah an ihrer Kehle hätten beklemmend sein sollen – er brauchte sie nur nach vorne gleiten zu lassen und zuzudrücken, um sie zu erwürgen, bevor sie überhaupt eine Chance hätte, um Hilfe zu rufen. Es hätte ihr Angst machen müssen, tat es aber nicht. Sie musste sich zwingen, sich nicht zu ihm umzudrehen und seinen Blick zu suchen.

»Wie ein Bild«, sagte er schließlich. »Ein Mann läuft, ein Mann fällt.«

»Genauso war es, als das Imperium uns verstoßen hat. Die Hälfte von uns starb, noch bevor wir die Berge erreichten. Aus Hunger, Erschöpfung, getroffen von Pfeilen. Einige der Bogenschützen des Imperiums verfolgten uns und schossen unerbittlich. Es gelang uns, einen von ihnen gefangen zu nehmen und zu fragen, warum sie das taten. Er antwortete nur, dass es ihnen Spaß mache.«

Sie drehte sich um, als die Stille lange genug angehalten hatte. Sorin starrte sie an, als hätte er sie noch nie gesehen. »Das ist vierhundert Jahre her«, sagte er.

»Ja. Und wir vergessen es nicht.« Sie griff sich in den Nacken und tastete nach ihrer Tätowierung. Ihre Finger berührten seine, und er riss die Hand so rasch zurück, als ob er sich plötzlich verbrannt hätte. »Wir stellen sicher, dass wir niemals vergessen, denn eines Tages werden wir zurückkehren.«

Er sah sie weiter an, und das Schweigen zwischen ihnen hatte eine andere Qualität, war nicht so kontrolliert wie sonst. Es hatte ihm die Sprache verschlagen. Schließlich fragte er: »Seid ihr alle tätowiert?«

»Jeder Einzelne von uns.«

»Aber Absalm war es nicht ...«

»Unsere Eltern wählen, wohin die Tätowierung kommt. Manche Familien tragen sie sichtbarer als andere.« Tellis' Tätowierung befand sich auf seiner Schulter.

Sorins Finger zuckten, aber er griff nicht wieder nach ihrem Nacken. »Solltest du dann nicht froh sein, uns unterrichten zu dürfen? Euer Ziel ist auch das unsere. Auch wir wollen die Welt vom Würgegriff des Imperiums befreien.

Und wir wollen außerdem, dass die Rathianer dafür zahlen, was sie uns angetan haben.«

»Unsere Methoden sind nicht dieselben.« Sie glättete ihr Haar über der Schulter und ließ es wieder in ihren Nacken fallen, um die Tätowierung zu verbergen. »Die Renegai töten keine Unschuldigen.«

»Was wir tun, ist kein Mord.« Die Geringschätzung in seiner Stimme versetzte ihr einen Stich. Er versuchte nicht, sie zu überzeugen; er erklärte einem etwas langsamen Kind das Offensichtliche. »Jeder, den wir töten, stirbt für die größere Sache.«

»Das würde sie aber freuen, wenn sie das wüssten«, sagte Ileni sarkastisch, doch ihre Stimme klang selbst in ihren Ohren schwach. »Wenn du ihnen das so erklären würdest, dann könnten sie euch ja gleich freiwillig ins Messer laufen.«

Sorin schüttelte den Kopf. »Jeder Anführer trifft Entscheidungen über das Leben anderer. Haben die Ältesten nicht genau dasselbe getan, als sie sich dazu entschlossen, dich hierherzuschicken?«

Sie wich wie vor einem gezielten Schlag zurück. »Und wen hast du auf deiner letzten Mission umgebracht? Welchem Zweck hat dieser Mord gedient?«

Er wandte den Kopf von ihr ab, und für einen Augenblick sah er im Profil so gefährlich aus, wie er sein musste, wenn Ileni richtiglag. »Ein imperialer Edelmann. Hast du *damit* ein Problem?«

Kapitel 8

Es dauerte drei Tage, bis Ilenis Magie unglaublich langsam wieder hereintröpfelte. Gut ein Dutzend Mal pro Tag beschwor sie ihre Kraft. Sie blickte in ihr Inneres, nur um sich der bedrohlichen Leere bewusst zu werden, deren Platz zuvor die Magie eingenommen hatte. Jedes Mal krampfte sich ihr Magen zusammen, doch sie konnte einfach nicht anders.

Sie hatte genügend Zeit, darüber nachzugrübeln. Sie unterrichtete ihre drei Klassen am Morgen, sah sich die Fertigkeiten an, die ihre Schüler bereits erworben hatten, und wich den mehr oder weniger gut verschleierten Forderungen aus, ihnen mehr beizubringen. Sie entwarf Dutzende von Strategien, um Magie zu unterrichten, ohne selbst welche zu verwenden. Die meisten bestanden darin, die Kompetenz und die Fähigkeiten ihrer Schüler kleinzureden, was sie als gefährlich befriedigend empfand. Ihr Unglück machte sie scharfzüngig und gemein, und selbst Irun zögerte inzwischen, bevor er sie provozierte. Jedenfalls glaubte sie das.

Nach ihrer dritten Unterrichtsstunde brachte Sorin sie jeden Tag zum Mittagessen und danach auf ihr Zimmer, wo er sie zurückließ. Sie konnte tun, was sie wollte, bis er sie zum Abendessen abholte. Theoretisch sollte sie einen Teil ihrer Zeit damit zubringen, die Schutzsiegel um die Höhlen aufzubauen. Siegel, die über Jahrhunderte von Generationen von Renegai-Lehrern gestärkt worden waren. Sie fragte sich, wie lange es wohl dauern würde, bis jemand bemerkte, dass sie diesen Bestandteil ihrer Aufgabe nicht erfüllte.

Fortgeschrittene Magier benötigten Zeiten ganz für sich allein, um ungestört die Praxis- und Vorbereitungsübungen durchzugehen. Wenn sie ihre Kraft noch besäße, hätten die langen Nachmittage und Abende kaum dazu ausgereicht. Früher hatte sie stundenlang die mentalen Übungen wiederholt, hatte danach weitere Stunden darauf verwandt, sich die Rituale und Beschwörungsformeln einzuprägen, welche kompliziertere Zauber ermöglichten. Sie hatte die Handbewegungen und Worte immer und immer wieder durchexerziert, bis sie ihr in Fleisch und Blut übergegangen waren und sie Tausende von Schutzmustern so zeichnen konnte, dass sie ihr jedes Mal gelangen.

Nun blieb ihr nichts, als die Wände anzustarren, die Erinnerungen zurückzudrängen und darauf zu warten, dass die jämmerlichen Überbleibsel ihrer Kraft zurückkehrten.

Sie versuchte, sich andere Wege auszudenken, wie sie

mehr über die Morde an Cadrel und Absalm erfahren könnte. Es gab schließlich Methoden, die keine Magie erforderten – Fragen, die sie stellen, und Orte, die sie untersuchen konnte –, aber es schien alles so heikel, so unwahrscheinlich, die richtigen Antworten zu finden. Das Messer war ihr einziger Anhaltspunkt. Und sie brauchte ihre Magie, um dieser Spur zu folgen.

Die meiste Zeit schlief sie: Stunden um Stunden, bis sie sich schwer und müde fühlte statt ausgeruht. Zu Hause hatte sie nur widerwillig geschlafen, hatte versucht, mit so wenig Schlaf wie möglich auszukommen. Sie hatte die zusätzliche Zeit für ihre Übungen gebraucht, dafür, neue Zauber zu lernen, oder – besonders im Laufe des letzten Jahres – dafür, mit Tellis zusammen zu sein. Damals hatte sie oft gedacht, dass sie müde wäre. Doch das war nichts im Vergleich dazu, wie sie sich jetzt fühlte, wenn die Müdigkeit aus ihrem tiefsten Inneren kam und ihr Körper einfach kein Interesse daran hatte, wach zu bleiben.

Drei Tage nachdem Sorin ihr das Messer gezeigt hatte, fühlte sie endlich wieder genug Kraft in sich, damit ihr Geist sie nutzen konnte. Ein Teil von ihr wollte sich zurückhalten, der Magie Zeit lassen, sich wieder zu regenerieren, frei zu fließen … aber dazu war sie nicht hier. Und wer konnte schon sagen, ob das überhaupt geschehen würde? Vielleicht war dieses bisschen alles, was sie je wieder zurückbekommen würde.

Und außerdem: Sie wollte die Magie *einsetzen*. Sie fühlte,

wie die Kraft an ihr zerrte, darauf wartete, geformt und auf die Welt losgelassen zu werden.

Ihr Problem bestand darin, dass sie nun zwar wieder etwas Kraft hatte, dafür aber nicht mehr an das Messer herankam. Und ihr fiel auch nicht ein, wie sie es erneut in die Hände bekommen könnte. Außer … sie errötete und ein Kribbeln durchlief sie. Ihr fiel nur ein naheliegender Vorwand ein, um in Sorins Zimmer zu schleichen. Die Vorstellung war überraschend verlockend, doch sie traute es sich nicht zu, den Part der Verführerin überzeugend zu spielen, besonders nicht bei Sorin. Er würde sie höchstwahrscheinlich einfach rauswerfen.

Obwohl sie permanent in Lebensgefahr schwebte, hatte sie trotzdem Angst vor einer kleinen Demütigung. Ileni schüttelte den Kopf über ihre eigene Dummheit und verwarf die Idee wieder. Sie würde ihre Magie sicher für etwas anderes brauchen.

In dieser Nacht zog sie die Schutzsteine unter ihrem Bett hervor, legte sie auf dem Boden aus und platzierte eine Strähne von Iruns Haaren inmitten des Musters.

Die Haare hatte sie an diesem Tag von seiner Matte gezupft. Als sie alles vorbereitet hatte, fühlte sie plötzlich eine überwältigende Mattigkeit. Sie starrte die Muster an und konnte sich nicht überwinden, den Gesang anzustimmen.

Irun war einfach zu offensichtlich ein Tyrann, um eine wirkliche Bedrohung darzustellen. Andere Gefahren in diesen Höhlen waren nicht so offensichtlich. Sie konnte nicht Schutzzauber gegen jeden einzelnen heißblütigen jungen Killer wirken, der beweisen wollte, dass er sich nicht von einer Frau kontrollieren lassen würde.

Konnte sie das wirklich nicht? Das war ihre ursprüngliche Absicht gewesen, als sie die Steine von Tellis in Empfang genommen hatte.

Übelkeit stieg in ihr hoch, als sie begriff, was hinter ihrem Zögern steckte: Angst. Sie fürchtete schlicht und ergreifend, dass ihre Magie bei diesem Zauber auf halber Strecke versanden würde.

Sie ließ sich so abrupt in den Schneidersitz fallen, dass ihre Knöchel schmerzhaft auf den Boden schlugen. Wenn sie sich jetzt schon so leer fühlte, würde sie bestimmt lange genug leben, um mitzubekommen, wie ihre Magie vollständig verschwand. Und das war nie Teil ihres Plans gewesen.

Plötzlich durchzuckte sie eine glasklare Erinnerung: der Tag, an dem sie gelernt hatte, Schutzsteine einzusetzen. Die Renegai besaßen nicht viele Zauber, die gespeichert wurden, denn obwohl sie nur geringer Kraft bedurften, erforderten sie hohe Fertigkeiten – falsch eingesetzt, konnten sie die Kontrolle eines Magiers leicht zerschlagen. Nur ihr, Tellis und zwei weiteren Schülern war es an diesem Tag erlaubt worden, die Steine auszuprobieren. Tellis war immer schneller mit neuen Zaubern, doch dieses Mal hatte sie die Steine als Erste gemeistert. Er war außer sich gewesen, und sie hatte ihn ausgelacht, was es nur noch schlimmer gemacht hatte. Er hatte tagelang nicht mit ihr gesprochen. Und als er es schließlich doch wieder …

Sie versuchte, die Erinnerungen zurückzudrängen, sich auf die Steine vor sich zu konzentrieren. Aber es war zu spät. Tellis' Arme … Tellis neben ihr im Gras, wie er die Sterne anstarrte und ihr Dinge verriet, die er noch keiner menschlichen Seele anvertraut hatte. Tellis, der sie bei den Übungen beobachtete, als wäre sie die Einzige im gesamten Stadion. Der erste Kuss, zu dem er sich überraschend vorgelehnt hatte. Wie er ihr anschließend gesagt hatte, dass es nicht geplant war, dass er eigentlich länger warten wollte, aber das Verlangen urplötzlich so stark geworden war, dass er nicht mehr warten konnte.

Er war meilenweit entfernt. Und selbst wenn er es nicht wäre, würde das nichts ändern. Sie wäre immer noch machtlos und sie könnte Tellis immer noch nicht haben.

Ileni fand sich mit dem Rücken zum Bett auf dem Boden wieder, die Arme um ihren Körper geschlungen, und fühlte sich, als wäre etwas in ihr erfroren und zerbrochen. Früher war sie geliebt worden. Sie hatte nie begriffen, was für ein Glück es bedeutet hatte, dass sie der Mittelpunkt im Leben eines anderen gewesen war, jemanden gehabt hatte, der immer für sie da war. Und jetzt war sie allein, ein hilfloses Mädchen inmitten eines Labyrinths von Höhlen, umgeben von Menschen, die sie auf ein Wort hin töten würden. Selbst auf dem Gelände der Renegai kümmerte sich niemand mehr um ihr alltägliches Leben. Alle hatten sie aus ihren Gedanken verbannt. Sie war jetzt in den Höhlen der Assassinen und gehörte nicht mehr zu ihren Leben dazu.

Sie gehörte zu niemandes Leben dazu.

Es ist besser so, sagte sie sich. Besser als zu bleiben, während ihre Magie immer schwächer wurde. Besser als Mitleid und wohlwollenden Almosen ausgesetzt zu sein. Besser als zusehen zu müssen, wie Tellis eine andere lieben lernte. Obwohl sie sich dagegen gewehrt hatte, fragte sie sich jetzt doch, wer das Mädchen wohl sein mochte, – und sie hasste es.

Nicht zum ersten Mal wünschte sie, sie könnte *ihn* hassen. Ihr Leben wäre einfacher. Er verdiente es nicht, aber es würde ihm auch nicht wehtun, da sie ihn schließlich nie wiedersehen würde.

Sie ließ einige Zeit verstreichen, stand dann auf und warf sich auf das schmale Bett, als wolle sie ihm wehtun. Oder sich selbst. Sie schloss die Augen, bevor die Tränen kamen, und ließ sie so, bis sie sie nicht mehr bewusst zusammenpressen musste.

Am nächsten Morgen wachte sie früh auf und konnte sich nicht erinnern, warum. Ihr Schlaf war erfreulich tief und traumlos gewesen. Sie lag auf ihrem Bett und blinzelte an die schwarze Felsendecke. Dann fiel sie mit einem Japsen aus dem Bett und neben den Schutzsteinen auf die Knie.

Sie hatte sie einfach dort liegen lassen – eine unvorstellbare Disziplinlosigkeit, die Art von Unachtsamkeit, die den Tod eines Magiers bedeuten konnte. Ein ganzes Leben voll Training, weggewischt von einem unbeherrschten Moment des Selbstzweifels. Wenn ein Assassine mit Kraft hierhergekommen wäre und die Steine so angeordnet gefunden hätte, schon vorbereitet … ein Assassine, der natürlich nicht wusste, was er tat …

Er hätte sich wahrscheinlich umgebracht. Und sie gleich dazu. Und wahrscheinlich hätte er auch das Bergmassiv über ihren Köpfen zum Einsturz gebracht.

Vielleicht doch gar keine so schlechte Sache.

Sie kniete sich hin und ordnete die Steine neu, durchbrach die Schutzmuster und erschuf eine neue Form – leicht asymmetrisch, mit einem Fokus außerhalb der Mitte, der ihren Augen wehtat. Die Steine für etwas anderes als ihren ursprünglichen Zweck zu verwenden, war gefährlich, aber wenn sie das Risiko nicht einging, würde sie nie die Antworten finden, nach denen sie suchte. Falls der Zauber versagte, bedeutete dies sowieso, dass sie in diesen Höhlen nichts mehr würde erreichen können, und dann könnte sie genauso gut auch sterben. Und dann könnte sie sich auch gleich einen aufsehenerregenden Abgang leisten.

Sie berührte einen der glatten Steine und fühlte, wie die Kraft darin züngelte. Der Schutzzauber, den sie gegen Sorin gewoben hatte, war so stark, dass sie seine Energie leicht umleiten konnte – es war trügerisch leicht –, und sie benötigte nur ein winziges Flimmern ihrer Kraft. Doch es verlangte all ihre Fertigkeiten, um den Zauber zu kontrollieren, ihn genau so zu verändern, wie sie ihn wollte.

Die Magie brandete gegen sie, forderte, in die Welt freigesetzt zu werden. Sie wand ihren Geist darum, kämpfte damit, sie zu überflügeln, während sie schlitterte und gegen die Bande glitt, die sie selbst zu setzen versuchte. Für einen schrecklichen Augenblick entglitt sie ihr fast, und sie bereitete sich auf einen plötzlichen Tod vor, noch während sie um Kontrolle rang.

Und dann hatte sie sie auf einmal im Griff. Die Magie gehörte ihr.

Sie schloss die Augen, während die Magie durch sie hindurchfloss, klar und kühl und süß. Sie hatte vergessen, wie gut es sich anfühlte.

Zögernd öffnete sie den Mund und ließ den Zauber herausströmen, ein Sturzbach an Worten, um die Magie zu beschwören. Erneut blieb sie innerlich schmerzend und roh zurück. Als sie ihre Augen auftat, vernebelten Tränen ihre Sicht.

Sie schob die Steine in ihren Beutel zurück und stand auf. Die umgeleiteten Schutzzauber gaben ihr ein Bewusstsein für Sorins Aufenthaltsort, ein warnendes Kribbeln, das ihr dabei half, ihm fernzubleiben. Zweck des Spruches war es eigentlich, ihm aus dem Weg zu gehen, aber sie konnte ihr Wissen auch dazu einsetzen, ihn zu finden – und noch wichtiger, das Messer zu finden, das Cadrel getötet hatte. Sorin musste es in seinem Zimmer aufbewahren. Wenn sie erst einmal ihre Hände darauf legen würde, konnte sie herausfinden, wer Cadrel in den Rücken gestochen hatte.

Es fühlte sich gut an, ihr Zimmer zu verlassen und in eine Richtung zu schreiten, die förmlich *Gefahr* brüllte. Sie war früher als sonst aufgewacht und hatte daher noch Zeit, bis Sorin sie zum Frühstück abholen würde. Aus ihren angespannten Gesprächen wusste Ileni, dass die Assassinen eine Vielzahl an Fertigkeiten studierten, wenn sie sich nicht in ihrer Trainingsarena befanden: Sprachen, räumliches Denken, Schlösserknacken, Herumlungern. Wobei sie stark vermutete, dass »Herumlungern« ein Versuch von Sorin war, einen Witz zu machen. Einmal hatte er auch erwähnt, dass sie am Morgen vor dem Frühstück eine Art von Training absolvierten, was bedeutete, dass er bald sein Zimmer verlassen würde. Wenn sie es vorher dorthin schaffte, könnte sie draußen warten und das Messer holen, während er weg war.

Der Rausch der Gefahr zog sie durch etliche dunkle, geschwungene Korridore, einen Treppensturz hinunter und in einen weiteren schmalen Durchgang, der sie beklemmend von allen Seiten umschloss. Sie geriet tiefer und tiefer in die Höhlen. Immer weniger Holztüren unterbrachen die Wände aus zerklüftetem Gestein, bis raue Bögen und unregelmäßig geformte Öffnungen im Felsen sie ablösten. Sie wagte nicht, durch die Öffnungen zu blicken, sondern konzentrierte sich ganz auf ihren Zauber. Allein was sie im Vorbeigehen aus den Augenwinkeln erhaschte, sandte ihr Schauer den Rücken hinunter: eine Höhle mit herunterhängenden Seilen, in die hölzerne Balken geknüpft waren; die Nachbildung einer Art von Thronsaal; eine Höhle, geteilt von einer blanken Holzbohle, die mit scharfen metallenen Stacheln bestückt war.

Sie biss die Zähne zusammen und ging weiter. Schließlich wehte ihr etwas entgegen, was sie schon so lange nicht mehr gerochen hatte, dass sie einen Moment brauchte, um es einzuordnen: frische Luft.

Sie atmete tief ein und eilte dann vorwärts. Der Gang endete abrupt vor einer Wand, in die sie geradewegs hineinlief. Durch den Schmerz leicht irritiert und benommen, begriff sie nur langsam, dass sie keine Sackgasse vor sich hatte, sondern eine scharfe Biegung. Sie folgte ihr vorsichtig, da ihr Kopf immer noch klingelte. Doch sie vergaß den Schmerz, als sie am Ende des Gangs angelangte: Er endete nicht mit einer Mauer, sondern führte zu einem Ausgang in die Welt draußen.

Der Himmel war dämmrig blau, durchzogen von rosagrauen Wolken. Von der Sonne war nichts zu sehen, doch es war immer noch heller als in den Höhlen – die Art von Licht, die die Welt erfüllte und nicht aus kleinen Steinen kam. Die unmittelbare Kälte war ihr nur willkommen. Eine Brise strich über ihr Gesicht, und sie atmete sie tief ein, eisig und süß. Sie hatte fast vergessen, wie es sich anfühlte, wenn die Luft über ihr Gesicht glitt. Sie lehnte sich in den Wind und ihre Haut erwachte.

Vor ihr erstreckte sich ein großes steiniges Tal – umgeben

von sich auftürmenden schwarzen Felsen auf allen Seiten. Kein Weg in die Außenwelt also, aber immerhin nach *draußen*. Natürlich gab es Trainingsbereiche, die draußen lagen, damit die Assassinen lernten, in Schnee und Regen zu kämpfen … und während sie noch darüber nachdachte, wurde sie sich des unnatürlich gleichmäßigen Geräuschs von Schritten, die auf den Boden dröhnten, bewusst. Sie zog sich rasch zurück, genau in dem Moment, in dem die Assassinen ins Blickfeld gerieten.

Ein Dutzend von ihnen rannte im Gänsemarsch, sie trugen dabei nichts außer Stiefelhosen und Marschgepäck. Ein paar von ihnen erkannte sie aus ihrer Klasse: die ältesten Schüler, die kurz davorstanden, ins Imperium ausgesandt zu werden. Ein älterer Mann, ein Lehrer, rannte hinter ihnen her. Seine Stimme durchschnitt die Stille: »Schneller! Das nennt ihr Rennen? *Schneller!*«

Die Felsen am Boden waren dem Anschein nach nicht zufällig dort; sie bildeten spezielle Hindernisse, und während Ileni zuschaute, sprangen die Läufer über jedes einzelne und rannten weiter. Ihr einheitliches Tempo und ihre angespannten Gesichter sprachen dafür, dass sie das schon eine ganze Weile taten.

Als der Junge an der Spitze schließlich so nah an Ileni herankam, dass sie ihn deutlich erkennen konnte, begriff sie, dass die Schüler kein Marschgepäck auf dem Rücken trugen, sondern Steinplatten. Sie mussten mehr wiegen, als sie heben konnte.

Ileni zog sich weiter in die Höhle zurück, hatte aber noch einen der Läufer an seinen glatt anliegenden blonden Haaren erkannt.

Sie hatte sich geirrt. Sorin hatte sein Zimmer schon lange verlassen.

Was nun?, fragte sie sich und hatte doch keine Antwort. Sie seufzte und ließ den Rest des abgewandelten Schutzzaubers verpuffen, stand an den Fels gepresst da, bis die Geräusche der stampfenden Füße an ihr vorübergezogen und in der Ferne verhallt waren. Ein Teil von ihr wollte nach draußen gehen, noch einmal den Lufthauch auf ihrer Haut spüren.

Sie schüttelte den Kopf und wandte sich der Dunkelheit zu, während sie versuchte, sich zu erinnern, wie sie hergekommen war.

Nach wenigen Augenblicken hatte sie jegliche Orientierung verloren.

Hinter einer Biegung, von der sie *dachte*, dass sie zurück zu den Stufen führen würde, fand sie sich stattdessen in einer großen Höhle voller Messer wieder. Hunderte von ihnen baumelten in Gestellen, die sich am Ende der Höhle entlangzogen. Zielscheiben hingen an der Wand, für die schwerer Stoff in menschliche Form geschnitten und mit mehreren Kreisen bemalt worden war, die verschiedene Körperteile markierten. Eine der Zielscheiben war nur so groß wie ein Kind. Sie starrte sie an, während sich ihr Magen zusammenzog. Dann wandte sie sich zum Türbogen um und stieß dabei gegen eine unbedeckte muskelbepackte Brust.

Sie quietschte und hob abwehrend die Hände. Schmerzhaft packten große Pranken ihre Oberarme und hielten sie fest. Sie blickte in Iruns raues Gesicht.

»Lehrerin«, äffte er einen respektvollen Ton nach. »Was machst du hier? Und noch dazu ohne deinen Beschützer? Nicht gerade weise.«

Als sie sich lebhaft ins Gedächtnis rief, wie er mit einer Steinplatte auf dem Rücken geradezu über die Hindernisse geflogen war, machte sie sich gar nicht erst die Mühe zu kämpfen. Sie machte sich auch nicht die Mühe zu antworten, denn sie hatte nichts zu sagen. Sie begegnete Iruns harten, mandelförmigen Augen und bewegte sich nicht.

Seine ausgeprägten Augenbrauen hoben sich. Dann ließ er sie los, blieb aber im Türrahmen stehen. Ileni zwang sich, nicht zurückzuweichen. Die Abdrücke seiner Finger schmerzten auf ihren Armen.

»Also gut«, sagte sie in der Hoffnung, dass ihr stolzer Tonfall ihre Angst überdecken würde. »Ich bin froh, dass du da bist. Du kannst mich zurück auf mein Zimmer bringen.«

Irun lachte. »Das glaube ich nicht. Das hier ist eine wunderbare Gelegenheit für uns beide, uns mal ausführlich miteinander zu unterhalten.«

Ileni versuchte, an ihm vorbeizusehen, ob jemand kam. Der Eingang zur Höhle lag verlassen da. Nur sie und Irun befanden sich in dem Raum voller funkelnder Klingen.

Angestrengt klammerte sie sich an ihren Stolz, obwohl sie bezweifelte, dass er sich würde täuschen lassen. »Über was sollen wir reden?«

Gegen Iruns Grinsen wirkte ihr Versuch kindisch. »Zwei Wochen vor deiner Ankunft bin ich von einer erfolgreichen Mission zurückgekommen, *Lehrerin*. Weißt du, wen ich getötet habe?«

Sie traute ihrer Stimme nicht und noch weniger dem, was ihr Gesichtsausdruck verraten mochte. Sie schüttelte den Kopf.

»Den Hohen Magier am Hof des Imperators.«

Sie blinzelte schockiert, ohne es zu wollen. Irun verlagerte das Gewicht und nickte. »Niemand hat daran geglaubt, dass es zu schaffen ist. Mit Sicherheit nicht, dass ich überleben würde. Aber Absalms Lektionen ... sie haben sich als sehr hilfreich erwiesen.«

»Hast du auch Absalm umgebracht?« Sie hasste, dass ihre Stimme zitterte, und noch mehr, dass sich Irun offensichtlich daran ergötzte. Ihre Augen funkelten.

»Nein. Und Cadrel genauso wenig. Und dich werde ich auch nicht töten, wenn du kooperierst.«

»Bei was?«

»Das nächste Mal, wenn ich einen Magier töte, will ich nicht nur sein Leben. Ich will seine Kraft.«

Ileni schluckte schwer. Mit übertriebener Geduld wartete Irun darauf, dass sie ihre Fassung wiedergewann. Dann fügte er hinzu: »Ich will, dass du mir verrätst, wie das funktioniert.«

»Ich weiß überhaupt nicht, wie!«

»Wie … bedauerlich.« Sein Unglaube war greifbar. »Denn das bedeutet, dass du nutzlos bist.«

Er bewegte sich mit flinker, grausamer Effizienz. Plötzlich fand sie sich bäuchlings auf dem Steinboden wieder, ihr Handgelenk pochte vor Schmerz und ihr Gesicht wurde gegen den schwarzen Stein gepresst.

»Vielleicht sind deine Nachfolger eher zugänglich«, sagte Irun beim Zurücktreten.

Zwischen ihren Zähnen knirschte Sand. Sie rief ihre Kraft, doch sie war zu fragil, zu schwach.

Mit ihr wären dann drei Renegai in diesen Höhlen getötet worden. Sie fragte sich, wen die Ältesten wohl als Nächstes senden würden.

»Kein Renegai weiß, wie es geht!« Sie stemmte sich auf ihre Arme und wandte den Kopf, um ihn anzusehen. »Die Magie anderer zu stehlen ist krank. Nur Magier des Imperiums praktizieren diese Form der Perversion.«

»Perversion? Nun, ganz schön starker Ausdruck.«

»Wirklich? Menschen mit Kräften zu jagen, sie als Sklaven zu züchten, in Käfigen zu halten und sie wegen ihrer Magie auszuweiden, das alles soll nicht abartig sein? Denn genau so gewinnt das Imperium an Macht. Wir tun das nicht – wir würden niemals …« Sie brach ab, denn ihr war die Luft ausgegangen und sie konnte keinen weiteren Atemzug tun.

Irun lachte harsch und triumphierend. »Ich glaube dir

nicht. Lasst ihr, wenn einer von euren Magiern – ganz *natürlich* an Altersschwäche – stirbt, wirklich seine Kraft mit ihm vergehen? Übertragt ihr sie nicht auf einen anderen Magier oder auf einen magischen Gegenstand?«

»*Nein.*« Sie konnte ihre Antwort nur herauskrächzen, aber das war ihr inzwischen egal. »Wir lassen unsere Leute in Frieden sterben.«

»Dann verschwendet ihr also ihren Tod? Und keiner von euch kommt je ernsthaft in Versuchung? Keiner von euch denkt auch nur darüber nach, was er mit doppelter, dreifacher oder vierfacher Kraft erreichen könnte …«

Ileni rollte sich herum und setzte sich auf. »Nein.«

»Du lügst.« Irun beugte sich vor. Obwohl sie es nicht wollte, zuckte sie zusammen. Irun bemerkte es und lächelte. »Aber ich vermute mal, dass ich erst einmal abwarten werde und mir anhöre, was der nächste Lehrer zu sagen hat.«

»Der nächste?« Wieder gelang es ihr nicht, einen ängstlichen Schluchzer zu unterdrücken. Nicht, dass es etwas geändert hätte. »Glaubst du im Ernst, mein Volk schickt weiterhin Lehrer, wenn sie alle dem gleichen Schicksal erliegen? Der Meister wird sicher nicht erfreut sein, wenn du uns zwingst, unser Abkommen zu brechen.«

In seinem Gesicht zuckte es. Mit einem einzigen Schritt stand er über ihr. »Wenn du annimmst, ich riskiere die Pläne des Meisters, dann verstehst du uns nicht wirklich. Dein Volk wird tun, was wir ihm sagen – oder wir löschen es aus.«

»Hat dein Meister dir befohlen, *dies* zu tun?«, fragte Ileni verzweifelt. Sie hatte ein winziges Zögern herausgehört, als sie den Meister erwähnt hatte. Kaum erkennbar, doch es war ihre einzige Hoffnung.

»Der Meister erwartet von uns, dass wir selbstständig denken. Die meisten unserer Missionen führen uns in die Ferne. Was er erwartet – wonach wir streben –, ist, dass wir seinen Willen auch dann erkennen, wenn er nicht da ist, um ihn uns mitzuteilen.« Irun lachte sanft. »Wenn er etwas befiehlt, gehorchen wir selbstverständlich. Doch die besten von uns gehorchen schon, bevor er den Befehl ausgesprochen hat. Ich weiß, was er will. Aus genau diesem Grund hat er mich in diese Höhlen geholt.« Er dehnte sich leicht und schlug ihr unvermittelt zwischen die Rippen.

Höllenqual explodierte in ihrer Brust. Sie stöhnte und fiel auf die Seite, rollte sich zu einem Ball zusammen. Irun kniete neben ihr. »Der Schmerz hemmt deine Kraft, nicht wahr?«, stellte er kalt fest, presste seine Hand über ihren Mund und umklammerte dabei ihren Kiefer. Seine andere Hand legte er auf ihre Stirn und kippte ihren Kopf langsam, aber unaufhaltsam nach hinten.

Sie kämpfte dagegen an, versuchte, ihren Mund zu öffnen und einen Zauber herauszuschreien – und wenn es nur für einen Atemzug wäre – doch sie schaffte es nicht.

Alle Magie der Welt hätte ihr in diesem Augenblick rein gar nichts gebracht. An den Rändern ihres Blickfelds verschmolz der Raum mit der Dunkelheit und ihr Genick war kurz vorm Brechen. Sie krümmte sich zusammen und ruderte mit den Armen, war aber zu panisch, um gezielt Schläge zu platzieren. Über das Rauschen in ihren Ohren konnte sie Irun lachen hören.

Dann waren seine Hände verschwunden und die Luft strömte in ihre Lungen zurück.

Sie japste und würgte und krabbelte auf ihre Hände und Füße. Sie versuchte aufzustehen – *lauf, lauf,* schrie alles instinktiv in ihr –, stattdessen fiel sie vornüber, und der Raum drehte sich. Schwindel erfasste sie und die Welt versank in Dunkelheit.

Doch sie bekam wieder Luft und konzentrierte sich ganz darauf, atmete auf dem Boden zusammengekrümmt wie ein geschlagenes Tier in langen, verzweifelten Seufzern. Nach ein paar Augenblicken kehrte ihre Sicht zurück.

Und dann sah sie, wer sie gerettet hatte.

Sorin und Irun kämpften miteinander, bewegten sich so geschmeidig, dass sie fast nicht erkennen konnte, was sie taten. *Dieser* Kampf war alles andere als ein Tanz: Er war schnell und brutal und grausam. Sorin drückte seine Daumen in Iruns Augen; Irun drehte seinen Kopf unter Sorins Armen hindurch und rammte ihm ein Knie in die Leiste; Sorin wich nach unten aus und packte Irun um die Knie, und beide krachten zu Boden. Sie attackierten sich im Fallen. Und abgesehen vom dumpfen Aufprall auf dem Steinboden und den harten Treffern ihrer Schläge, kämpften sie in absoluter, unheimlicher Stille.

Sie rollten herum und dann wieder zurück, ihre Glieder bewegten sich beständig. Ileni erkannte nur ab und zu eine ihrer Bewegungen: Sorins Arme, die Iruns Genick umschlossen, Iruns Ellbogen, der Sorins Seite traf, Sorins Ferse, die Iruns Kiefer rammte, der Bogen, den Sorins Körper beschrieb, als Irun ihn über seinen Kopf hievte. Sie sollte Sorin helfen, doch diese blasse Idee kam ihr so abwegig vor, dass sie gar nicht richtig Gestalt annahm. Sie zwang sich auf die Knie und beobachtete die Gegner zitternd.

Plötzlich hallte das Übelkeit erregende Knacken von Knochen durch die Höhle. Die beiden Assassinen sprangen auseinander und standen sich reglos gegenüber, und jetzt hörte sie auch ihre schnellen, harten Atemzüge. Blut rann über Sorins untere Gesichtshälfte, blühte dunkelrot auf seinen Lippen. Iruns Hand hing schlaff herunter.

Irun glitt auf Sorin zu, der zurückwich und zwei Messer aus dem nächstgelegenen Gestell zog. Irun blieb stehen.

»Gefährlich«, bemerkte er. Trotz seines gebrochenen Handgelenks verriet seine Stimme keinen Schmerz.

Ileni sah nicht, wie Sorin sich bewegte. Aber sie beobachtete, wie eine Strähne von Iruns schwarzem Haar zu Boden schwebte, und dann zitterte das Messer, das Sorin sauber in eine Felsspalte zwischen zwei Steinen geworfen hatte, wo es stecken geblieben war.

»Äußerst gefährlich«, bestätigte Sorin. Trotz der knappen Präzision in seiner Stimme zeugte jede Faser seines angespannten Körpers von etwas Ungebändigtem. Seltsam. Ileni hatte den Eindruck, dass er kurz davorstand, in Gelächter auszubrechen. »Noch gefährlicher, wenn man nur ein Messer halten kann. Doch was ist das Leben schon ohne eine ordentliche Portion Gefahr?«

Irun bleckte knurrend die Zähne, und Ileni war sich sicher, dass er wieder angreifen würde. Stattdessen senkte er den Kopf, drehte sich um, stolzierte an Ileni vorbei und verschwand durch den Türbogen.

Sorin verschwendete keine Sekunde, bevor er zu ihr herumwirbelte. »Was machst du hier?«

Ein Schweißtropfen glitt mit unerträglicher Langsamkeit von Ilenis Nasenbrücke zum rechten inneren Augenwinkel hinunter. Sie wusste, dass es brennen würde, doch sie fühlte sich zu kraftlos, um ihren Arm zu heben und ihn wegzuwischen. Sie brachte auch nicht die Kraft auf zu lügen.

»Ich habe dein Zimmer gesucht.«

»Warum?«

»Das Messer«, flüsterte sie.

Seine schwarzen Augen verengten sich zu Schlitzen. Ileni schmeckte Blut; sie hatte sich auf die Zunge gebissen. Jetzt würde alles herauskommen, ihre Machtlosigkeit, der Streich, den ihnen ihr Volk gespielt hatte. Jetzt würden alle erfahren, wie hilflos sie wirklich war. Jeder Assassine in den Höhlen würde seine Stärke und seine Fertigkeiten ungehindert gegen sie einsetzen, und sie wäre leichte Beute für alle, genau, wie sie es eben für Irun gewesen war.

Oder vielleicht hatte sie ja Glück und Sorin brachte sie

gleich um. Er würde es schnell tun, dachte sie. Er würde es nicht genießen wie Irun.

»Es gibt also *doch* einen Zauber, mit dem du herausfinden kannst, wer ihn geworfen hat?«, fragte Sorin scharf. »Wolltest du ihn einsetzen, ohne dass ich zuschaue?«

Langsam hob sie den Kopf und antwortete: »Ja.«

»Warum?«

Plötzlich sah es ganz so aus, als würde sie doch weiterleben. Ihre Hände zitterten zwar noch, und jeder Atemzug tat ihr in der Kehle weh, doch Ilenis Gehirn begann wieder zu arbeiten.

»Ich traue dir nicht«, betonte sie, als ob das mehr als offensichtlich wäre.

Sorin lachte. Die Härte in seiner Stimme erinnerte sie an Iruns Lachen und wider Willen erschauderte sie. »Am liebsten würde ich sagen, dass das klug von dir ist. Aber du hast wirklich bewiesen, dass du alles andere als sonderlich schlau bist. Hast du immer noch nicht begriffen, dass es meine Aufgabe ist, dich zu *beschützen*?«

Ileni setzte sich auf und zog ihre Knie vor die Brust. Ihre Hände zitterten, und sie presste sie fest gegen ihre Waden, um sie ruhigzustellen. Sorin rieb sich mit einer Hand über das Kinn und verteilte so Blut über seine Knöchel.

»Hoffentlich hast du es jetzt begriffen«, sagte er grimmig. »Steh auf und folge mir. Keine weiteren Geheimnisse. Wir finden gemeinsam heraus, wer Cadrel getötet hat.«

Kapitel 9

Keine Geheimnisse mehr«, stimmte Ileni ihm zu – als hätte sie eine Wahl; als ob es Sorin etwas bedeutete, ob sie zustimmte oder nicht. Sie drückte ihren Rücken durch, stand aber nicht auf. »Verrate mir noch eine Sache. Hat der Meister Irun befohlen, mich zu töten?«

Selbst während seines Kampfes mit Irun hatte Sorin nicht so wütend ausgesehen. »Nein. Wenn Irun auf Befehl des Meisters gehandelt hätte, wäre er nicht verschwunden, bevor er dich getötet hätte. Oder er tot gewesen wäre.«

Ileni umklammerte ihre Beine noch fester. »Handelt er gegen die Anordnungen des Meisters?«

»Selbstverständlich nicht.« Sorin starrte auf das Blut auf seinem Handrücken, spuckte dann auf seinen Ärmel und wischte mit erprobten Bewegungen sein Gesicht sauber. »Auf unserem Niveau sind Anweisungen nicht immer … so eindeutig. Manchmal wissen wir nicht einmal, dass wir einer Prüfung unterzogen wurden, bis sie vorüber ist.«

»Warum glaubt Irun, dass der Meister mich tot sehen möchte?« Sie ruhte ihren Kopf für einen Moment auf ihren Knien aus, hob ihn dann aber wieder. »Er hat gesagt, dass er nur für diesen Zweck hierhergebracht worden sei. Was bedeutet das?«

Einen Augenblick lang glaubte Ileni, dass er ihre Frage ignorieren, sie auf die Füße ziehen und in ihr Zimmer zurückbringen würde. Kurz schoss ihr durch den Kopf, ob ihr Schutzsiegel das als Bedrohung auffassen würde, doch sie bezweifelte es. Inzwischen wusste sie nur zu gut, wie sich eine echte Bedrohung durch einen Assassinen anfühlte.

Sorin blickte rasch zum Eingang der Höhle – der immer noch verlassen dalag. Dann wandte er sich ihr zu. »Als der Meister vor sechszehn Jahren angeordnet hat, dass Irun hergebracht werden soll, kannte niemand den Grund dafür. Es war die gefährlichste Mission, die wir je angenommen haben. Sie war so kühn, dass selbst ich davon gehört habe, obwohl ich erst einige Jahre später hergekommen bin. Der Meister schickte vier Assassinen. Drei starben während der Mission, und der vierte erlag seinen Verletzungen, kurz nachdem er mit Irun hier angekommen war. Doch erst dieses Jahr wurde ein Teil des Plans des Meisters offengelegt: Irun wurde auf eine Mission geschickt, die nur jemand mit seinem Aussehen ausführen konnte – er sieht wie einer von *ihnen* aus.«

Langsam senkte sie ihre Hände. »Er hat den Hohen Magier umgebracht.«

Sorin nickte mit einer ruckartigen Kopfbewegung. »Aber der Plan sieht noch mehr vor. Bevor er unser Anführer wurde, war das letzte Ziel des Meisters ebenfalls ein Magier.«

Ileni stützte sich auf dem Boden hinter sich ab. »Der vorherige Hohe Magier?«

Sorins Blick glitt von ihr weg, kehrte dann aber wieder zurück. Er streckte die Hand nach dem Gestell aus – offenbar eine unbewusste Geste – und legte einen Finger auf den Knauf eines Messers. »Nein.«

Vor ein paar Tagen noch hätte sie sein Gesicht als ausdruckslos bezeichnet. Jetzt erkannte sie den Ausdruck darauf, konnte aber nicht sagen, was er bedeutete. »Wen dann?«

»Niemanden innerhalb des Imperiums«, sagte Sorin. Er holte tief Luft. Obwohl sein Gesicht fast sauber war, klebte immer noch ein wenig Blut zwischen seinen Zähnen. »Der Magier, den er umgebracht hat, war ein Renegai.«

Ileni begann, sich hochzustemmen, besann sich dann eines Besseren und sackte auf den Boden zurück. »Das ist nicht …«

»Es ist viele Jahre her«, unterbrach Sorin. Seine Stimme klang fast mitfühlend. Er richtete das Messer gerade aus, wandte dann den Klingen den Rücken und Ileni sein Gesicht zu. »Er gab sich als einer von euch aus und ließ es wie einen Unfall aussehen. Kein Renegai hat es jemals herausgefunden.«

»Einer von uns«, wiederholte Ileni wie betäubt. Ihre Finger gruben sich in den Steinboden und feiner Kies bohrte sich unter ihre Fingernägel. »Und was war Sinn und Zweck des Mordes? Wie treibt man den Sturz des Imperiums voran, wenn man unschuldige Renegai tötet?«

Sorin rieb sich über die Augenbraue. »Von uns kannte lange keiner den Grund. Aber es hat sich als entscheidend erwiesen. Damit hat er uns nämlich gezeigt, dass es möglich ist.«

Ileni blinzelte ihn an und erinnerte sich daran, was er über das langsame Untergraben des Fundaments des Imperiums gesagt hatte. Sie wusste – jeder wusste –, was das wahre Fundament der Macht des Imperators war: Magie.

Wenn es den Assassinen gelang, Magier des Imperiums zu Fall zu bringen – ein lächerlicher Gedanke –, doch wenn sie das *tatsächlich* konnten, dann würde das Imperium mit ihnen fallen.

War es reiner Zufall, dass zwei Magier in den Höhlen ermordet worden waren, während die Assassinen die Magie ins Visier genommen hatten? Waren Absalm und Cadrel aus *Übungszwecken* getötet worden?

»Du hast es gewusst«, sagte sie langsam. »Du hast gewusst, dass Absalms und Cadrels Tode Teil einer Prüfung oder vielmehr Teil eines Plans sind.«

Sorins Arm spannte sich an, doch seine Stimme blieb gleichmäßig. »Alles, was hier geschieht, ist Teil des Plans des Meisters. Was Absalm, was Cadrel, was Jastim passiert ist, was Irun getan hat … alles ist Teil des Musters, und der

Meister ist derjenige, der das Muster webt. Ich erkenne nur Bruchstücke davon. Das Ganze verstehe ich nicht.«

»Selbst ich erkenne den aktuellen Teil. Ich bin die nächste Magierin, die stirbt.« Sie sagte es, ohne groß etwas dabei zu fühlen. Ein feuchtkalter Schleier von Schweiß bedeckte ihre Stirn.

»Nein«, sagte Sorin und seine Heftigkeit überraschte sie. Er klang, als würde es ihm wirklich etwas bedeuten.

Doch die Überraschung hielt nur einen Moment. Der Meister hatte ihn schließlich dazu auserwählt, sie zu beschützen. Hatte ihm praktisch die Erlaubnis erteilt, sich um sie zu sorgen.

Was gleichzeitig bedeutete, dass es dem Meister und seinem Plan entgegenkam, wenn er sich um sie sorgte. Aber darüber konnte sie jetzt nicht nachdenken. Ihre Angst befand sich auf dem Rückzug, zumindest ein wenig, und das war, was zählte. Er war auf ihrer Seite. Vielleicht hatte sie doch eine Chance.

»Danke«, sagte sie und Sorin blickte sie scharf an.

»Ich kann nicht die ganze Zeit bei dir bleiben, Lehrerin. Es ist an der Zeit, dass ich dir das Kämpfen beibringe.«

Sie starrte ihn an, als hätte er Gedichte rezitiert. »Was? Nein.«

»Warum nicht?«

»Ich bin eine Renegai, wir kämpfen nicht.«

Er lachte. »Du hast mich gegen die Wand geschleudert, als du ankamst. Was genau war das dann?«

»Ein Verteidigungszauber!«

»In Ordnung. Dann bringe ich dir eben Verteidigungsmanöver bei.«

Sie fühlte immer noch Iruns Hand auf ihrem Mund und ihre vollkommene Hilflosigkeit, als sie nach Luft gerungen hatte. *Verteidigungsmanöver* … Irgendetwas vergaß sie doch gerade? Sie sagte so hochmütig wie möglich: »Ich bin eine Magierin, du erinnerst dich vielleicht! Ich kann mich auf verschiedene Arten verteidigen.«

»Die haben dir heute aber keine sonderlich guten Dienste erwiesen, oder?«

Und wie konnte sie das wiederum erklären? »Ich war zu selbstsicher. Ich dachte, ich hätte genügend Zeit, wenn er aufhört zu reden. Ein zweites Mal unterläuft mir dieser Fehler bestimmt nicht.«

»Irun ebenfalls nicht«, sagte Sorin. »Er spürt wohl, wann du deine Magie rufst, sonst hätte er überhaupt nicht geredet, bevor er dich angegriffen hat. Aber ist das wichtig? Zwei Waffen sind immer besser als eine, besonders wenn du keine davon mit dir herumschleppen musst. Je mehr Fertigkeiten du besitzt …«

»Erspar mir die markigen Aphorismen der Assassinenphilosophie.«

»Sie gehört zu den Lehren des Meisters«, erwiderte Sorin steif.

Unwillkürlich musste Ileni an die Kämpfer auf den Trainingsmatten denken, an die tödlich anmutigen Tänze, an denen sie jeden Tag vorbeischritt. Als Kind war sie sportlich gewesen, hatte die anderen bei Wettläufen abgehängt oder bei Wettkämpfen geschlagen. Das alles hatte sie selbstverständlich hinter sich gelassen, als die Zeit reif war, sich auf ihre wirklich wichtigen Fertigkeiten zu konzentrieren.

Sorin beobachtete sie aus seinen rauchigen, kohlschwarzen Augen. »Einem von *uns* könntest du zwar nicht das Wasser reichen, aber jede zusätzliche Fertigkeit verschafft dir einen Vorteil, zum Beispiel den der Überraschung. Wenn du etwa gegen einen mächtigen Magier kämpfst, einen, der mächtiger ist als du … dann käme ein physischer Angriff unerwartet, wie aus heiterem Himmel. Es könnte dir unter deinesgleichen einen Vorsprung verschaffen.«

Sie würde nie wieder gegen einen anderen Magier antreten – oder auch nur einen treffen. In dieser Sekunde überwältigte sie die Erinnerung: wie es sich anfühlte, von Menschen umgeben zu sein, die sie verstanden, die sie akzeptierten und respektierten. Und dann war der Moment genauso schnell vorbei und hinterließ nicht mehr als einen dumpfen Schmerz.

»In Ordnung«, sagte Ileni abrupt.

»Wie nett, dass du mir zustimmst.« Er kam herüber und streckte ihr die Hand entgegen. »Aber eins nach dem anderen. Bist du ruhig genug, um deine Magie einzusetzen?«

»Ja«, sagte sie in der Hoffnung, dass es die Wahrheit war. Seine Hand ignorierend, stemmte sie sich auf die Knie, dann auf die Füße. Sie wankte leicht, doch er versuchte nicht, sie zu stützen. Stattdessen trat er einen Schritt zurück.

»Du hast noch nicht einmal blaue Flecke«, stellte er fest.

Hatte sie wirklich keine? Ileni hielt ihre unversehrten Arme hoch, die bis auf die blassen braunen Sommersprossen weiß waren, und sah, dass er recht hatte. Sie hatte den Schmerz zwar gespürt, doch er war nur noch eine vage Erinnerung.

Heilende Magie war den Renegai unglaublich wichtig, und diese Zauber wurden eingeübt und eingeschliffen, bis ihr Einsatz instinktiv erfolgte. Sie hatte den Heilzauber eingesetzt, ohne darüber nachzudenken. Es hatte sie so wenig Kraft gekostet, dass sie den Unterschied noch nicht einmal gespürt hatte.

»Selbstverständlich nicht«, sagte sie, doch obwohl sie sich bemühte, klang sie nicht wirklich selbstbewusst. »Ich bin eine Magierin.«

»Dann lass uns das Messer holen.« Er hielt ihr die Hand entgegen, und sie starrte sie so lange an, bis er sie wieder sinken ließ. »Wenn du den Zauber aussprichst, sehe ich die Ergebnisse direkt. Versuch ja nicht, mich dieses Mal auszutricksen.«

»Das werde ich nicht«, flüsterte sie.

Sorin zögerte, und sie dachte schon, er würde noch etwas anderes sagen. Stattdessen drehte er sich um und führte sie aus der Höhle.

Der Weg zu Sorins Zimmer zog sich, und sie kamen an etlichen Jungen vorbei, die Ileni noch nie gesehen hatte. Die meisten waren jünger als ihre Schüler. Manche waren noch richtige Kinder. Eigentlich hätte sie sie bemitleiden sollen – noch vor einer Stunde hätte sie das auch bestimmt getan –, doch jedes Mal, wenn einer von ihnen sie ansah, bekam sie eine Gänsehaut. Einer der Jungen, der nicht älter als sechs Jahre sein konnte, hatte ein rundes Gesicht, das noch nicht ausgeformt war, wozu dieser spezielle Zug um seinen Mund in deutlichem Kontrast stand. Sie sah ihn an, ihr Blick streifte über glatte Wangen und ein weiches Kinn, und sie dachte nur eines: *Feind*.

Trotz des Heilzaubers fühlte sie sich so steif, als hätte Iruns Angriff ihren ganzen Körper in Mitleidenschaft gezogen: ihren Nacken, ihren Kiefer, ihre Seite. Vor allem aber ihr Selbstverständnis, dass ihre eigene Haut heilig und unantastbar war.

War *Angriff* überhaupt das richtige Wort, wenn es so einfach für ihn gewesen war?

Obwohl auch Sorin ein Mörder war – stark genug, um ihr das Genick zu brechen, und darauf trainiert, es ohne mit der Wimper zu zucken zu tun –, zog es sie zu ihm. Ihr Schutzsiegel mochte sie schützen, doch sie zweifelte keine Sekunde daran, dass er jederzeit einen Weg finden konnte, es zu umgehen. Lediglich ein Befehl unterschied ihn von den anderen. Und dieser Befehl konnte jederzeit zurückgenommen werden.

Sie näherte sich ihm dennoch, bis ihr Ärmel seinen streifte. Er zog den Arm zurück und kurz fühlte sie sich wie beraubt. Einen lächerlichen Moment lang wünschte sie sich, er würde ihre Hand nehmen, sie festhalten, damit sie sich beschützt fühlte.

Es wäre eine Täuschung, doch es wäre besser als nichts.

Wenige Sekunden darauf waren sie in seinem Zimmer angelangt, das noch kleiner als ihres war. Keine Wandteppiche oder Läufer milderten die Strenge. Das Innere des Raums bestand vollständig aus schwarzem Stein.

Sorin kniete sich hin, griff unter das Bett und holte das Messer hervor. Dass sie beide dasselbe Versteck hatten, kam Ileni aus irgendeinem Grund witzig vor. Sie kicherte, hörte darin einen Hauch von Hysterie, und Sorin wandte sich um und sah sie an.

»Schon gut«, sagte Ileni, obwohl er gar nichts gefragt hatte. »Verrätst du mir jetzt auch noch, wo du das Messer herhast?«

Er nickte. »Wir alle bewahren unsere Messer im Messertrainingsraum auf und wechseln sie regelmäßig durch, damit ein Teil davon immer geschärft werden kann. Wenn eines fehlt, würde es sofort auffallen, daher wusste ich, dass das Messer, mit dem Cadrel getötet worden war, dort sein musste. Ich habe einen Zauber eingesetzt, um herauszufinden, auf welchem sich Blut befand, als Cadrel starb.«

Er klang ungemein stolz. Es war ein einfacher Zauber, doch Ileni fiel es nicht schwer, »Sehr gut« zu sagen. Wenn er sie aufgefordert hätte, ihn anzuwenden, wäre er ihr wahrscheinlich nicht gelungen.

Sie ging zu seiner Waschschüssel hinüber und schüttete ein wenig Wasser auf den Steinboden, wo es sich langsam und unregelmäßig ausbreitete. Dann kniete sie sich hin und nahm ihren Finger, um ein Muster um die flache Pfütze zu zeichnen. »Gib mir das Messer.«

Sorin kniete sich neben sie und hielt ihr den Knauf entgegen. Ileni legte es vorsichtig in die Mitte der Lache und wartete, bis die Wellen abflachten.

»Absalm hat uns nie gezeigt, wie man das macht«, sagte Sorin.

Ileni beschwor ihre Magie, drängte ihre Ängste zurück, dass ihre Kraft nicht ausreichen würde, und setzte sie mit einem Wort frei.

Die Lache zog sich um das Messer zusammen, sammelte sich wie um einen Strudel. Ihre Köpfe stießen beinahe zusammen, als sie sich gleichzeitig vorbeugten. Sorin wich gerade rechtzeitig zurück, blieb aber nah genug, dass sie seinen Atem auf der Wange spürte.

Einen Moment lang lag das Wasser ruhig und unbewegt da, dann kräuselte es sich, sanft zunächst, dann so stark, dass das Messer zu zittern begann. Ileni beugte sich mit gerunzelter Stirn weiter vor und das Wasser schoss vom Boden hoch und traf sie direkt ins Gesicht.

Es war nicht viel Wasser, doch vor Überraschung kippte sie hintenüber. Sorin reagierte mit einem einzigen Sprung, der ihn in die Ecke des Zimmers manövrierte. Aber da war das Wasser längst verschwunden, hatte sich über den Boden und die Wände verteilt. Ein Tropfen fiel von der Decke und landete auf Ilenis Schulter. Das Messer blieb bewegungslos und vollkommen trocken auf dem Boden liegen.

»War das so geplant?«, fragte Sorin von seinem Posten in der Ecke.

»Nein«, erwiderte Ileni und brach in Tränen aus.

Es war schwer zu sagen, wer entsetzter war, sie oder Sorin. Ileni versuchte, die Kontrolle zurückzugewinnen, doch ihr war einfach alles zu viel. Nichts, wirklich *gar nichts*, funktionierte so, wie es sollte. Sie hätte nicht so hilflos und verängstigt sein dürfen. Ihre Magie sollte sie eigentlich beschützen. Niemand sollte sie wie ein gejagtes Tier zu Boden reißen, sodass sie nur noch darauf warten konnte, ob man sie zuerst ersticken oder ihr das Genick brechen würde.

Sie presste verzweifelt die Hände gegen die Wangen, als sie weinte, und die Demütigung, die sie verspürte, trat in den Schatten – verblasste in Anbetracht der Ungeheuerlichkeit ihrer Situation. Später konnte sie sich immer noch gedemütigt fühlen, wenn sie nicht mehr so unglaublich verängstigt und frustriert war. Der einzige Lichtblick in all dem Dunkel war die Tatsache, dass Sorin genauso hilflos aussah, wie sie sich fühlte.

Wie bringt man Assassinen aus dem Gleichgewicht: Fang vor ihren Augen an zu heulen! Sie musste nur noch einen Weg finden, diese Information an den nächsten Lehrer weiterzugeben.

Als sie einsah, dass sie nicht so bald aufhören konnte zu weinen, beschloss sie, über ihr Schluchzen hinwegzureden. Sorin würde damit klarkommen müssen. »Der Spruch hätte die Hand zeigen sollen, die das Messer geworfen hat. Stattdessen habe ich gesehen, was das Messer geworfen hat. Es war keine menschliche Hand.«

Sorin beobachtete sie immer noch so misstrauisch, als würde sie jeden Moment in die Luft gehen. »Was war es dann?«

Die ungebändigte Bewegung. Der kontrollierte Ausbruch von Kraft. Sie hatte es mit ihrem Blut erkannt.

»Es war Magie«, sagte sie. Sie wandte den Kopf ab, fühlte, wie ihre Schluchzer verebbten, während gleichzeitig kaltes Grauen von ihr Besitz ergriff. Das hier war noch schlimmer, als zu wissen, dass ein normaler Assassine hinter ihr her war. »Es war ein sehr komplizierter Zauber. Niemand in diesen Höhlen sollte ihn ausführen können, aber jemand hat es getan. Cadrel wurde durch Magie getötet.«

Kapitel 10

Am nächsten Morgen begann Ileni damit, ihre Schüler auf magische Fertigkeiten zu prüfen. Sie konnte nicht glauben, dass einer von ihnen die Fähigkeit besaß, ein Messer mit Magie zu werfen. Während nicht gezielte, zufällige Wurfzauber einfach waren, war das Zielen und Werfen eines Messers mit Magie genauso schwierig wie ohne – doch ihr fiel auch keine andere Erklärung ein. *Irgendjemand* in diesen Höhlen hatte es getan, und sie musste ihn finden, bevor sie sein nächstes Opfer wurde.

Trotz der Dringlichkeit schob sie es auf, Irun zu prüfen, bis sie keine andere Wahl mehr hatte. Am vierten Morgen rief sie ihn schließlich auf – nachdem sie wirklich alle anderen Schüler ausschließen konnte. Sie bekam eine Gänsehaut, als er den Raum durchquerte und mit nach wie vor fest bandagiertem Handgelenk auf sie zukam.

In den vier Tagen seit seinem Angriff hatte sich sein Verhalten ihr gegenüber überhaupt nicht verändert, und sie hatte ihr Bestes gegeben, es genauso zu handhaben – hauptsächlich weil sie nicht wusste, was sie sonst tun sollte. Ihre Brust zog sich zusammen, als er näher kam. Sie wollte ihm Schmerzen zufügen, ihn dafür zahlen lassen, was er ihr angetan hatte. Und sie konnte es nicht. Sie konnte ihm *nichts* anhaben.

Doch als sein Messer mit dem Griff voran von der hinteren Wand abprallte, dann über den Boden zu ihm zurückschlitterte, erlaubte sie sich ein leicht höhnisches Lachen. »Ganz offensichtlich ist diese Fertigkeit zu schwierig. Wir kehren zu den Grundübungen von letzter Woche zurück und ich werde mit einer einfacheren Technik weitermachen.«

Irun war auf den Messerknauf getreten, damit es nicht weiterschlitterte. Vollkommene Stille senkte sich über den Raum, während sie auf seine Erwiderung wartete. Wenn sie irgendeinen anderen Schüler so ins Visier genommen hätte – selbst Sorin –, dann hätte mindestens einer gekichert. Wenn sie Bazel angegriffen hätte, hätten alle gegrinst. Doch die Höhle war vollkommen still.

»Zum ersten Mal bringst du uns etwas Nützliches bei«, sagte Irun schließlich. Er warf das Messer in die Luft und fing es am Knauf, ohne hinzusehen. »Du weißt schon, was wir normalerweise tun, Lehrerin?«

»Ich weiß es.« *Magierfeuer.* Sie hätte vorsichtiger sein sollen. Alle Schüler beobachteten sie, und sie hatte keine Idee, wie sie aus dieser Nummer wieder herauskam. Jeglicher Respekt, den sie sich erworben hatte, entglitt ihr gerade. »Aber ihr seid nicht bereit. Irgendwann einmal …«

»*Irgendwann einmal*«, höhnte Irun. »Das ist typisch Renegai. Weißt du, manchmal kann Warten weise sein, aber nur …«

»… wenn du weißt, worauf du wartest.« Die Schüler auf den Matten vollendeten den Satz im Chor.

Ileni wandte sich um und starrte sie an.

»Eine seiner Lehren«, erklärte Irun, als ob sie es hätte wissen müssen.

Ileni brannte darauf, seinem Hohn mit ihrem eigenen zu entgegnen: *Andere zu zitieren ist schön und gut, aber nur, wenn du auch selbst denken kannst.* Es lag ihr auf der Zunge. Doch plötzlich fühlte sie wieder seine Hand über ihrem Mund, die hilflose Panik, die in ihrer Brust brannte.

Irun genoss es, das konnte sie sehen. Er aalte sich in ihrer Angst.

»Grundübungen«, sagte sie. »Jetzt sofort.«

Sobald sie es aussprach, war sie sich sicher, dass er – dass alle – sie einfach ignorieren würden. Doch nach langem, anmaßendem Starren marschierte Irun zurück auf seine Matte, ließ sich geschmeidig darauf nieder und schloss die Augen. Die anderen Schüler taten es ihm nach. Nur Sorin nicht. Seine Augen begegneten ihren und dann schloss auch er sie.

Sie saßen alle in einer Pose, die sie zu Beginn für identisch gehalten hatte. Doch nun erkannte sie, dass Bazels

Schultern ein klein wenig mehr herunterfielen, dass Irun sein Kinn etwas höher als alle anderen trug, dass Sorins Körper angespannt war, als würde er direkt auf der Matte explodieren.

Ileni wusste, dass sie sie hören konnten, doch es gelang ihr nicht, sich einen winzigen Seufzer zu verkneifen, als sie durch den Trainingsraum schritt, sie überprüfte und korrigierte, während sie ihre Übungen durchgingen. Sie mochte ihren Respekt verloren haben, aber sie hatte noch ihren Gehorsam.

Noch.

Dieses Mal, dachte Ileni grimmig, als Sorin auf sie zukam und mit der Faust auf ihren Kiefer zielte, *dieses Mal werfe ich ihn gegen die Wand.*

Natürlich gelang es ihr nicht. Genau wie sie es die ersten drei Mal an diesem Nachmittag nicht geschafft hatte; insgesamt hatte sie in den vier Tagen, seit sie dieses lächerliche Kampftraining begonnen hatten, nichts richtig hinbekommen. Der einzige Unterschied bestand diesmal darin, dass sie noch spektakulärer scheiterte und flach mit dem Rücken auf dem Steinboden landete, schweißgebadet und frustriert und mit einem stechenden Schmerz, der ihr Handgelenk hinaufschoss.

Eines Tages vergesse ich, dass das hier eine Übung ist, und meine Schutzsiegel werden reagieren. Irgendwie befriedigte sie dieser Gedanke nicht halb so sehr, wie er es hätte tun sollen.

Sorin seufzte und senkte die Arme. Er sah so gefasst aus, als hätte er eine Stunde auf der Matte verbracht, nicht ein einziger Schweißtropfen hatte sich auf seiner Haut gebildet. »Du weißt, was das Problem ist?«

»Ach, es gibt nur ein Problem?«, erwiderte Ileni säuerlich, während sie sich aufsetzte. Dieses Mal fühlte sie nicht wie sonst eine innere Befriedigung, wenn es ihr gelang, dass sich sein sonst so grimmiger Mund leicht kräuselte.

»Das Problem«, sagte er, während er die Tunika zurechtzurrte, »ist, dass du nicht daran glaubst, dass du es schaffen kannst. Wenn du daran glauben würdest, würdest du es auch schaffen.«

»Wie inspirierend«, sagte Ileni und kam hoch. Ihr taten Muskeln weh, von denen sie nicht gewusst hatte, dass sie existierten. »Ist das eine weitere Lehre deines Meisters?«

Sein Mund wurde schmal und er seufzte erneut. »Lass uns kurz die Dehnungen durchgehen und dann probieren wir es noch einmal.«

Oder wir könnten auch aufgeben, dachte Ileni, sprach es aber nicht aus. Warum sollte es ihr schließlich etwas ausmachen, ob Sorin auf sie herabsah? Doch als er sein Bein dehnte und sich nach vorne beugte, um mit seiner Hand über den Boden zu wischen, machte sie es ihm nach. Obwohl sie nur bis zu ihren Waden kam.

Sorin drehte seine Beine, sodass er nach vorne blickte, bückte sich tief und ruhte seine Ellbogen auf dem schwarzen Steinboden aus. Wie immer traf die unangestrengte Anmut seiner Bewegungen Ileni hart. Er kämpfte auf dieselbe Art, wie er Magie einsetzte, etwas Ungebändigtes, Unvorhersehbares schien immer knapp unter der Oberfläche zu lauern und seine Präzision durchbrechen zu wollen.

Es brach jedoch nie durch. Und er kämpfte deutlich besser, als er Magie beherrschte.

Sie versuchte, ihn nachzuahmen, doch sie verlor das Gleichgewicht und fiel glatt aufs Gesicht. Sorin sah sie über seinen Vorderarm hinweg an, und es gelang ihm, sich ein offensichtliches Lachen zu verkneifen.

Ileni biss die Zähne zusammen und kämpfte sich auf die Füße, sie hasste ihren Körper für seine Schwäche und Ungelenkigkeit. Die Renegai bildeten ihre Magier nicht physisch aus, da sie dazu keinerlei Grund hatten. Eine Person, die Magie besaß, brauchte keine anderen Fertigkeiten. Wenn sie im Besitz ihrer kompletten Kraft wäre, hätte Ileni dieser Demütigung nie zugestimmt. Wie konnte Sorin das nur nicht sehen?

Doch er konnte sich wahrscheinlich schwer vorstellen, dass es ihr etwas ausmachte, dass praktisch jeder sie körperlich übertrumpfte. Er ging die Dehnungen der Reihe nach und mit so offensichtlicher, physischer Freude durch, dass Ileni, die ihn aus den Augenwinkeln beobachtete, der Neid überfiel.

Es war so einfach, alles, was er tat, als reine Fertigkeit abzutun und den Zweck dahinter aus den Augen zu verlieren.

Sie versuchte, sich schneller zu bewegen, damit sie die Dehnübungen abschließen konnte, und ihr Rücken ziepte gefährlich. Ihr Körper war nur noch eine Ansammlung von pochenden blauen Flecken, die jedoch nicht so schmerzhaft waren, dass sie einen Abbruch rechtfertigten. Dennoch fühlte sie sich wie zerschlagen. Sie spürte, wie sie aus reiner Gewohnheit einen Heilzauber beschwor, und ließ rasch davon ab. Obwohl es einfache Zauber waren, verbrauchten sie Kraft. Deshalb zwang sie sich, die schmerzenden Muskeln und dumpfen Prellungen auszuhalten – und noch schlimmer, das nicht endende Vibrieren der Magie, die freigesetzt werden wollte.

Besonders deprimierend war, dass sie am Morgen aufgewacht war und sich eingestehen musste, dass sie sich auf das Training freute; dass diese Kampfeinheiten, trotz der physischen Schmerzen und der Demütigungen, der einzige Lichtblick in ihrem Tagesablauf war. Sie versuchte, sich selbst weiszumachen, dass es daran lag, dass sie etwas Neues lernte, dass sie sich auf etwas anderes als auf ihre Magie konzentrieren konnte, doch sie wusste, dass es mehr als das war. Es war Sorin.

Und das war gar nicht gut. Aber wenigstens hatte sie einen Lichtblick am Tag; warum sollte sie ihn aufgeben? Sie würde vorsichtig sein müssen, damit Sorin ihre Gefühle nicht erriet, sonst würde er mit Sicherheit einen Weg finden, sie gegen sie zu verwenden.

Sie beendete ihre Dehnübungen – nachlässig und

schlecht, aber sie schloss sie ab – und setzte sich auf. »Heute habe ich den letzten Schüler getestet«, sagte sie. »Keiner besitzt die Fertigkeiten für den Mord an Cadrel.«

»Es sei denn, sie verbergen es«, führte Sorin ins Feld.

»Magische Fertigkeiten lassen sich nicht so leicht verbergen. Nein.« Sie hatte den gesamten Morgen darüber nachgedacht. »Es ist keiner der Schüler, aber vielleicht einer der Lehrer.«

Sorin schnellte auf die Füße und startete eine Reihe von Schlägen, Abwehrblöcken, Tritten, seine langsame Anmut maskierte die gebändigte Gewalt seiner Bewegungen. »Warum sollte ein *Lehrer* die Renegai-Lehrer umbringen wollen?«

Ileni wusste es nicht. Doch es gab eine Menge, was sie nicht wusste. »Hat Absalm viel Zeit mit einem anderen Lehrer verbracht?«

»Mit allen«, sagte Sorin. Er sprang in einen Doppelkick und landete dann leicht in der Hocke. »Er hat schließlich mit ihnen am Tisch gesessen.«

»Ihr habt den kleinen Tisch nur für mich hingestellt?« Sie wollte es leichtherzig klingen lassen, doch selbst sie konnte die Bitterkeit in ihrer Stimme hören.

Sorin richtete sich auf. »Nein. Cadrel hat alleine gesessen.«

»Warum dann nicht auch Absalm?«

»Der Meister war Absalm von Anfang an gewogen.«

»Willst du damit sagen, dass er mich nicht mag?«, fragte

sie und kitzelte damit ein unerwartetes Lachen aus ihm heraus.

»Vielleicht nicht im Moment.« Er war immer noch voll darauf konzentriert, seine Übungen fortzusetzen, hatte sich aber nicht mehr bewegt. »Du wirst sicher auch nach einer gewissen Zeit akzeptiert werden.«

»Ich will gar nicht – egal. Es ist nicht wichtig.« Ileni kam auf die Füße. »Es ist ja nicht so, als hätte Absalm während des Essens Magie unterrichtet.«

»Er hat den Lehrern auch sonst keine Lektionen erteilt«, sagte Sorin. »Niemand hat hier viel Freizeit.«

»Du hast Zeit, mir Stunden zu geben«, entgegnete Ileni.

Er bedachte sie mit einem nicht zu entschlüsselnden Blick. »Offiziell erteilst du mir Privatunterricht in Magie.«

»Nur dir? Stört das die anderen nicht?«

Mit steifen Schultern schaute er weg.

»Es *muss* Irun stören.«

»Irun«, sagte Sorin, »hat seinen ganz eigenen Verdacht, was wir so treiben.«

Die Röte schoss ihr ins Gesicht. »Oh.«

Etwas flackerte tief in Sorins Augen, und sie fragte sich, ob er sich wünschte, Irun hätte recht. Er trat auf sie zu und ihre Haut prickelte urplötzlich erwartungsvoll.

Dann stürzte er auf sie zu.

Sie war so überrascht, dass sie ohne nachzudenken reagierte. Sie packte zu und drehte sich, wie er es ihr beigebracht hatte, und Sorin knallte auf den Rücken.

Ein Schauer reiner, wilder Freude durchrann sie. Sie grinste ungezügelt, als Sorin geschmeidig auf die Füße rollte, und ihr Gefühl des Triumphs erstarb erst, als er zurückgrinste. Dann versickerte es in einem Atemzug.

»Du hast mich gewinnen lassen.« Ohne das Adrenalin, das in ihr pulsierte, war es offensichtlich.

»Natürlich«, sagte Sorin. Er balancierte auf den Fußballen. »Aber noch vor einer Woche hättest du mich trotzdem nicht besiegt.«

Ileni trat mit brennenden Augen von ihm zurück »Das ist dumm.«

Sorin blinzelte. »Was?«

»Das hier ist *dumm.*« Sie funkelte ihn an und atmete tief durch. »Und das weißt du auch. Vier Tage intensiven Trainings, und ich schaffe es genau einmal, dich umzuwerfen, und zwar *wenn du mich lässt.* Ich werde nie in der Lage sein, mich auch nur gegen den Schwächsten von euch zu verteidigen.«

»Nun«, sagte Sorin, während er die Arme über den Kopf streckte und seinen Hals von der einen zur anderen Seite rollte, »vier Tage sind nichts. Wir haben Jahre an Praxis hinter uns.« Er ließ die Arme sinken. »Ich schätze, das ist gut so.«

Nein, war es nicht. Sie *sollte* offenbar sterben. Dazu war sie hergekommen. Und hier war sie nun, begraben unter der Erde, und übte erbärmliche neue Fertigkeiten mit jemandem, gegen den sie nie auch nur den Hauch einer Chance hätte. Jemand, dessen Körper ihn nicht im Stich lassen würde, wie ihre Magie es getan hatte. Jemand, der keine Ahnung davon hatte, wie es war, ganz normal zu sein.

Jemand, der auch sterben würde, dachte sie und ein Stich durchfuhr sie. Es war nicht in Ordnung, dass er sterben würde. Dass seine Fertigkeiten und sein physisches Können, seine wilde Hingabe und seine brodelnde Unbändigkeit nur vorübergehend sein sollten. Ein Befehl und es wäre aus und vorbei mit ihm – wie mit Jastim.

»Dafür habe ich keine Zeit«, sagte sie und gab ihre Kampfespose auf. »Ich muss … mit den Lehrern reden.« Würde auch nur einer von ihnen mit ihr sprechen? Bis jetzt hatten alle sie vollständig ignoriert. »Ich muss herausfinden, welcher von ihnen vielleicht über Magie verfügt.«

Sorin nickte. »Arkim kommt infrage, wenn ich es mir recht überlege.«

Ileni hatte sich auf eine Auseinandersetzung gefasst gemacht. »Was?«

»Arkim. Er hat Ravil zu seiner Mission berufen – er ist immer für die letzten Vorbereitungen vor einer Mission zuständig. Er war vierzig Jahre lang am Hof des Imperators – seine erste und einzige Mission. Das Wissen, das er in dieser Zeit erworben hat, ist zu wertvoll, um es wieder zu verlieren. Also wurde er Lehrer. Gut vorstellbar, dass er am Hof des Imperators auch den Umgang mit Magie erlernt hat.«

Das war naheliegend, doch Ileni hatte nicht ein Fünkchen Magie gespürt, als er den Essensbereich betreten hatte.

Aber sie hatte auch nicht wirklich aufgepasst. Sie war viel zu sehr damit beschäftigt gewesen, Sorin zu beobachten. »Was für eine Art von Mission dauert vierzig Jahre?«

»Er hat das Vertrauen des Imperators und seiner Familie gewonnen.«

»Und mit diesem Vertrauen hat er dann einen von ihnen getötet?«

»Den Bruder des Imperators«, antwortete Sorin ruhig, »als der Imperator das letzte Mal erwogen hat, uns anzugreifen.«

»Nett.«

Sorins Fingerkuppen rollten sich leicht nach innen. »Diese Warnung hat die Armee des Imperiums das letzte halbe Jahrhundert aus diesen Bergen ferngehalten. Und damit nicht nur unsere, sondern auch die Sicherheit der Renegai garantiert. Ein Tod gegen Hunderte.«

»Wetten, der Bruder des Imperators hat das anders gesehen.«

»Ich glaube nicht, dass seine Meinung gefragt war.«

»Das ist nicht *witzig!*« Ileni presste ihre Knöchel gegen den Mund, dann ließ sie die Hand sinken. »Glaubst du wirklich, dass alle Menschen, die du tötest, es verdient haben zu sterben?«

»Es wäre einfacher, daran zu glauben, nicht wahr?« Sorins Blick war kalt und weit weg. »Aber nein. Wir werden ausgebildet, um genau zu beobachten und uns nicht von Lügen blenden zu lassen. Wenn wir es uns erlauben würden, dies zu glauben, würden wir straucheln, wenn wir erkennen, dass manche unserer Ziele unschuldig sind. Wir stellen uns der Wahrheit, Magierin: nicht dass sie den Tod verdienen, sondern dass ihr Tod einem höheren Zweck dient.«

Jede Faser seines Körpers vibrierte leicht, während er auf den Ballen balancierte. Ileni schüttelte ruckartig den Kopf, ihr Körper war gespannt. Sie wusste, dass er im Unrecht war, aber sie war sich sicher, dass er bei einem Streit gewinnen würde.

Sorins Mund zuckte grausam. Plötzlich hatte sie Angst vor ihm – was ihr vor Augen führte, dass sie ihn ganz offenbar schon seit einiger Zeit nicht mehr fürchtete. *Magierfeuer,* sie war eine Närrin. »Du solltest noch etwas über Arkim wissen. Willst du raten, wie alt der Bruder des Imperators war, als Arkim ihn getötet hat?«

Stille.

»Er war sieben.«

Ilenis Kehle zog sich zusammen.

»Er war ein imperialer Edelmann. Nur noch kein vollständig ausgewachsener. Sein Tod war eine Notwendigkeit.«

Übelkeit breitete sich in Ilenis Magengrube aus. »Danke«, zischte sie hervor.

Er wich leicht zurück. »Wofür?«

»Dass du mich daran erinnert hast«, sagte Ileni, »was du bist.«

Etwas flackerte in den Tiefen seiner Augen und sein

Mund verzog sich wieder. »Warst du in Gefahr, es zu vergessen?«

»Ja«, sagte Ileni. »Aber das wird nicht mehr vorkommen.«

Sie drehte sich um und lief davon – aus dem Höhleneingang und die lange Halle hinunter. Sie sah sich nicht einmal um, ob er ihr nachblickte.

Ileni gewöhnte sich langsam daran, mitten in der Nacht auf zu sein; es war schließlich nicht so, dass sie sonderlich gut schlief. Als das Klopfen ein paar Nächte später ertönte, war sie sofort wach, schwang beide Beine auf den Boden und spannte die Hände hinter sich auf dem Bett.

»Ileni?«, flüsterte Sorin durch das Holz, und sie kam auf die Füße, durchquerte den Raum und zog die Tür auf. Sorin stand im Türbogen und wurde vom sanften Schimmern der Steine in der Wand angestrahlt.

»Was ist?«, hauchte sie und hörte dabei die Angst in ihrer Stimme.

»Nicht so was«, sagte Sorin, ohne sich die Mühe zu machen zu erklären, was *so was* war. Er lächelte. Ein leichtes, ungezwungenes Lächeln, das auf seinem Gesicht seltsam aussah. »Ich bin hier, um dich zu einer Feier einzuladen.«

»Zu einer was?«

»Interessiert?«

Sie öffnete den Mund, um das Richtige zu tun und Nein zu sagen. Seit ihrem Streit vor ein paar Tagen waren die Dinge zwischen ihnen angespannt und es war besser so.

Denn der junge Mann, der jetzt vor ihr stand und vor Aufregung und Vorfreude statt vor Eifer und Gewalt vibrierte, war eine Täuschung. Eine gefährliche Illusion.

Doch sie wollte auch nicht mehr in ihr Bett zurück und darüber nachdenken, was sie verpassen könnte, bis sie einschlief. Ohne ein Wort ging sie zu ihrer Kleidertruhe, zog einen Rock und Schuhe an und folgte Sorin hinaus in den dunklen Flur.

Ganz offensichtlich verstieß das, was sie taten, gegen die Regeln, und ihr Atem beschleunigte sich. Ihr gesamtes Leben war sie gehorsam gewesen, war dem Weg gefolgt, der vor ihr ausgebreitet war, hatte um Erlaubnis gebeten, bevor sie etwas tat, was sie von ihren Zielen hätte ablenken können. Ihr gesamtes Leben hatte sie damit verbracht, etwas so Wertvollem zu folgen, dass sie nie die Regeln verletzt hätte. Jetzt war es an der Zeit, sich daran zu gewöhnen, dass sie nichts mehr zu verlieren hatte.

Außer ihrem Leben. Und das erschien nicht wirklich wichtig, wenn sie sich ihren deprimierenden Gedanken ergab.

»Was feiern wir?«, flüsterte sie, aber Sorin war schon halb den Flur entlang. Fluchend eilte sie ihm nach.

Der Weg, den sie nahmen, war ihr nach zwei Wochen vertraut: Sie gingen zu den Trainingshöhlen. Dennoch stolperte sie ein paar Mal, während sie versuchte, im schwachen Licht der Glimmsteine mit Sorin Schritt zu halten. Zu spät fiel Ileni ein, dass sie mit ihrer vermeintlichen Magie wahrscheinlich ein Licht hätte heraufbeschwören sollen. Sie dachte noch über eine Ausrede nach, falls Sorin fragte, als sie in den Trainingshöhlen ankamen, wo alle Glimmsteine hell leuchteten.

Die Höhlen stanken immer noch nach Schweiß, aber in den Dunst mischte sich der Geruch von Wein, was ihn womöglich noch ekelerregender machte als sonst. Aber Ileni fiel es kaum auf. Sie hielt inne und starrte mit offenem Mund.

Die Höhle war wie verwandelt. Der Grund dafür war jedoch nicht irgendwelche Dekoration – sie war so spartanisch wie eh und je –, sondern vielmehr die jungen Männer, die die Höhle bevölkerten. Verschwunden waren die tödlichen Angriffe und Gegenattacken, die fokussierte Aggression, das Aufeinanderprallen von Stahl und Seil. Stattdessen waren die Waffen an den Seiten des Raums aufgehäuft und die Assassinen lümmelten lächelnd oder laut lachend auf dem Boden um Ansammlungen von Weinkrügen und Tonbechern. Einige von ihnen erkannte sie aus ihren Klassen und aus dem Essensbereich, aber nicht alle.

Sorin führte sie die Treppe hinunter. Auf halber Strecke fegte eine Gruppe von Jungen an ihnen vorbei und einer schaute über die Schulter zu ihr zurück. Sie erkannte ihn – er war einer ihrer jüngeren Schüler mit lockigem Haar und einem dreieckigen Gesicht. Sein Name war Esen. Er grinste sie an und sagte: »Sie ist gekommen!«, und die anderen Jungs jauchzten.

Ileni erwischte sich dabei, wie sie zurückgrinste. Jemand

drückte ihr einen Tonbecher in die Hand, die Flüssigkeit darin schwappte fast über. Schwach leuchtete eine Warnung in ihrem Hinterkopf auf – aber wenn man sie wirklich töten wollte, dann wäre kein so ausgefeiltes Ablenkungsmanöver nötig. Außerdem hatte man Sorin einen ähnlichen Kelch in die Hand gedrückt und er hatte ihn bereits fast geleert. Sie lehnte den Kopf zurück und trank.

Es schmeckte absolut widerlich und sie würgte. Sorin und Esen lachten beide, doch es lag keine Schärfe in ihrem Gelächter, und Ileni lachte mit ihnen. Der Wein, den sie nicht ausgespuckt hatte, rauschte durch ihr Blut. Sie hatte noch nie Wein getrunken. Sie und ihre Mitschüler hatten immer voller Geringschätzung darauf herabgeblickt, da er sich nicht mit der Konzentration und dem Fokus vertrug, den sie zur Ausbildung ihrer Fertigkeiten brauchten.

Sie würde jetzt nicht darüber nachdenken. Auf keinen Fall. Sie war zu müde, so unaussprechlich müde, um darüber nachzudenken. Ein bisschen Wein befand sich noch in ihrem Kelch und sie rüstete sich und hob ihn an die Lippen. Sie verzog das Gesicht und leerte ihn in einem Zug.

»Nicht gerade beste Qualität«, sagte Sorin. »Ich kann dir etwas Besseres besorgen.«

»Das würde helfen.« Sie kicherte, stolperte über die Stufen, griff nach Sorins Arm, um sich festzuhalten. Unter seinem langärmeligen Hemd fühlte er sich an, als wäre er aus Stahl. Nicht überraschend. Sie ließ auch nicht los, als sie ihr Gleichgewicht wiedergefunden hatte.

Sorin hob eine Augenbraue, streifte ihre Hand aber nicht ab. »Hast du schon einmal Wein getrunken?«

»Nein.« Sein Ausdruck kam ihr komisch vor und sie lachte erneut. Sorin hob die andere Augenbraue und führte sie den Rest der Stufen hinunter.

Als sie am Höhlenboden angelangt waren, ließ sie ihn los und sah sich um. Ihr letzter Funken Angst verflüchtigte sich, als sie Irun nirgends entdeckte.

Auch einige Lehrer waren anwesend, aber nicht alle. Nicht der säuerlich dreinblickende Mann, der Gifte lehrte, oder der kurzgeratene mit den roten Haaren, über dessen Unterricht Sorin nie ein Wort verlor. Arkim war ebenfalls nicht da. Die Schüler hatten offenbar ausgewählt, welche Lehrer sie dabeihaben wollten. Und sie hatten sie gewählt.

Wie viel davon unterlag Sorins Einfluss?

Eine anschwellende Melodie erfüllte die Höhle und wurde bald von einem schnellen, rhythmischen Takt begleitet. Sie drehte sich um und sah zwei Jungen in der Ecke, einer spielte Flöte, der andere bearbeitete ein paar Trommeln. Sie erkannte sie nicht; beide waren zu jung, um zu ihren Schülern zu gehören – elf oder vielleicht zwölf? Der Flötenspieler hatte feuerrote Haare und ein Engelsgesicht.

Lernten alle Assassinen ein Instrument? Oder bereitete er sich nur auf eine besondere Mission vor?

»Das ist ein Arcaianisches Tanzlied«, sagte Sorin und sie wandte sich wieder ihm zu. Er betrachtete sie mit einem seltsamen Ausdruck im Gesicht – als ob es wichtig wäre, was sie von dieser merkwürdigen Feier hielt. Als ob es ihm, genau in diesem Moment, wichtig wäre, dass sie glücklich war.

Das war Selbsttäuschung. Selbsttäuschung und der Einfluss des Weins. Sorin war ein Mörder.

Aber als er ihr in diesem Augenblick die Hand reichte, sah er nicht wie einer aus.

Sie beschloss, nicht darüber nachzudenken – nicht nachzudenken fühlte sich großartig an, und der Wein und die Musik machten es ihr leicht. Sie nahm seine Hand.

»Arcaianer wissen, wie man tanzt«, schrie Sorin ihr über die Musik und das Jauchzen der anderen zu, als sie sich zusammen über den Steinboden drehten. »Sei froh, dass du den Text zu diesem Lied nicht kennst!«

»Wer sagt, dass ich ihn nicht kenne?«, gab Ileni zurück. Ein Assassine wirbelte an ihnen vorbei, schnellte in die Luft und vollführte einen doppelten Salto, um dann wieder leichtfüßig zu landen.

Sorin verdrehte die Augen und nahm ihre andere Hand. Seine Hände waren feingliedrig, aber rau und schwielig. Er zog sie mit beiläufiger Kraft zu sich heran und grinste auf sie herab.

Er war ihr näher als jemals zuvor. Seine Hände wanderten zu ihrer Taille, seine Arme umschlossen sie in unnachgiebiger Stärke. Sie konnte seinen Atem spüren, als er sprach. »Können Magier tanzen?«

Sie hob das Kinn, um ihm ins Gesicht sehen zu können. »Ich denke, das wirst du gleich herausfinden.«

Tatsächlich konnten Magier nicht tanzen – nicht auf die sportliche, anmutige Weise der Assassinen –, aber das war vollkommen egal. Sorin hielt sie fest und verzichtete auf die komplizierten akrobatischen Übungen der anderen Assassinen. Sie wirbelten über den Höhlenboden und Sorin sah sie mit zusammengepressten Lippen, aber hochgezogenen Mundwinkeln an. Die Musik pulsierte in Ilenis Blutbahn, und sie bewegte sich im Takt, ohne nachzudenken. Der Stoff ihres Rockes streifte rhythmisch ihre Beine. Heiterkeit durchfloss sie, befeuert von der Musik und der Bewegung und dem Druck von Sorins Händen auf ihrem Rücken. Jedes Mal, wenn er sie näher heranzog, fühlte es sich wie ein Schluck Wein an und es machte sie waghalsig und schwindlig.

»Weiß euer Meister hiervon?«, fragte sie irgendwann, als ihre Wange nur Zentimeter von Sorins entfernt war.

»Natürlich«, sagte Sorin. Er stieß sie von sich, wirbelte sie herum und zog sie wieder heran. »Aber mach dir keine Gedanken. Er kommt nie vorbei. Er weiß, dass wir unsere kleinen Freiheiten brauchen.«

Keine echte Freiheit, wenn er davon weiß. Aber wer war sie schon, das zu sagen? Sie hatte sich an den Trainingseinschränkungen gestoßen, als sie noch auf dem Ausbildungsgelände der Magier war; sie hatte sogar von Zeit zu Zeit ein paar Regeln umgangen, um sich mit Tellis zu treffen. Kleine Freiheiten, aber nichts, was die Ältesten schockiert hätte, wenn sie es herausgefunden hätten. Trotz all ihrer kleinen

Aufmüpfigkeiten war sie zufrieden mit dem gewesen, in was man sie geformt hatte.

Und sie wollte sich jetzt nicht mit Sorin streiten. Er packte ihre Hände und sie lehnte sich zurück. Als ihr Haar nach hinten schwang, sondierte sie die Höhle. Sie hielt immer noch nach Irun Ausschau, aber ihr Blick fiel stattdessen auf Bazel. Der pausbackige Assassine tanzte nicht. Er stand schmal und verstohlen am Rand, in der Nähe der Waffenhaufen. Immer wieder kam einer der Assassinen bei ihm vorbei, und Bazel händigte ihm etwas Kleines aus, das Ileni auf die Entfernung nicht erkennen konnte.

Sorin folgte ihrem Blick und verzog das Gesicht. »Würdest du es vorziehen, mit deinem Liebling zu tanzen?«

»Warum ist dir das wichtig?«, fragte sie verschmitzt, doch dann fing sie seinen Blick auf. Reine Verachtung ohne jegliche Spur von Eifersucht lag in seinen Augen und es fühlte sich wie ein Schlag an. Ileni wirbelte aus seinen Armen, überraschte ihn damit, und Schmerz durchzuckte sie erneut, als er sie kampflos ziehen ließ. Sie stolperte, es gelang ihr gerade noch, *nicht* auf den Steinboden zu stürzen, und dann marschierte sie trotzig quer durch die Höhle in Bazels Richtung.

Sorin zischte etwas hinter ihr, doch die Musik überdeckte seine Stimme. Es war ihr sowieso völlig egal, was er sagte. Er hätte sicher noch viel mehr Grund zum Zischen, wenn sie Bazel zum Tanz aufgefordert hatte.

Sie erreichte ihn zeitgleich mit einem Assassinen – einem

großen Jungen, der in keiner ihrer Klassen war, der gerade hochmütig zu ihm sagte: »Heute wohl sehr spendabel!«

»Ich kriege bald mehr«, setzte Bazel an, hielt dann aber inne, als er Ileni sah. Der andere Assassine schenkte ihm einen Blick von der Seite und glitt dann davon.

»Lehrerin«, sagte Bazel steif.

Ileni dämmerte langsam, dass er womöglich Nein sagen würde, wenn sie ihn zum Tanz aufforderte. Sorins Blick brannte regelrecht auf ihrem Rücken und sie änderte abrupt ihren Plan. »Was verteilst du? Kann ich mal sehen?«

Ausdrucklos tauchte er seine Hand in den Beutel an seinem Gürtel und platzierte etwas Kleines, Quadratisches auf ihrer Handfläche.

Ileni blinzelte überrascht über seinen Gehorsam. Zwang sie ihn dazu, wie es seine Klassenkameraden offenbar taten? Doch dann erkannte sie das dunkle Objekt auf ihrer Hand und ihr lief das Wasser im Mund zusammen.

Sie wischte alle Bedenken beiseite, warf es sich in den Mund und schloss die Augen, als sie schluckte. Der Geschmack von Schokolade lag auf ihrer Zunge, klang nach.

»Woher hast du sie?«, hauchte sie.

Bazels Gesicht verschloss sich. Er starrte stur an ihr vorbei, wie ein bezwungenes Tier, das darauf wartete, geschlagen zu werden.

Sorin packte sie von hinten am Ellbogen. Ileni sah auf, nur um das höhnische Lächeln zu erhaschen, das er Bazel zukommen ließ. »Forderst du unsere Lehrerin etwa zum Tanz auf?«

Bazel antwortete nicht.

»Tust *du* das denn?«, fragte Ileni Sorin, um seine Aufmerksamkeit von Bazel abzulenken. Es funktionierte. Er sah zu ihr hinab und zog sie dann aus der Ecke. Ileni blickte lang genug über die Schulter zurück, um zu sehen, wie ein anderer Assassine Bazel ansprach und sich dessen Blick vom Boden löste, als seine Hand in seinen Beutel griff.

Offensichtlich war die Schokolade ein Geheimnis – wenn auch ein offenes. Eine weitere kleine Freiheit? Oder vielleicht war ja das etwas, wovon der Meister nichts wusste. Wobei sie selbst nicht daran glaubte.

Sie wandte sich wieder Sorin zu. »Siehst du nicht, dass er Angst vor dir hat? Warum …«

Sorin schwang sie in einer schwindelerregenden Drehung herum, die in einem winzigen Aufschrei endete. Als er sie wieder zu sich heranzog, waren seine Augen immer noch hart. Sie öffnete den Mund und schloss ihn dann wieder. Sie wollte nicht streiten. Was würde das schon ändern? Sollte es sie überraschen, dass er zur Grausamkeit fähig war?

Was sie stattdessen sagte, war: »Woher bekommt Bazel die Schokolade?«

Sorin hob die Schultern und seine Mundwinkel zuckten. »Ich gehe mal davon aus, dass andere sie auf ihren Missionen auftreiben und er den Verkauf für sie arrangiert. Es ist seine Art, sich nützlich zu machen.«

Das war eine Möglichkeit … sie ergab aber nicht wirklich viel Sinn. *Ich kriege bald mehr*, hatte Bazel gesagt. Wie konnte er mit Sicherheit sagen, ob seine Assassinenkollegen es wieder nach Hause schaffen würden?

Wie durch Nebel versuchte Ileni sich zu erinnern, ob Sorin nah genug gewesen war, um Bazel zu hören. Es sah ihm nicht ähnlich, Dinge zu übersehen …

Aber selbstverständlich handelte es sich nur um eine winzige Freiheit und es war nur Bazel. Nicht Sorins Sorge. Wenn er ihm keine Aufmerksamkeit schenkte, dann musste er sich auch keine Gedanken machen, *wie* Bazel an die Schokolade kam und ob mehr im Spiel war. Dann musste er nicht darüber nachdenken, ob es etwas gab, dem man Einhalt gebieten müsste.

Wie praktisch für ihn.

Als Sorin ihr einen neuen Kelch voll Wein anbot, nahm ihn Ileni und leerte ihn in einem Zug. Ihr gefiel sein überraschtes Grinsen und die Art und Weise, wie der Wein durch ihr Blut zischte und ihr Verstand unscharf wurde. Ihre Sorgen und ihr Bedauern, ihre Ängste schienen dumpf und weit weg, und sie lachte erneut, weil es so einfach war und sich so gut anfühlte. Sie lehnte sich lachend zurück und vertraute darauf, dass Sorins Arme sie stützen würden. Sie wollte sich ewig so fühlen.

»Wie oft macht ihr das?«, fragte sie Sorin, als sie eine Pause einlegten. Sie saßen nebeneinander an der Wand, er in der Hocke, entspannt und zugleich bereit, sie mit ausgebreitetem Rock über ihren ausgestreckten Beinen. Sorin berührte sie nicht, aber sie fühlte ihn, nur Zentimeter von ihrer Haut entfernt.

»Das gefällt dir, stimmt's?« Sorin senkte den Kopf zu ihr herunter, seine Arme ruhten locker auf seinen Knien. »Es gibt noch mehr Feste, allerdings nicht sehr oft. Wir feiern immer dann, wenn einer von uns lebend von einer erfolgreichen Mission zurückkommt.«

Eine erfolgreiche Mission.

Urplötzlich kam alles mit einen Schlag zurück: Wo sie war und mit wem sie tanzte, ihre Vergangenheit und ihre Gegenwart und ihre beengte, trostlose Zukunft. Und was sie hier feierte, weshalb all die Freude herrschte. Der Tod eines Menschen, weit weg im Imperium, ein Dolch, blutbeschmiert. Das Wissen türmte sich vor ihr auf, drohte, sie zu übermannen, sie in einem schwarzen Nebel aus Elend zu verschlingen.

Nein. Sie konzentrierte sich auf die Gegenwart, auf die Musik und das Gelächter, auf Sorins Gesicht, während er sie beobachtete. Waghalsig streckte sie ihre Hand aus und packte seine.

»Ich will noch einmal tanzen«, sagte sie.

Sorins Finger pressten sich ganz sanft gegen ihre. »Schon? Bist du dir sicher?«

»Ja«, sagte sie und kletterte auf die Füße. Er stand ebenfalls auf und folgte ihr mit amüsiertem Gesichtsausdruck zurück auf den Trainingsboden.

Kapitel 11

Am Morgen wachte Ileni mit pochenden Kopfschmerzen auf, von denen sie annahm, dass es ein Kater war. Einmal hatte sie gewöhnliche Renegai darüber reden hören. Bis jetzt war sie davon ausgegangen, dass sie übertrieben hatten.

»Das ist kein Kater«, sagte Sorin ohne Mitleid, als er sie abholte. »Du bist nur müde. Du hast nicht genug getrunken, um einen Kater zu haben.«

Aber sie *hatte* getrunken, und sie fürchtete, dass sie sich zum Narren gemacht hatte. Ihr Gesicht brannte, als sie sich schwach gegen die Mauer lehnte. Ein weiterer Grund, diesen Raum nie wieder zu verlassen.

Außer dass sie natürlich keine andere Wahl hatte. *Kleine Freiheiten.* Egal was für eine Illusion die letzte Nacht aufgebaut hatte, ihr Leben gehörte nicht ihr selbst, und es war besser, wenn sie das nicht aus den Augen verlor, wenn sie am Leben bleiben wollte.

Im Speisesaal setzte Sorin sich ihr gegenüber hin und ließ damit einen – nein, nicht nur einen – freien Platz an seinem Tisch. Ravils Platz war auch noch frei. »Ist Ravil nicht gestern zurückgekehrt? Von seiner … von seiner Mission?«

»Nein. Jemand anders.«

»Wo ist dieser jemand?«

Sorin stocherte mit seinem Löffel im Haferbrei herum, den er von seinem eigenen Tisch geholt hatte, bevor er herübergekommen war. »Beim Meister, er erstattet Bericht, was er alles gelernt hat. Und er wird erst begreifen, was er gelernt hat, wenn der Meister es ihm erklärt.«

Seine Stimme klang angespannt. Ileni legte ihren Löffel beiseite. »Du bist eifersüchtig.«

Er rührte den Brei um, schaufelte ein wenig in seinen Mund.

Sie erinnerte sich wieder, wie er sie letzte Nacht gehalten hatte, sicher und doch ungezähmt. Vor allem anderen aber voller Freude. Sie erinnerte sich an ihre Fragen aus der ersten Nacht, darüber, wie man diese jungen Männer dazu zwingen konnte zu töten. Wie unglaublich dumm sie doch gewesen war.

»Du *willst* geschickt werden.«

»Natürlich will ich das.«

Ileni nahm ihren Löffel langsam wieder hoch. »Um jemanden zu töten, den du noch nicht einmal kennst.«

»Leichter, als wenn ich ihn kennen würde.«

Sie schluckte einen Happen Brei. Er wanderte in einem harten Klumpen ihre Kehle hinunter.

»Das war kein Scherz. Der Edelmann, den ich getötet habe, war ein schneller Auftrag – in sein Zimmer und wieder hinaus in unter einer Stunde. Wenn du dich mit jemandem anfreunden musst, bevor du ihn tötest … das sind die schwierigsten Missionen, die Missionen, mit denen der Meister nur seine vertrauenswürdigsten Schüler beauftragt.«

Ileni blickte auf den Rest ihres Essens hinab, vor allem, um ihn nicht anschauen zu müssen und die Sehnsucht zu sehen, die in seinem Gesicht geschrieben stand. Sie durfte nicht mehr vergessen, wer er war.

Obwohl sie hungrig war, drehte der süße, durchdringende Geruch aus ihrer Schüssel ihr den Magen um. Sie zwang noch ein paar Happen hinunter, legte dann den Löffel beiseite und hielt durch, bis das Essen beendet war, indem sie immer wieder kurz die Augen schloss.

Es hob ihre Laune auch nicht sonderlich, dass ihre Schüler aufmerksam und diszipliniert wie immer waren – obwohl die meisten von ihnen gestern die ganze Nacht durchgetanzt und *mehr* getrunken hatten als sie. Ihr Versuch, ohne weiteren Krafteinsatz durch den Unterricht zu kommen, war diesmal noch kläglicher als sonst, und sie bereitete sich innerlich auf Iruns Provokationen vor. Doch er sagte kein Wort. Er beobachtete sie grimmig und sein Schweigen war bedrohlicher als jede offene Konfrontation.

Als sie ihre erste Stunde beendete, arbeitete ihr Verstand endlich wieder. Während ihre Schüler auf die Beine kamen, sagte sie: »Sorin. Auf ein Wort!«

Die beiden Jungen neben Sorin wechselten einen vielsagenden Blick, der sie daran erinnerte, dass sie gestern Nacht … was auch immer das gestern gewesen sein mochte. Ihre Wangen begannen zu glühen. Bis Sorin gehorsam vor ihr zum Stehen kam, fühlte sie die Röte im Gesicht.

Er wartete geduldig, als würde er es gar nicht bemerken. Sie räusperte sich. »Waren Absalm und Cadrel bei den Feiern dabei?«

Sorin blinzelte und rieb sich dann die Seite seines Nackens. »Absalm schon, ja. Aber ich glaube, wir hatten keine Feier, während Cadrel da war.«

»Ganze zwei Monate nicht?«

»Das ist nicht außergewöhnlich. Unsere Missionen hängen von Ereignissen im Imperium ab, davon, wer uns anheuert, oder von den Plänen des Meisters. Manchmal wird jahrelang keiner geschickt.«

»Wie langweilig für euch alle.«

»Dann ist das Training besser.« Er blickte über seine Schulter in die nun verlassene Höhle. »Aber seit Iruns Erfolg haben wir häufiger Missionen.«

»Wer hat Absalm zu den Feiern eingeladen?«

»Ich war das.« Sorin verlagerte sein Gewicht leicht. »Warum ist es von Bedeutung, ob er dabei war? Niemand hat ihn *deswegen* umgebracht.«

»Ich weiß nicht«, sagte Ileni. »Aber es muss *irgendetwas* gegeben haben, was zu ihrem Tod geführt hat. Und ich werde erst wissen, was es ist, wenn ich es gefunden habe.«

Sorin betrachtete sie. »Ileni …«

Doch dann strömten die Schüler der nächsten Klasse in die Höhle und er verstummte und wandte sich ab.

Ileni fragte sich fast die gesamte zweite Stunde über, was er wohl hatte sagen wollen. In der dritten Stunde musste sie sich der viel produktiveren Frage widmen, welche weiteren kleinen Regeln ihre Vorgänger wohl durchbrochen hatten. Sie hatte letzte Nacht nur eine verbotene Aktion beobachtet, und auch wenn sie sich nicht wirklich vorstellen konnte, dass man jemanden wegen Schokolade tötete, war es der einzige Ansatz, den sie verfolgen konnte.

Sie wartete, bis sie sich gemeinsam mit Sorin am Eingang zum Speisesaal befand und Bazel nur ein paar Meter hinter ihnen. Dann drehte sie sich um und sagte: »Bazel, setz dich bitte zu mir. Ich möchte mit dir sprechen.«

Bazel blinzelte sie an, warf dann einen nervösen Blick auf Sorin, dessen Ausdruck hart war. Ileni drehte beiden den Rücken zu und ging zu ihrem Tisch. Als sie sich setzte, kam Bazel zu ihr herüber. Er strahlte Widerwillen aus. Sorin wirkte, als wollte er ihm folgen, drehte dann aber auf dem Absatz um und stolzierte zu seinem eigenen Tisch hinüber.

Das Mittagessen bestand aus einer klauenbesetzten, käferartigen Kreatur, die schon einmal serviert worden war – eine Delikatesse des Imperiums, wie Sorin sie damals aufgeklärt hatte. Die Assassinen verzehrten sie daher mit Vergnügen. Ileni sah sich die roten Beine und Fühler auf ihrem Teller an und beschloss, nicht mitzuessen. Sie faltete die Hände auf dem Tisch und sah Bazel an, der methodisch sein Essen auseinandernahm und dabei die Augen nie von den schuppigen roten Gliedern ließ. Als sie seinen Namen aussprach, blickte er mit versteinertem Unmut in den fahlen blauen Augen auf.

Sie widerstand der Versuchung, sich zu entschuldigen. Stattdessen sagte sie: »Ich möchte dir einen Handel vorschlagen.«

Er kaute und schluckte, bevor er antwortete. »Danke, Lehrerin. Aber ich denke nicht, dass du etwas hast, was ich möchte.«

»Dann fehlt es dir an Vorstellungskraft. Willst du nicht wissen, wie du Irun das nächste Mal schlagen kannst, wenn er sich entschließt, dich wieder anzugreifen?«

Schweigen. Bazel starrte steif und regungslos auf seinen Teller. Als er sprach, war es fast ein Flüstern. »Irun verfügt auch über eine Menge magischer Kraft.«

»Das stimmt. Aber Kraft ohne Wissen ist nicht sonderlich nützlich. Mit den Zaubern, die ich dir beibringen kann, könntest du ihn demütigen.«

Bazels Hände zuckten. »In *deiner* Klasse«, erwiderte er schließlich. »Ich würde später dafür zahlen, bei unserer nächsten Waffenübung. Heftig zahlen, wie du dir vorstellen kannst.«

Ein tödlicher Unfall, hatte Sorin gesagt. Ileni unterdrückte ein Schaudern. »Möglicherweise«, sagte sie. »Das würde aber nichts an der Tatsache ändern, dass Irun gedemütigt wurde.«

Bazel lächelte. Es war kein Lächeln, das sie erwidern wollte. Es war grimmig, tödlich und so unerbittlich, dass sie sich plötzlich fragte, ob ihre Idee wirklich so gut war.

Zu spät, um es sich anders zu überlegen. »Selbstverständlich würde ich dich privat unterrichten. Es würde einen großen Part meiner Zeit in Anspruch nehmen.«

»Hast du denn etwas Besseres zu tun?«, fragte Bazel.

Selbst wenn jemand zum Opfer auserkoren war, machte ihn das nicht unbedingt liebenswürdiger. Ileni hob das Kinn und versuchte, eher geheimnisvoll als irritiert auszusehen. »Eine ganze Menge.«

»Wie etwa Sorin zu erlauben, dich als besondere Unterhaltungseinlage auf eine seiner Feiern zu zerren?«

War das der Grund, warum er sie angeschleppt hatte? »Was meinst du mit *seine* Feiern? Du warst doch auch da.«

Bazels Gesicht zuckte. »Hat er dir das nicht erzählt? Die Feiern waren Sorins Idee, und er ist derjenige, der sie organisiert. Sie sind nicht unbedingt vom Meister bewilligt.«

»Er macht Dinge aus eigenem Antrieb?«, erhob Ileni scharf die Stimme. Die *besondere Unterhaltungseinlage* tat weh. »Wie außergewöhnlich. Es überrascht mich, dass er damit durchkommt.«

Bazel lächelte bitter. »Sorin ist jemand, der gerne testet,

womit er durchkommt. Falls dir das noch nicht aufgefallen sein sollte.«

War es noch nicht. Sie hatte gedacht, er wäre der perfekte Assassine, der seine rebellischen Anwandlungen strikt unter Kontrolle hielt. Und sie war sich nicht sicher, ob sie falschlag. Feier und Tanz – erlaubte Abweichungen, worauf sie gerne wetten würde. Bewusst übersehen, wie ihr eigener Einsatz von Schlafzaubern oder die Ausflüge mit Tellis. Es bedeutete nicht, dass Sorin jemals etwas wirklich Verbotenes wagen würde. Scheinbar konnte das gelegentliche Glitzern in seinen Augen, seine Ungezähmtheit, die spürbar unter der Oberfläche brodelte, durch die wenigen durchfeierten Nächte besänftigt werden. Der Meister war *weise*, zumindest wenn es um die Kontrolle seiner Schüler ging.

Sie lehnte sich vor. »Die Stunden wären auch nicht auf Befehl des Meisters. Sie wären für dich.«

Bazel rieb sich den Nacken, doch alles, was er sagte, war: »Und was du im Tausch möchtest, ist Schokolade?«

»Nicht ganz. Obwohl ich zu ein paar Stückchen nicht Nein sagen würde.« Ileni presste ihre Hände unter dem Tisch fest gegen die Knie, wo Bazel es nicht sehen konnte. »Ich will wissen, woher du die Schokolade hast.«

Er zögerte so lange, dass sie befürchtete, er würde ablehnen. Sie riskierte es. »Hast du sie von Absalm?«

»Was? Nein.«

Sie konnte nicht sagen, ob er log. Sie biss sich auf die Lippe. »Aber du musst Magie eingesetzt haben. Ich glaube nämlich nicht, dass dir die anderen Assassinen einfach die Ausbeute ihrer Missionen geben.«

Zorn flackerte über sein Gesicht. Sie fügte hinzu: »Bis jetzt. Ich kann dir dabei helfen, das zu ändern.«

Er lachte kurz. »Selbst wenn ich Irun schlage, macht das aus mir keinen anderen Menschen, Lehrerin.« Er stieß langsam den Atem aus und nickte dann. »Ich zeige dir, wie ich an sie herankomme. Aber ich weiß nicht, wann sie zurückkommen werden.«

Hätte sie wissen sollen, wen er mit *sie* meinte? Ileni entschied, dass es am sichersten war, einfach zu nicken.

Bazel legte den Kopf in einer fast nicht wahrnehmbaren Bewegung ein wenig zurück, dann schwang er seine Beine über die Bank und eilte davon. Er ließ einen ungegessenen Haufen Klauen und Beinchen auf seinem Teller zurück.

Fast genau in dem Moment, in dem er verschwunden war, glitt Sorin auf seinen Platz. Ileni wappnete sich. Doch das Einzige, was er nach einem Blick auf ihren vollen Teller sagte, war: »Bist du mit dem Essen fertig? Ich denke, es ist an der Zeit, dass du etwas Neues lernst.«

Er erwähnte Bazel nicht, als er sie vom Tisch weg und durch die Gänge führte, stattdessen lief er schweigend voran. Ileni hatte sich auf eine Auseinandersetzung vorbereitet und ging im Kopf ein Dutzend Argumente durch, weshalb sie nicht mitbekommen hatte, wohin sie unterwegs waren, bis sie angekommen waren. Dann blieb sie so abrupt stehen, dass sie beinah stürzte, als sie auf die schimmernden

Messer in der Höhle starrte, in der Irun sie beinahe umgebracht hätte.

»Was ist das?«, verlangte sie zu wissen. »Die Erinnerung daran, was ich dir schulde?«

Sorin schenkte ihr einen halb amüsierten, halb vorwurfsvollen Blick. »Wir sind wegen des Waffentrainings hier.«

»Warum?«

»Weil, wie du bereits erwähnt hast, die Mann-gegen-Mann-Übungen irgendwie sinnlos sind.« Er ging zu den Gestellen hinüber, zog ein Messer heraus und warf es ohne zu schauen über seine Schulter. Es landete in der Mitte einer der Zielscheiben. »Mit einer Waffe kannst du viel effektiver sein.«

»Oder ich könnte mir versehentlich die Hand abschneiden.«

»Wir üben, damit das nicht passiert. Das wird unsere erste Lektion sein.«

Sie lachte nicht. Stattdessen blickte sie weiter auf das Messer, das er geworfen hatte und das in der Zielscheibe zitterte – genau dort, wo bei einem Menschen das Herz gewesen wäre. »Als du und Irun… als du die Messer genommen hast … hat er gesagt, es wäre gefährlich.«

»Weil es Messer mit vergifteten Klingen waren.« Das wilde Glitzern kehrte kurz in seine Augen zurück. »Ich mag es, ab und zu unerwartete Risiken in Kauf zu nehmen. Es ist gefährlich, berechenbar zu sein.«

»Mmh«, sagte Ileni.

»Die meisten von uns dürfen keine vergifteten Messer benutzen. Es erfordert Training und Vorbereitung.« Er sah stolz auf die funkelnden Klingen. »Das Gift nennt sich Vernath. Es gibt kein Gegenmittel, weshalb wir vorsichtig sein müssen.«

»Klasse«, murmelte Ileni.

»Mach dir keine Sorgen. Wir fangen mit den ungiftigen an.«

»*Anfangen*?«

»Zuerst wollen wir sehen, ob du ein Talent fürs Messerwerfen hast …«

»Nein«, erwiderte Ileni.

Er blinzelte sie an. »Warum nicht?«

»Renegai benutzen keine Waffen.«

»Du bist keine Renegai mehr, oder?«

Sie hätte es vorhersehen sollen, doch sie zuckte trotzdem so heftig zusammen, dass es Sorin nicht entging. Er blickte sie stumm an, seine dunklen Augen bildeten über seinen scharf geschnittenen Wangen Schlitze, und sie fühlte ihr Herz gegen die Rippen pochen. Er würde es herausfinden … er war schlau. Sie musste vorsichtiger sein.

Doch als er sprach, war seine Stimme sanft. »Du kannst hier glücklich sein, weißt du?«

Ihr Lachen klang eher nach einem Schluchzen. »Das bezweifle ich.«

»Du solltest wissen …« Seine Stimme verklang und er sah ungewohnt unsicher aus. »Dass du die Wahl hast.

Selbst hier. Ich weiß, was es heißt, außerhalb groß zu werden und dann zu begreifen, dass du den Rest deines Lebens unter der Erde verbringen wirst. Ich war früher auch wütend.«

»Oh?« Dieses Mal klang es schon eher nach Lachen. »Und auf wen warst *du* wütend?«

»Auf niemanden. Auf alle. So wie du.« Er lief zur Zielscheibe und zog das Messer heraus. »Ungelenkte Wut erreicht nichts. Wut kann ein mächtiges Werkzeug sein, aber nur, wenn du sie wie eines behandelst.«

Aufgrund des einstudierten Rhythmus seiner Worte erkannte sie, dass dies eine weitere Lehre des Meisters war. »Ich komm mit meiner Wut klar, wie sie ist. Aber dank dir.«

»Du musst nicht immer so nachtragend sein. Wenn du erst einmal begreifst, dass dein Leben hier ein Ziel, einen Zweck hat … könntest du glücklich sein. Ich bin es.« Er warf ein weiteres Messer. Die Klinge lag so natürlich in seiner Hand, als gehörte sie dorthin. »Absalm war es auch.«

Ileni schüttelte heftig den Kopf. »Nein. Das war er nicht. Vielleicht hast du das *geglaubt* …«

»Wir sind darauf trainiert, Wahrheiten zu erkennen, Ileni. Egal wie unangenehm sie sind.« Sorin beobachtete sie so aufmerksam, dass sie fast Panik aufsteigen fühlte. »Er war kein Außenseiter. Er fühlte sich nicht wie im Exil. Er war einer von uns.«

»Welche Ehre. Ich bin mir sicher, er war überwältigt vor Stolz.«

»Er war ein guter Lehrer. Ein weiser Mann. Selbst der Meister respektierte ihn.«

»Verstehst du denn nicht?« Ileni ballte die Fäuste. »Absalm war ein Ältester unseres Volks, bevor er sich freiwillig als Lehrer gemeldet hat. Natürlich habt ihr ihn respektiert. Und vielleicht war es ihm *egal.* Vielleicht war ihm der Respekt einer Gruppe von Killerschülern nicht so wichtig.« Sie sprach eindringlich, als ob sie den Mann gekannt hätte. Sie hatte auch Cadrel nicht gekannt. Aber sie wusste, dass beide – wie alle Lehrer in den letzten beiden Jahrhunderten – ihren Aufenthalt in diesen Höhlen als Zwangsarbeit verstanden hatten, als ein lebenslanges Opfer zum Nutzen aller Renegai. Und das tat sie auch, solange sie überleben würde.

Egal wie mühsam es würde, wie elend.

Du könntest glücklich sein.

»Es ist wegen letzter Nacht.« Sie verschränkte die Arme vor der Brust. »Du denkst, ich bin jetzt eine von euch. Weil ich einen Mord gefeiert habe.«

Sorin antwortete nicht. Also stritt er es nicht ab.

»Ich bin keine von euch«, zischte sie. »Ich werde es nie sein. Und Absalm war es auch nicht.«

Nur dass Absalm die Renegai *betrogen* hatte, zumindest einmal. Er hatte seinen stärksten Schülern die Wahrheit über ihre magischen Kräfte verraten.

Ileni atmete trocken und schmerzhaft ein. Sie war noch keine zwanzig Tage hier, und letzte Nacht hatte sie mit Mördern getanzt, und es war ihr egal gewesen, warum sie feierten. Es war ihr egal gewesen, weil es allen anderen auch egal war. Absalm hatte ein Jahrzehnt hier verbracht. Wer war sie, ihn zu verurteilen?

»Es war kein Mord«, sagte Sorin plötzlich.

Sie blinzelte ihn an, erschrocken über den Zorn in seiner Stimme. »Was?«

»Du nennst es immer Mord.« Er zog ein weiteres Messer aus dem Gestell und schritt auf sie zu, während er es ihr mit dem Knauf zuerst entgegenhielt. »Das ist Krieg, Ileni. Zwischen uns und dem Imperium. Im Krieg sterben Menschen. Du musst das akzeptieren, wenn du kämpfen willst.«

»Aber du«, presste Ileni zwischen zusammengebissenen Zähnen hervor, »musst es nicht feiern.«

Sorin blickte auf die Reihen schimmernder Messer. Dann sagte er zögerlich: »Es macht es aber einfacher.«

Ileni bezweifelte das nicht. Sie dachte an die Säule mit den Namen, die sich fast bis zur Decke zog. Wie sie letzte Nacht getanzt hatten, die Heiterkeit, die die Höhle erfüllt hatte, die Waffen an der Seite aufgestapelt.

Sie dachte über die Tatsache nach, dass sie ihn seit Wochen Mörder nannte und es ihn vorher noch nie gestört zu haben schien.

»Hast du dich nie gefragt«, sagte Sorin, als er sich unvermutet zu ihr umdrehte und ihrem Blick begegnete, »was deine Leute erreichen könnten, würden sie sich zum Kämpfen entschließen? Statt einen von euch als Lehrer zu opfern, könntet ihr die Magie *gegen* uns verwenden. Oder ihr könntet die Magier des Imperiums selbst bekämpfen. Magie gegen Magie.«

»Die Magier des Imperiums sind viel mächtiger als wir«, schnappte Ileni. »Sie sammeln die Kraft von anderen Menschen. Das ist schwarze Magie, von der wir uns fernhalten.«

»Genau.« Sorin hielt ihr immer noch mit ruhiger Hand das Messer hin. »Was uns stärker macht, ist nicht unser Training. Es ist unsere Bereitschaft zu töten.«

»Dann bleibt ihr stärker als wir«, erwiderte Ileni tonlos.

»Genau wie das Imperium.«

»Wenn man dasselbe tut wie das Imperium, was für ein Recht hat man dann, es zu bekämpfen?«

»Wenn du es *nicht* tust, dann kannst du es nicht bekämpfen. Und es wird weiter erobern und zerstören und töten, während du in deinem Bergdorf sitzt und ihr euch gegenseitig dazu gratuliert, wie tugendhaft ihr doch seid.«

Ihre Blicke blieben aneinander hängen. Seine Augen waren so unergründlich wie dunkles Wasser, unnachgiebig wie Marmor. Ileni wusste, dass er falschlag und dass es ein Dutzend Dinge gab, die sie hätte einwenden können, doch ihr fiel nichts ein.

»In Ordnung«, sagte sie schließlich und schloss ihre Finger um den Messerknauf. Es fühlte sich an, als würde sich ein Teil von ihr lösen. »Zeig es mir.«

Zwei Wochen später driftete Ileni in Richtung Schlaf, als jemand an der Tür klopfte. Sie hatte über eine Stunde in ihrem Bett gelegen und – wieder einmal – über Tellis nachgedacht. Als sie versuchte, nicht an ihn zu denken, waren ihre Gedanken zu Sorin geschweift, und das war noch schlimmer. Es tat nicht auf dieselbe Art weh, aber es war umso gefährlicher.

Das Klopfen war eine willkommene Unterbrechung. Sie kletterte aus dem Bett, zog einen Rock an und eilte durch den Raum, um die Tür zu öffnen.

Bazel trat in den Türbogen. »Sehr vertrauensselig von dir! Du hättest wenigstens fragen können, wer es ist.«

»Was für einen Unterschied hätte das gemacht?«, erwiderte Ileni, während sie ihr Gesicht möglichst ausdruckslos hielt. Sie durchquerte den Raum, bevor er näher kommen konnte – so sah es wenigstens nicht aus, als würde sie zurückweichen –, und setzte sich auf die Bettkante. Enttäuschung formte einen harten Knoten in ihrer Magengrube; sie hatte Sorin erwartet. *Vorsicht, Ileni.* »Ist einer unter euch, dem ich mehr als den anderen vertrauen sollte?«

»Ein berechtigter Einwand.« Bazel lehnte am Türrahmen. »Ich bin hier, um dir zu zeigen, wo die Schokolade herkommt. Ziehst du dir Schuhe an?«

Bazel führte sie durch eine Abfolge von Gängen, wandte sich dann durch einen quadratischen Eingang einem Tunnel zu, der Ileni unbekannt war. Der Boden war uneben und mit Kies übersät. Es gab keine Glimmsteine. Stalaktiten tropften an den Wänden herunter wie Linien aus Farbe.

Zu ihrer Erleichterung rief Bazel selbst ein Magierlicht. Es war nicht sonderlich hell, aber es reichte aus, um den Boden vor den Füßen zu sehen. Trotzdem kickte sie zweimal Steine über den Tunnelboden. Bazel lief aufrecht mit erhobenem Kopf und schwingenden Armen neben ihr her. Er sah wie ein anderer Mensch aus.

Nach zehn Minuten endete der bröckelnde Durchgang in einer mittelgroßen Höhle mit dicken Brocken in einem bedrohlich aufragenden Haufen am anderen Ende. Bazel sprang auf einen der zerklüfteten Felsen, griff nach oben und zog sich hinüber, ohne zurückzuschauen. Ileni folgte ihm und schürfte sich dabei ihren Knöchel an einer scharfen Kante auf.

Die Ritze zwischen den Gesteinsbrocken und der Decke verwandelte sich in einen flachen Tunnel. Sie musste sich auf den Bauch legen und auf den Ellbogen vorwärtsrobben, während sie ihre Hüften hin und her wand und ihre Beine sich sich herzog. Bazel vor ihr war nicht unbedingt leise, aber er hatte das Ganze offensichtlich schon öfter getan, und es fiel ihr schwer, mit seinen genauen, geschmeidigen Bewegungen mitzuhalten. Das Magierlicht verschwand und ließ vollkommene Dunkelheit zurück. Der Tunnel wurde immer schmaler und enger, bis sie sich mit ihren Fingernägeln, Hüften und Schultern, die schmerzhaft an den Felsen entlangschrammten, vorwärtszog.

Sie fürchtete schon, stecken zu bleiben, als vor ihr etwas leise plumpste, und wenige Sekunden später trafen ihre

Finger auf Luft anstelle von Felsen. Sie schlängelte sich vorsichtig weiter, streckte sich nach unten und glitt mit den Händen die glatten Steinwände am Tunnelende hinab. Bazel war fast geräuschlos gelandet, also konnte der Boden nicht allzu weit entfernt sein. Plötzlich begierig darauf, aus dem beklemmenden Tunnel herauszukommen, stieß sie sich fest mit den Füßen ab.

Sie glitt zu schnell aus dem Tunnel. Ohne Vorwarnung schoss sie nach draußen und flog kopfüber hinunter. Sie scharrte verzweifelt an den zu glatten Steinen nach Halt, und ihr scharfer Schrei wurde abgeschnitten, als sie mit einem harten Aufschlag, der ihren gesamten Körper durchdröhnte, landete. Einen panischen Moment lang konnte sie nicht atmen, doch dann sog sie Luft ein, die schmerzhaft durch ihre Brust zischte.

Das Magierlicht flackerte weiß und offenbarte Bazels rundes Gesicht, das zu ihr herunterschaute. Ileni krabbelte auf die Beine, während Schmerz ihren Rücken verkrampfte. Als sie den Kopf schüttelte, flogen Dreckklumpen aus ihrem Haar, was ihrer vorgetäuschten kühlen Sicherheit nicht gerade zuträglich war.

Bazel unterdrückte ein Lachen. Ileni ballte die Fäuste. Vor Sorin gedemütigt zu werden war eine Sache, oder sogar vor Irun, aber vor *Bazel* …

»Das war's. Ich werde dir nicht mehr blind folgen«, schnappte sie. »Warum verrätst du mir nicht, wohin wir gehen?«

Bazel sah sie nur an. Ileni wurde sich plötzlich bewusst, wie nah er ihr war und wie groß. Er mochte zwar der schwächste der Assassinen sein, war aber dennoch gefährlich, ja tödlich. Irgendwie hatte sie sich von der Einstellung der anderen beeinflussen lassen – und war unvorsichtig geworden.

Aber er dachte auch von ihr, dass sie gefährlich und tödlich war. Eine mächtige Magierin. Und im Gegensatz zu Irun hatte er keinerlei Erfahrung darin, Magier umzubringen. Ileni richtete sich auf. Wenn er ihre Angst sah, dann wäre das der Grund für ihren Tod. Sie versuchte, das Mädchen zu sein, das sie früher war, sich ihrer außergewöhnlichen Fähigkeiten nur allzu bewusst und begierig, eine Herausforderung anzunehmen.

»Sag es mir«, forderte sie. »Oder keiner von uns geht weiter.«

Bazel biss die Zähne zusammen. Ileni starrte ihn an und hob die Hand, als würde sie einen Zauber rufen. Sie könnte ihn dort, wo er stand, einfach festfrieren. Einen Augenblick glaubte sie selbst daran, und was auch immer Bazel in ihrem Gesicht las, war wohl einschüchternd. Er riss die Augen weit auf.

»In Ordnung«, sagte er. »Schätze, eine Warnung ist wohl angebracht.«

»Ja.« Ileni ließ ihre Hand nicht ganz herabsinken.

Bazel wich einen Schritt zurück und behielt ihre Hand im Auge. »Ich schätze, Sorin hat dir den üblichen Vortrag über diese Höhlen gehalten. Dass wir isoliert und indoktriniert sind und darauf trainiert, an nichts anderes als an den Tod zu denken.«

»Das ist eigentlich Allgemeinwissen.«

»Na schön.« Eine Seite von Bazels Mund hob sich in einem höhnischen Lächeln. Er wand sich seitwärts und setzte sich auf die Kante eines flachen schwarzen Steins. »Nun, ganz so einfach ist es nicht. Sogar hier werden die Regeln nicht immer befolgt. Es gibt weitere Eingänge zu den Höhlen außer dem, durch den du gekommen bist. Und es können Dinge hereingeschmuggelt werden, die nichts mit unseren Missionen zu tun haben.«

Ileni beugte sich vor. »Es kommen Händler in die Höhlen?«

Bazel verlagerte sein Gewicht. »Die offiziellen Händler kommen zu vereinbarten Treffpunkten und werden von einem Aufgebot aus den Höhlen empfangen. So kommen wir an unser Essen, da wir in der näheren Umgebung nichts anbauen oder züchten können. Und dann gibt es … die inoffiziellen Händler.«

Ileni kämmte mit ihrer Hand durchs Haar und setzte weiteren Dreck frei. »Das scheint ein ziemlich gefährliches Unterfangen – und es muss recht profitabel sein.«

»Das ist es.«

Natürlich mussten die meisten Händler, die es bis in die Berge verschlug, ein abenteuerlustiger Haufen sein. Ileni hatte einige von ihnen gesehen, als sie das Dorf der Renegai besuchten, aber nie mit einem von ihnen gesprochen. Magier mischten sich nicht in die zeitaufreibenden Geschäfte um das Feilschen um Schokolade und Gewürze ein.

Sie rollte ihre Schultern vorsichtig nach hinten. Sie schmerzten zwar immer noch vom Aufprall auf den Boden, machten sich aber nicht bemerkbar, wenn sie sich bewegte. »Sie verhandeln mit *dir?*«

Bazel setzte einen Fuß auf einen anderen Fels. »Und über mich mit anderen in den Höhlen.«

»Weiß der Meister davon?«

Bazels Augen tanzten zur Seite. »Wenn er es wüsste, wäre es ihm egal. Es ist zu unwichtig, als dass er der Geschichte Aufmerksamkeit schenken würde.«

Ileni hob die Augenbrauen.

»Wenn es wichtig wäre«, sagte Bazel, »dann *wüsste* er davon. Nichts entgeht seiner Aufmerksamkeit. Aber er gesteht uns kleine Freiheiten zu. Er versteht, dass wir nicht die ganze Zeit perfekt sein können.«

Ileni hielt ihr Gesicht ausdrucklos.

Bazel setzte beide Füße auf den Boden. »Wenn das alles ...«

»Noch eine Sache«, unterbrach Ileni. Wenn sie die Illusion aufrechterhalten wollte, dass sie mächtiger war als er, dann musste sie bestimmen, wann das Gespräch beendet war. »Wenn du einen anderen Weg nach draußen kennst, warum läufst du dann nicht davon?«

Seine Lippen kräuselten sich. »Davonlaufen gibt es nicht,

Lehrerin. Keiner entkommt dem Meister, indem er einfach nur diese Höhlen verlässt. Außerdem, wer sagt denn, dass ich davonlaufen will?«

Er drehte sich um und schritt über den felsigen Boden, während das Magierlicht über seiner Schulter schwebte.

Minuten später kletterten sie durch ein Labyrinth an kantigen Brocken, die wahllos aneinanderlehnten und sich so weit hinzogen, wie Ileni im Magierlicht erkennen konnte. Bazel sprang leichtfüßig von Fels zu Fels und katapultierte sich mit geübter Leichtigkeit von einer gefährlichen Kante auf die nächste. Ileni kraxelte auf Händen und Füßen und Knien hinterher und suchte vorsichtig nach Halt. Die Steine sahen so aus, als würden sie kippen und stürzen, sobald ihr Gewicht sie traf.

Sie konzentrierte sich so sehr, dass es eine Weile dauerte, bis sie es hörte: das drängende Murmeln, das von überall zu kommen schien.

»Was ist das?«, fragte sie fordernd.

Bazel sprang auf die Spitze einer knolligen Steinformation, balancierte in der Hocke und hielt sich mit Händen und Füßen am Stein fest. Er antwortete, ohne sich umzuschauen. »Du wirst schon sehen.«

»Oder du könntest es mir auch sagen«, murmelte Ileni, aber nicht laut genug, dass Bazel sie hören konnte. Er zog sich durch eine winzige Öffnung zwischen zwei angelehnten Brocken, und sie kletterte rasch weiter, um nachzukommen, denn ihr graute davor, so weit zurückzufallen, dass sie allein im Dunkeln zwischen den Felsen zurückblieb.

Sie hörte ein sanftes Plumpsen und zog sich vorsichtig durch eine Öffnung, hielt sich an den Ecken der Felsbrocken fest und lehnte sich darüber. Unter ihr – weit unten – war eine dichte Schwärze und sie vernahm ein konstantes Rauschen. Die Luft roch auch anders, feucht statt modrig.

Ein Fluss, hier unter der Erde. Wenn sie sich weiter vorbeugte, würde sie direkt hineinplumpsen.

War es das, was Bazel wollte?

Sie zog sich noch ein Stück nach vorne, sah dann nach unten und suchte Bazel. Sie konnte ihn nicht sehen – aber sie erkannte die schwachen Umrisse der Felsen, also war die Dunkelheit nicht vollkommen. Sie drehte sich nach der Lichtquelle um und entdeckte sie, als sie hochblickte.

»Komm schon«, sagte Bazel, und sie sah, dass er etliche Schritte über dem Tunnelausgang auf einem Vorsprung stand. Blinzelnd erkannte sie eckige Haltegriffe, die bis zum Vorsprung in den Felsen über ihr gehauen waren. Bazels Stimme klang gedämpft durch das Rauschen des Wassers, sodass sie nicht ausmachen konnte, ob Enttäuschung darin mitschwang.

Hier musste Absalm gestorben sein. Ob es wohl auf diese Weise passiert war?

»Ich brauche Hilfe«, sagte sie.

Bazel seufzte so laut, dass sie es selbst über das Wasserrauschen hören konnte, und beugte sich vor. Ileni zögerte, bevor sie nach seiner Hand griff – wenn er wollte, dass sie ertrank, dann war dies die perfekte Gelegenheit. Aber es war nicht so, als hätte sie eine Wahl. Sie umklammerte seine Handgelenke so fest wie möglich, gab sich aber nicht der Illusion hin, dass er sie ihr nicht hätte entziehen können, wenn er wollte. Er zog sie ein Stück nach oben und machte dann eine Pause. Ihre Füße hingen in der dünnen Luft, und ihr Körper zuckte leicht, streifte gegen die Felsen. Der Fluss rauschte weit unten.

»Nicht«, versuchte sie zu sagen, aber alles, was herauskam, war ein Wimmern. Dann grunzte er und schwang sie zu sich auf den Felsvorsprung.

Der Rest des Wimmerns wich einem erleichterten Luftschnappen. Bazel ging auf Abstand. »Von hier aus ist es leicht«, sagte er. »Der Weg geht am Felsen entlang hinunter, bis wir auf einer Höhe mit dem Fluss sind.«

»Was ist das für ein Fluss?«, fragte Ileni. Sie konnte nur undurchdringliche Schwärze unter sich erkennen.

Bazel folgte dem Pfad nach unten. »Ein kleiner Nebenfluss – nichts, was im Tageslicht eindrucksvoll wäre, schätze ich. Er fließt zum Teil unter den Bergen hindurch, bevor er in den Farlin mündet.«

Welcher in den Diannor fließt, der geradewegs zur Hauptstadt des Imperiums führte. Als Kind hatten Ileni und ihre Freunde Steine mit Flüchen belegt und sie in den Farlin geworfen. Immer in der Hoffnung, dass ein imperialer Edelmann ihn aufsammeln und vom Pech verfolgt würde.

Ihr Körper vibrierte vor Aufregung. Der Fluss führte nach *draußen*. Durch die Höhlen und aus ihnen hinaus. Ein weiterer Eingang, ein weiterer Ausgang. Und sie konnte schwimmen.

Nicht, dass es wichtig war, sie war schließlich aus einem bestimmten Grund in den Höhlen. Sie brauchte keinen Fluchtweg.

Bis jetzt noch nicht.

Sie folgte Bazel den steilen, schmalen Pfad hinunter – neben ihnen war nichts als die Dunkelheit des Abgrunds. Das entsprach nicht gerade ihrer Vorstellung von *einfach*. Sie presste sich so dicht an die Felsen wie möglich, bis sie nach einem kurzen Sprung auf einer glücklicherweise breiteren Felsenfläche landete. Hier waren sie auf Höhe des Flusses, die schwarze unendliche Weite breitete sich vor ihr aus und silberne Wellen strichen über die Oberfläche.

Ileni sah sich nach einem Floß oder Boot um, doch außer ihr und Bazel gab es nichts auf dem Felsen. Die Klippen erhoben sich glatt und massiv, nur unterbrochen von der engen Neigung des Pfads, den sie genommen hatten. »Du hast nicht gefragt, ob ich schwimmen kann.«

»Ups«, sagte Bazel.

Bevor sie darauf reagieren konnte, mischte sich ein neues Geräusch ins Rauschen des Flusses: ein beständiger, wiederkehrender Klang, der einmal von einem Platschen unterbrochen wurde. Sekunden später steuerte ein großes Kanu um die Kurve des Flusses und hielt direkt auf sie zu.

Kapitel 12

Fackeln an Bug und Heck warfen ihr Licht auf die beiden Insassen des Kanus. Ein blonder Mann mit geröteter Haut war am Ruder, seine geschmeidigen Schläge zogen weite weiße Wellen. Im Bug saß eine Frau mit kurzem dunklem Haar und einem kantigen Gesicht. Ihr Blick war auf Ileni gerichtet, er wankte nicht, selbst als der Kanuboden über Felsen schrammte und der blonde Mann heraussprang, um es an Land zu ziehen.

»Ist euer Meister dazu übergegangen, Frauen anzuwerben?«, fragte sie. Ihre Stimme klang überraschend hoch und weiblich.

»Nicht ganz«, erwiderte Bazel, und Ileni stellte erschrocken fest, dass er lächelte. »Tut mir leid, dich enttäuschen zu müssen.«

Die Frau verdrehte die Augen. »Ob euer Meister glaubt, dass Frauen zum Töten fähig sind, betrifft mich nicht wirklich. Und seine Meinung hat auch keinen Einfluss auf ihre tatsächlichen Fähigkeiten, wenn ich das noch ergänzen darf.« Das Kanu lag inzwischen sicher auf dem Fels, doch die Frau blieb sitzen, als wäre sie eine Königin auf ihrem Thron.

»Dies ist unsere neue Lehrerin für Magie«, sagte Bazel. »Eine Renegai.«

»Ah.« Selbst als sie mit Bazel sprach, hatte die Frau Ilenis Gesicht nie aus dem Blick gelassen, doch jetzt schärfte er sich. »Interessante Wahl vonseiten der Renegai.«

»Danke«, erwiderte Ileni kalt.

Damit konzentrierte sich die Frau auf Bazel. »Was hast du heute für uns?«

»Ein Paar goldene Ohrringe, eine Kette aus schwarzen Perlen und einen mit Smaragden besetzten Ring.« Während er sprach, kniete sich Bazel auf den Boden und legte die Gegenstände ab. Ileni erstarrte. Der Schmuck auf dem feuchten Stein war ein kleines Vermögen wert.

»Woher hast du die?«, platzte sie heraus.

Bazel hob den Ring auf und überreichte ihn der Frau, die ihn eingehend begutachtete. »Der Meister hat nichts dagegen, wenn wir Erinnerungsstücke an unsere Missionen aufbewahren.«

»Aber du hast …«, er schleuderte ihr einen warnenden Blick entgegen und sie fuhr fort: »… keine Ahnung, was diese Dinge wert sind, oder?«

»Der Meister ist sehr reich«, sagte Bazel. »Und hier in den Höhlen sind sie nichts wert.«

»Offiziell«, betonte die Frau, während sie den Ring prüfte.

Bazel grinste sie an. Die Frau lächelte zurück und er errötete leicht.

»Wir werden dir fünf Beutel Schokolade und ein Fass Vaeranischen Weins dafür geben«, sagte die Frau, ließ den Ring in ihren Ärmel gleiten und verschränkte ihre Finger über einem Knie. »Das ist übermäßig großzügig, doch wir sind auf dem Weg zu besagten Renegai und haben ein Pferd in den Bergen verloren, weshalb wir Platz brauchen. In der Hauptstadt mangelt es gerade an Dainar.«

»Dainar«, sagte Ileni scharf. Dainar war ein Extrakt aus Albialia-Bäumen und man brauchte es für eine ganze Reihe von Zaubern. Es herzustellen war die Arbeit vieler ungelernter Renegai.

Die Frau nickte. »Wertvolles Zeug. Die Magier des Imperiums zahlen fast alles dafür, was wir verlangen.«

»Wir – die Renegai – gehen keinen Handel mit dem Imperium ein«, sagte Ileni steif.

»Nein, natürlich nicht«, stimmte der blonde Mann zu, der neben dem Schmuck kniete. »Und es gibt im Dorf der Renegai auch keinerlei Bedarf an Waren, die im Imperium hergestellt werden. Ich weiß auch nicht, warum wir unsere Zeit verschwenden.«

Die Frau seufzte und warf ihm einen mahnenden Blick zu. Er grinste ungerührt – und sah dann mit müder Geduld zu Ileni. »Wenn du deinen schockierten Unglauben überwunden hast, dann kannst du ja darüber nachdenken, ob du jemandem aus deinem Volk eine Nachricht schicken möchtest. Ich kann sicherstellen, dass sie ankommt. Und ich bringe auch eine Nachricht zurück, wenn es eine gibt. Wir kommen auf dem Rückweg ins Imperium wieder hier vorbei.«

Tellis. Die Sehnsucht, die Ileni durchzuckte, schmerzte wie eine alte Wunde, die frisch aufgebrochen war. Sie biss sich eine Sekunde auf die Lippe, bevor sie sich zwang zu sagen: »Nein. Da ist niemand.«

Die Frau wartete einfach, als würde sie damit rechnen, dass Ileni ihre Meinung änderte. Wusste sie etwas? Hatte Tellis sie gefragt …

Nein. Das war lächerlich. Als sie Blut auf der Zunge schmeckte, fügte Ileni abwehrend hinzu: »Aber trotzdem danke.«

»Ich glaube nicht, dass es ein Gefallen hätte werden sollen«, warf Bazel ein.

Die Frau beugte sich vor und zog einen Kleiderbeutel aus dem Boot. »Selbstverständlich nicht. Wir sind Händler.«

»Weshalb glaubst du, dass sie etwas zum Tauschen hat?«

»Jeder hat etwas zum Tauschen.« Die Frau lächelte. »Apropos, ich habe eine Überraschung für dich.«

Bazel lehnte sich erwartungsvoll vor. »Was ist es?«

»Etwas Neues.« Die Frau richtete sich auf und ließ den Beutel an ihrer Hand baumeln. »Kakao, zu Pulver gemahlen. Misch es mit Wasser und es ist besser als Wein. Allerdings auch teurer. Hast du noch etwas für uns?«

Bazel überlegte. »Noch nicht. Sayon ist gerade auf einer

Mission, und ich weiß, dass er etwas zum Tauschen mitbringen wird, wenn er überlebt. Ich hebe etwas davon für ihn auf und verspreche dir im Austausch, was immer er zurückbringt.«

Die Frau runzelte die Stirn. »Wohin wurde er geschickt?«

»Gadera. Sein Ziel ist einer der Söhne des Herzogs, er ist also im Schloss. Ausreichend Gelegenheiten, teuren Tand zu schnappen, und die Chancen stehen auch gut, dass er lebend wieder herauskommt.«

»Obwohl Sayon nicht gerade den besten Geschmack hat, wenn ich mich recht entsinne«, warf der blonde Mann ein und fuhr mit den Fingern über die schwarzen Perlen. »Ich habe meiner Frau eine seiner letzten Errungenschaften als Geschenk mitgebracht und musste daraufhin eine geschlagene Woche in den Stallungen schlafen.«

Bazel zuckte mit erlesener Gleichgültigkeit die Schultern. »Du kannst auch abwarten, was er zurückbringt, und dann entscheiden.«

»Wir sind Händler«, sagte der Mann, »keine Spieler.« Aber er lächelte.

Die Frau machte eine leichte Handbewegung. »In Ordnung. Wir geben dir das Pulver im Tausch gegen was auch immer Sayon zurückbringt …«

»Und«, der blonde Mann sprach jetzt lauter, »gegen ein paar Becher, die wir jetzt teilen.«

Die Frau wandte sich zu ihm um und ihr Gesicht musste trotz der grimmigen Linie ihres Mundes wohl amüsiert ausgesehen haben. Der blonde Mann stützte den Ellbogen auf ein Knie. »Oh, jetzt komm schon, Karyn. Um uns für den Weg, der vor uns liegt, zu stärken.«

Sie verdrehte die Augen. »Na gut.«

Das kam Ileni wie eine schlechte Idee vor. Das geheime Treffen war riskant genug, ohne es noch auszudehnen. Aber sie traf hier eindeutig nicht die Entscheidungen. Bazel hatte sich bereits mit überkreuzten Beinen auf die Erde gesetzt und der blonde Mann hatte zügig vier große Becher und einen verkorkten Tonkrug aus dem Kanu geholt.

Die Frau – Karyn – geruhte schließlich, das Boot zu verlassen. Sie trug eine lange grüne in der Taille gegürtete Tunika, dicke schwarze Strümpfe und Stiefel, die schon bessere Tage gesehen hatten. Sie machte es sich neben Bazel bequem, lehnte sich auf ihre Hände zurück und sagte: »Wie gefällt es dir, unter Mördern zu leben?«

Es dauerte eine Weile, bis Ileni begriff, dass die Frage an sie gerichtet war, da die Frau über das schwarze Wasser blickte. Ärger kribbelte unter ihrer Haut. Hatte Karyn sich angewöhnt, die Person nicht anzuschauen, mit der sie sprach, um zurückhaltend und geheimnisvoll zu wirken? »Schätzungsweise so gut, wie es euch gefällt, mit ihnen Handel zu treiben. Oder vielleicht weniger, da ich keine andere Wahl habe.«

»Ich entstamme einer alten Linie von reisenden Händlern«, sagte Karyn. »Wo große Profite zu erzielen sind, habe auch ich keine Wahl.«

Wie wunderbar überdramatisch. »Selbst wenn es lebensgefährlich ist?«

»Ich tue alles, um dieses Risiko einzudämmen«, sagte Karyn. »Wie zum Beispiel, Bazel anzuweisen, immer alleine zu kommen.«

Bazel errötete und öffnete den Mund. Ileni sprach, bevor er es konnte. »Nicht sein Fehler. Ich habe ihn gezwungen, mich herzubringen.«

Endlich sah Karyn sie an. Ileni hielt ihrem Blick stand und tat ihr Bestes, möglichst gefährlich auszusehen. Wenn sie es innerhalb des letzten Monats geschafft hatte, ihre Angst vor ausgebildeten Killern zu verbergen, dann würde sie sich mit Sicherheit nicht von einer Händlerin einschüchtern lassen.

Ihr Blickkontakt brach erst ab, als der blonde Mann die Becher herumreichte, die nun mit einer Mischung aus Wasser und feinem braunem Pulver gefüllt waren. Karyn hob ihren und atmete den Geruch mit geschlossenen Augen ein.

Das Schokoladengetränk war schwer und süß – nicht so gut wie reine Schokolade, aber es glitt Ilenis Kehle wie Samt hinunter. Sie leerte fast den gesamten Becher in einem Zug, und erst als sie danach wieder aufblickte, bemerkte sie, dass die anderen langsam nippten.

Wie lange würden sie hierbleiben? Ileni wusste nicht, wie viel Zeit sie gebraucht hatten, um durch die Höhlen zu klettern, oder wann der Morgen anbrechen würde. Bazel jedoch schien nicht in Eile. Er saß im Schneidersitz, schlürfte genüsslich sein Schokoladengetränk und hörte amüsiert lächelnd zu, wie die Händler über ein in Gadera abgeschlossenes Geschäft stritten. Zum allersten Mal sah Ileni ihn vollkommen entspannt.

»Ganz klar«, sagte Karyn im Laufe der Diskussion, »wenn der Imperator Siman zu seinem Erben erhebt, dann können wir nicht mehr nach Gadera.«

»Da wäre ich mir nicht so sicher.« Bazel streckte die Beine aus und nahm einen langen Schluck. »Siman hasst die Gaderaner, aber ohne seine Berater sucht er noch nicht einmal Wein aus. Sie werden einem Angriff nie zustimmen.«

Wie konnte er das alles wissen? Der blonde Mann drehte den Kopf in Ilenis Richtung und lud sie ein, an ihrem Schlagabtausch teilzunehmen, aber sie hielt den Mund, hob ihren leeren Becher und tat so, als würde sie trinken.

»Er braucht einen militärischen Erfolg«, wandte Karyn ein. Fast wirkte es, als würden sie über etwas reden, das nicht real war. Eine Geschichte über einen Ort, den es gar nicht gab. Das Imperium war im Vergleich zu den massiven Felsen, den festgelegten Abläufen und der harten Disziplin, die hier ihren Alltag bestimmten, ein Trugbild. Alles andere klang unecht.

Alles andere. Ilenis Finger krampften um den Becher. Es war nicht nur das Rathianische Imperium. Auch die Renegai – ihr eigenes Dorf, ihr früheres Leben, die gesamte Welt bis vor vier Wochen – fühlten sich weit weg und unbedeutend an.

»Vorsichtig oder du zerbrichst den Becher«, bemerkte Karyn. Ileni blinzelte und merkte, dass sie den letzten Teil des Gesprächs verpasst hatte. Karyn sah sie grüblerisch an.

Ileni lockerte ihren Griff und Schmerz floss verspätet durch ihre Knöchel. »Wir sollten gehen«, sagte sie. »Hier ist es nicht sicher.«

»Im Gegenteil«, sagte der blonde Mann. »Dies hier ist einer der wenigen Orte auf der weiten Welt, wo das Diskutieren über die Thronfolge des Imperators sicher ist.« Er grinste Bazel an. »Bevor wir aufbrechen – nimmst du die Wette an? Einen kostenlosen Beutel Schokolade, falls Siman noch am Leben ist, wenn wir wiederkommen.«

»Ich will euch nicht übervorteilen«, sagte Bazel in übertriebener Ehrerbietung.

Der blonde Mann lachte überrascht auf und kam gemütlich auf die Füße. »Oho. Willst du damit andeuten, dass du um seinen bevorstehenden Tod weißt?«

Bazels Augen weiteten sich. »Das habe ich ganz sicher nicht gesagt.«

Der Mann bedeutete ihnen, die Becher zurückzugeben. »Ist einer von euch ausgesandt worden …«

»Genug«, sagte Karyn. »Lass ihn in Ruhe. Er setzt sich durch den Handel mit uns schon genug Risiken aus.«

Der blonde Mann stapelte die Becher gekonnt und balancierte sie in einer Hand. »Ich plaudere doch nur. Ohne Sinn und Verstand.«

»Meine Rede.«

Er lachte wieder und die beiden luden eine große Kiste und ein Fass aus ihrem Kanu. Bazel hievte die Kiste zu einem kleinen Felsüberhang nahe der Klippe und schob sie darunter, dann entnahm er einen einzelnen Stoffbeutel. Kurz danach war das Kanu wieder im Wasser und die Händler sprangen hinein. Karyn stand in der Mitte. »Wir sind in einer Woche wieder zurück. Noch ist es nicht zu spät, deine Meinung in Bezug auf die Nachricht zu ändern.«

Wieder brauchte Ileni einen Augenblick, bis sie mitbekam, dass Karyn mit ihr sprach. Sie hob das Kinn. »Es ist viel zu spät.«

Die Strömung erfasste das Kanu und der Mann sprang an die Ruder. Die Frau setzte sich ohne Eile und balancierte mühelos, während der Fluss das Boot davonschwemmte. Ihre Augen blieben auf Ilenis Gesicht geheftet, bis die Händler außer Sichtweite waren.

Auf dem Weg den engen Pfad zurück fühlte sich Ileni seltsam bedrückt. Und das war dumm, dumm, dumm von ihr; Tellis über zwielichtige Händler eine Nachricht zu schicken war keine ernsthafte Option. Tellis war immer noch in Ausbildung zum Magier, gehörte immer noch zur Elite der Renegai. Die Händler konnten ihn nicht kontaktieren. Und selbst wenn es ihnen gelingen würde, hätte Tellis wahrscheinlich kein Interesse an einer Botschaft von ihr.

Wut brandete in ihr auf, dieselbe Wut, die sie sich schon hundert Mal ausgeredet hatte. Sie hatte gewusst, was zu tun war, als die Ältesten ihr die Ergebnisse mitgeteilt hatten, und er hatte es auch gewusst. Sie war diejenige, die es laut ausgesprochen hatte: Sie konnten nicht mehr zusammen sein. Er würde nun die Renegai anführen, und sie würde ihn dabei nur einschränken, aufhalten. Seine Aufgabe, die einmal die ihre gewesen war, war zu bedeutend, da durften keine Gefühle im Weg stehen. Sie wären sich beide selbst nicht treu geblieben, wenn sie sich das nicht eingestanden hätten. All das wusste sie – und doch war sie grundlos wütend, weil er so einfach zugestimmt hatte. Ohne offensichtliches Bedauern, ohne ein Wort des Protests.

Er wollte ganz sicher keine Nachricht von ihr. Und selbst wenn er eine gewollt hätte, verdiente er keine.

Als sie den schmalen Tunnel verlassen hatte und in dem breiten Gang ankam, der zum ausgebauten Teil der Höhlen führte, holte sie Bazel endlich ein. Obwohl er in einer Hand den Stoffbeutel trug, hatte er die Felsen problemlos überwunden, als würde er nichts tragen. Er sah Ileni von der Seite an, als sie neben ihm herschritt. »Was hältst du von ihnen?«

»Du meinst von Karyn? Ich mag sie nicht.« Ileni schnaubte. »Du dagegen schon.«

Im Magierlicht war es schwer zu sagen, aber sie glaubte, dass Bazel errötete. »Sie ist so mutig wie jeder von uns. Weißt du, wie gefürchtet wir im Imperium sind? Selbst die Armee des Imperiums hat es nie gewagt, in unser Gebiet vorzustoßen. Die meisten Händler würden noch nicht einmal in die Nähe dieser Höhlen kommen.«

»Nach ihrer Aussage, würden sie es für den Profit tun.«

»Sie macht es nicht aus Geldgier. Sie macht es wegen des Abenteuers.«

»Und das bewunderst du?«

»Ich beneide sie«, sagte Bazel.

Überrascht stolperte Ileni über einen losen Stein. »Weil es deinem Leben an Abenteuer mangelt?«

Bazel sagte nichts. Als sie darüber nachdachte, begriff Ileni, dass sie ins Schwarze getroffen hatte. Er war wahrscheinlich seit er denken konnte in diesen Höhlen und auch der Unterricht im Töten war trotz allem immer noch Unterricht. Das Leben eines zukünftigen Assassinen in Ausbildung war tatsächlich unglaublich langweilig.

Der bevorstehende Tod hing zwar wie ein Damoklesschwert über seinem Kopf, aber das machte seine Aussichten nicht zwingend rosiger.

»Vielleicht wirst du bald auf eine Mission geschickt«, sagte sie.

In der langgezogenen Stille, die darauf folgte, dämmerte Ileni, dass sie gerade eingeworfen hatte, sein Leben könnte sich dadurch verbessern, dass er jemanden umbrachte.

Als Bazel schließlich sprach, war seine Stimme so bitter, dass sie zusammenzuckte. »Hast du überhaupt nicht aufgepasst? Niemand hat vor, mich auf eine Mission zu schicken. Ich werde hier sterben.« Er sah sie reglos an. »Wie du.«

Ileni beschloss, das Thema zu wechseln. »Karyn war offensichtlich nicht sonderlich erfreut, mich zu sehen.«

»Sie ist davon besessen, alles geheim zu halten. Sie möchte, dass ich der einzige Assassine bin, der von ihrer Existenz weiß.«

»Das ist durchaus nachvollziehbar«, sagte Ileni trocken. »Ich schätze, der Meister würde dein kleines Arrangement nicht einfach wohlwollend zur Kenntnis nehmen und befürworten.«

»Nein«, sagte Bazel.

Ileni linste zu ihm hinüber und versuchte, seine angespannten Züge zu entschlüsseln. Was sie in seinem Gesicht las, war keine Furcht. Es war Schuld. »Was würdest du tun, wenn er dich erwischt?«

»Darauf hoffen, dass er Schokolade mag, schätze ich.«

Bis Ileni verarbeitet hatte, dass Bazel gerade einen Witz gerissen hatte, waren sie bereits in die bewohnten Teile der Höhlen vorgedrungen, und sie wagte es nicht, etwas zu sagen. Bazel brachte sie zur ihrer Tür, drehte sich dann um und verschwand in den Gängen.

Ileni lauschte auf seine Fußtritte, hörte aber nur vollkommene Stille. Sie streckte die Hand aus, um ihre Tür aufzustoßen.

Gerade als ihre Finger das glatte Holz berührten, packte jemand sie von hinten.

Kapitel 13

Ileni wirbelte herum, ohne nachzudenken, und riss ihren Ellbogen in einer der Bewegungen, die ihr Sorin beigebracht hatte, nach hinten. Ihr Angreifer wand sich zur Seite und wich dem Schlag aus. Sie warf ihren Körper nach hinten zur Seite und befreite sich aus seinem Griff. Fast hätte es geklappt; ihre Finger glitten ab, und er folgte der Bewegung ihres Körpers. Dann packte er wieder zu. Raue Hände umschlossen ihre Handgelenke, ein Fuß hakte sich unter ihren Knöchel. Ileni knallte auf den Rücken, während der Angreifer ihre Arme packte. Eine dunkle, drahtige Figur kniete über ihr.

Sie wusste, wer es war. Sie hatte es in dem Moment gewusst, als er auf ihre Verteidigung reagiert hatte. Aber ihre Schutzsiegel hatten nicht angeschlagen … also hatte sie trotz ihres pochenden Herzens aufgehört, sich zu fürchten, als sie ihn erkannt hatte.

Was nicht bedeutete, dass das gut war.

Sie holte tief Luft und sagte: »Es überrascht mich, dass ich deinem ersten Griff entkommen bin. Du musst müde sein.«

Sorins Gesicht war überschattet, und sie konnte nicht sagen, ob er lächelte, doch seine Stimme klang nicht belustigt. »Ich war nicht darauf vorbereitet. Ich dachte, du reagierst mit Magie.«

Aber das hatte sie nicht. Stattdessen hatte sie instinktiv ihre eingeschränkten Kampffertigkeiten eingesetzt. Die Erkenntnis fühlte sich an, als wäre sie in den Boden gerammt worden. Ileni versuchte, ihre Arme zu befreien, doch sein Griff war eisern, und sie spürte seinen Körper, seine gebündelte Kraft, über sich.

»Das hier ist keine Übungsstunde.« Sorins Stimme war zwar sanft, doch alles andere als beruhigend. »In einem echten Kampf *solltest* du deine Magie einsetzen.«

»Das ist ein echter Kampf?« Sie versuchte verzweifelt, hochmütig und unbeeindruckt zu klingen, ihn mit irgendetwas abzulenken. Welchen Grund konnte sie anführen, warum sie keine Magie angewandt hatte? »Warum ist er dann so unterhaltsam?«

Er ließ sie abrupt frei und stand auf. Ileni stemmte sich auf die Ellbogen, ihr Herz pochte immer noch, doch sie hatte keine Angst mehr. War er tatsächlich rot geworden? Sie konnte es im gedämpften Licht nicht sagen.

»Wo warst du?«, fragte er fordernd.

»Ich denke nicht, dass dich das etwas angeht.«

Er beugte sich vor. Wenn er rot geworden war, war er es jetzt nicht mehr. Sein Ausdruck war grimmig und erbarmungslos. »Da irrst du dich.«

So viel dazu, die Oberhand zu haben. »Ich, äh – es gibt bestimmte magische Rituale, die Ruhe und ausreichend Platz erfordern. Ich bin tiefer in die Höhlen ...«

Er kniete nieder und fuhr mit einem Finger über ihr Haar, sodass sie verstummte. Ihr Atem stockte.

»Dein Haar kräuselt sich«, sagte Sorin. »Du warst am Wasser.«

»Äh.« Sie legte den Kopf zur Seite, um seiner Berührung auszuweichen, die sich plötzlich kalt und unpersönlich anfühlte. »Manche Riten erfordern auch die Nähe zu fließendem Wasser.«

Er ließ seine Hand sinken. »Und du hast den Schwarzen Fluss von alleine gefunden? Das bezweifle ich. Wer hat dich hingebracht?«

Ileni kletterte auf die Füße und stellte sich ihm. »Warum?«, fragte sie, bevor sie sich zurückhalten konnte. »Bist du eifersüchtig?«

»War es Bazel?«

»*Er* ist reif für diese Zauber. Ich unterrichte ihn.« Das klang noch nicht einmal annähernd glaubwürdig, aber vielleicht dachte Sorin ja, sie würden sich zu geheimen Stelldichein treffen. Sie kannte die Strafen dafür nicht, aber so schlimm wie für die Treffen mit den Händlern innerhalb der Höhlen konnten sie nicht sein.

Es sei denn, die Strafe für beides war der Tod.

Sie hoffte außerdem – dummerweise, und sie hasste sich selbst dafür –, dass Sorin eifersüchtig war. Aber dann trat er näher und der einzige Ausdruck in seinem Gesicht war Unglauben.

»Wie kannst du nur so dumm sein? Begreifst du nicht, dass Bazel dich so leicht umbringen könnte, wie er dich anschauen kann.«

»Trifft das nicht auf euch alle zu?«

»Bazel ist verzweifelt. Das macht ihn gefährlich.«

»Ich lebe noch, oder?« Sie wandte sich um und stieß ihre Tür auf, protestierte auch nicht, als Sorin an ihr vorbei als Erster in den Raum stürmte. Die Glimmsteine flackerten auf. »Ist die Bereitschaft, mein Leben zu riskieren, nicht etwas, das du bewundern solltest?«

»Wahrscheinlich sollte ich das.« Sorins Stimme war plötzlich sanft. »Ich habe nur nicht damit gerechnet, dass du so … begeistert … davon wärst. Was ist an diesem Zauber so wichtig?«

Ileni drehte sich um, um die Tür zu schließen, und überlegte fieberhaft. »Er hat mir verraten, wo Absalm gestorben ist.« Das klang selbst in ihren Ohren nicht sonderlich überzeugend. Sie wandte sich ihm zu, um ihn anschauen zu können, und lehnte sich mit dem Rücken gegen die dicke Holztür. »Ich dachte, er würde mir mehr darüber verraten, aber leider hat er das nicht. Ich habe immer noch keine Ahnung, warum Absalm am Fluss war, als er starb.«

»Ich weiß, warum er da war«, sagte Sorin.

Sie hob das Kinn. »Sag's mir.«

»Sag du die Wahrheit, sag mir, was *du* dort gemacht hast«, konterte Sorin.

Ileni biss sich auf die Lippe. Sie ahnte, was Bazel zustoßen würde, wenn sein Geheimnis aufflog. Aber Bazel war ein Assassine, ein Feind, und sie hatte die Chance, einen Teil der Antwort zu erhalten, nach der sie suchte.

Es hätte eine einfache Entscheidung sein sollen.

»Unter einer Bedingung«, sagte sie.

Sie bemerkte, dass Sorin keinen Muskel gerührt hatte, aber trotzdem sah er plötzlich aus, als würde er nicht einfach nur dastehen, sondern sie jeden Moment überrumpeln. »Du bist nicht in der Position, Forderungen zu stellen.«

»Bin ich nicht? Du willst doch auch herausfinden, wer Absalm und Cadrel umgebracht hat, nämlich um herauszufinden, wie der Meister dich prüft. Mir zu helfen ist in deinem eigenen Interesse. Ich dagegen gewinne rein gar nichts, wenn ich *dir* antworte.«

Ein kleines, zögerliches Lächeln zuckte um seine Mundwinkel. »Du würdest einen guten Assassinen abgeben.«

»Ich dachte, ihr bildet keine Frauen aus.«

»Tun wir nicht. Das war kein Angebot; es war eine Feststellung.« Er rollte seine Schultern zurück. »Alles klar. Was ist deine Bedingung?«

»Dass du Bazel in Ruhe lässt. Bestraf ihn nicht und verrat es niemandem.«

Wut flackerte in Sorins dunklen Augen auf. Wenn sich Ileni nicht schon an die Tür gepresst hätte, wäre sie zurückgewichen. Doch er sagte nur: »In Ordnung. Er ist sicher. Und jetzt raus mit der Sprache.«

Sie konnte ihn nicht ansehen, als sie sagte: »Nein. Du zuerst.«

Sorin deutete spöttisch eine halbe Verbeugung an. »Selbstverständlich.«

Ileni schluckte schwer und ihre Schultern entspannten sich ein klein wenig. »In Ordnung. Wie hat *Absalm* diesen … Schwarzen Fluss gefunden?«

Sorins Schultern hoben und senkten sich. Schatten sammelten sich in seinen Augen, und als er sprach, war seine Stimme fast ein Flüstern: »Ich habe ihn hingebracht.«

»*Du* warst das?«

»Den Schwarzen Fluss habe ich gefunden, kurz nachdem ich hergebracht worden bin. Früher habe ich gerne die wilderen Teile der Höhlen erkundet. Ich mochte die Orte, die nur ich kannte, weil niemand wusste, wo ich war.« Er sagte es fast scharf und seine Augen mieden ihre. »Es ist mir nicht leichtgefallen, mich anzupassen, vom ungezügelten Straßenkind in dieses Leben zu finden.«

Etwas anderes als Scham färbte seine Stimme, etwas wie Stolz oder Sehnsucht. Hatte er sich wirklich jemals ganz an dieses Leben gewöhnt? »Aber du hast ihn Absalm gezeigt?«

»Er hat mich nach den unterirdischen Flüssen gefragt. Er

hat dasselbe gesagt wie du – dass es Zauber gibt, die die Nähe zu fließendem Wasser erfordern. Stimmt das?«

Wenn man für den Zauber Wasser verwenden oder unter Wasser atmen wollte, dann traf das zu, doch diese Art von Zauber konnten nur einen Zweck verfolgen: die Flucht aus den Höhlen. Ileni verschränkte die Arme vor der Brust. »Noch bist du nicht mit Fragen dran. War Absalm der Einzige, dem du davon erzählt hast?«

In dem darauffolgenden Moment der Stille war sie sich seiner physischen Stärke und des geringen Abstands zwischen ihnen mehr als bewusst.

»Ja«, sagte Sorin kurz angebunden.

»Dann muss Absalm es Bazel weitererzählt haben.« Hatte er Bazel auch von den Händlern erzählt? Wie konnten die Händler wissen, dass jemand auf dem flachen Felsen warten würde? Ileni wagte eine weitere Frage. »Woher wusstest du, dass Absalm dort ertrunken ist?«

»Einer von uns hat seine Leiche flussabwärts gefunden, als er von einer Mission zurückkam.«

»Wer? Kann ich ihn befragen …« Der Ausdruck auf seinem Gesicht ließ sie innehalten. Ihr nächster Satz war keine Frage. »Wer auch immer es war, ist jetzt tot.«

»Es war Jastim«, sagte Sorin.

Schweigen breitete sich aus. Ileni erinnerte sich lebhaft an den drahtigen Körper, der aus dem kleinen dunklen Fenster gesprungen war. Dann durchquerte Sorin das Zimmer und setzte sich ohne zu fragen auf ihr Bett.

»Ich bin dran«, sagte Sorin. »Was hast du mit Bazel am Fluss gemacht?«

Ileni überlegte, was sie auslassen konnte, womit sie durchkommen würde und wovon Sorin besser nichts wüsste. Doch all das zu entwirren überstieg ihre Kraft – und außerdem war sie sich sowieso nicht sicher, ob sie Sorin anlügen konnte.

Also erzählte sie ihm alles.

Als sie fertig war, lehnte er sich nach hinten und stützte sich auf seine Hände. Selbst in dieser Ruhepose sah sein Körper angespannt und wie zum Angriff bereit aus.

»Du«, sagte er schließlich, »kannst unmöglich so dumm sein, wie du vorgibst.«

»Da wär ich mir nicht so sicher«, antwortete Ileni kalt.

Er schüttelte den Kopf und kam auf die Füße, schob dabei ihre verknitterten Decken zur Seite. Seine Augen brannten heiß wie Kohlen. »Das sind keine Händler, Ileni.«

»Natürlich sind sie …«

»Das sind Spione.«

Es verschlug ihr die Sprache.

»Spione des Imperiums. Sie versuchen seit Jahrhunderten, mehr über uns herauszufinden, suchen einen Weg, wie sie uns aufhalten können. Und Bazel hat ihnen Zutritt verschafft.«

Ileni erinnerte sich daran, mit welcher Beiläufigkeit Karyn Bazel über Sayons Mission ausgequetscht hatte. Und der blonde Mann hatte ihn mit Fragen über die Thronfolge aufgestachelt. Und Bazel – ganz entspannt und angstfrei wie selten in seinem elenden Dasein –, hatte versucht, Karyn zu beeindrucken, und erst einen Fetzen Information nach dem anderen durchsickern lassen.

»Ich glaube nicht, dass Bazel das weiß«, flüsterte sie.

»Aber er müsste es wissen.« Die Linien in Sorins Gesicht waren hart und unnachgiebig.

Ileni holte tief Luft und trat von der Tür zurück. »Und ich hätte es auch wissen müssen.«

Er presste die Lippen fest aufeinander. »Du bist nicht dazu ausgebildet, eine Situation so einzuschätzen wie er.«

»Dann liegt der Fehler vielleicht bei seinen Lehrern.«

»Er hat denselben Unterricht wie wir genossen.«

»Nein«, sagte Ileni, »das hat er nicht.« Sie trat noch einen Schritt auf ihn zu. »Du sitzt im Unterricht und bist von Freunden umgeben. Du darfst stolz darauf sein, wer du warst und wer du einmal sein wirst. Bazel hat nichts davon. Es ist doch kein Wunder, dass er seinen Schutzschild ein bisschen heruntergelassen hat, als ihn endlich jemand nicht als wertlos angesehen hat.«

Sorins Finger krümmten sich leicht, als würden sie sich um einen imaginären Messerknauf schließen. Er spuckte die Worte förmlich aus, als er sprach: »Das ist keine Entschuldigung dafür, uns alle zu gefährden.«

Ileni ballte die Fäuste. »Die Gefahr hat Gestalt angenommen, als ihr alle gemeinsam beschlossen habt, dass Bazel nicht mehr als ein Klumpen Dreck ist.«

»Hör auf, *ihr* zu sagen. Ich war nicht dabei. Ich habe Bazel nie schlecht behandelt.«

»Du hast zugesehen und es war dir egal. Und jetzt wirst du ihn sterben lassen – er wird doch sterben, oder etwa nicht …«

»Natürlich wird er das!« Sorins Hand durchschnitt die Luft. »Sei keine Närrin, Ileni. Verstehst du nicht, was er Ungeheuerliches getan hat? Er hat jeden Einzelnen von uns verraten! Er muss sterben. Selbst du musst das doch verstehen.«

Die Verachtung in seiner Stimme traf sie zutiefst. Sie setzte zu einem Nicken an, als Scham sie durchflutete. Würde sie wirklich zustimmen, dass Bazel *sterben* musste, weil Sorin sie verachten würde, wenn sie ihm widersprach?

Genau so, murmelte ein kleiner Teil ihres Verstandes. So wurden die Schüler davon überzeugt zu töten. Es war nicht die Verherrlichung der Taten, wenn sie Erfolg hatten. Es war die Verachtung, wenn sie sich weigerten oder auch nur zögerten.

Doch wo sie aufgewachsen war, verachtete man das Töten. Sie straffte die Schultern. »Das verstehe ich. Und deshalb wird es niemand erfahren.«

Sorins Mund klappte auf. »Ileni …«

»Das war meine Bedingung. Und du hast zugestimmt.« Ileni atmete tief durch und ihr Mut kehrte zurück. »Wenn du es verrätst, werde ich Bazel warnen. Ich werde ihm helfen. Ich werde alles tun, um ihn hier herauszubekommen.

Es gibt Zauber, wie du weißt, die es einem Menschen erlauben, unter Wasser zu atmen …«

»Das wagst du nicht«, knurrte Sorin. Er ging leicht in die Hocke, als würde er sich auf einen Angriff vorbereiten. »Wenn du das tust, bist du tot.«

Ileni zuckte die Schultern. »Ich bin schon seit fast einem Monat tot. Ich habe keinen speziellen Einwand dagegen, diesen Zustand offiziell zu machen.«

Ihre klammen Handflächen straften sie Lügen. Noch vor ein paar Wochen hätte sie jedes Wort so gemeint, und es gelang ihr, diese frühere Überzeugung in ihre Stimme zu legen. Sorins Augen wurden noch dunkler.

Sie starrten sich an. Dann verließ die Anspannung Sorins Körper und er sackte auf ihr Bett zurück. »Dann habe ich wohl keine Wahl.«

Ileni bezweifelte das heftig. Sie blieb, wo sie war, da sie ein Täuschungsmanöver erwartete. »Das ist ziemlich überzeugend.«

»Ileni.« Seine Augen waren immer noch dunkel, und in seiner Stimme schwang ein Ton, den sie nicht deuten konnte. Nicht wirklich Trauer … Mitgefühl? Verständnis? *Zärtlichkeit*, schoss es ihr durch den Kopf, und sie spottete innerlich über sich selbst. »Ich verspreche dir, dass ich es so machen werde. Bazel wird nichts geschehen. Und dir auch nicht.«

Sie schluckte ihren Dank herunter. »Meine eigene Sicherheit war nicht Teil der Abmachung.«

»Ich werde trotzdem darauf achten.«

»Wirklich?« Sie schritt zur gegenüberliegenden Wand, konnte nicht länger ruhig stehen. »Wie willst du das denn erreichen?«

»Du hast gesagt, dass die Spione zurückkommen. Verbringe die kommenden Nachmittage mit Bazel – gib ihm ein paar private Unterrichtsstunden. Das sollte dir genug Zeit verschaffen. Überzeuge ihn davon, dass er dir genau verrät, wann sie zurückkommen, und dass er dich mitnimmt, wenn er sie wieder trifft. Und dann sag es *mir.*«

Ileni sah ihn an, blickte auf sein scharf geschnittenes Gesicht und seinen verkniffenen Mund. Die Illusion von Zärtlichkeit war verflogen. Er hatte bereits Menschen getötet. Er konnte Bazel töten, sobald er die Informationen hatte. Er konnte *sie* jetzt, in diesem Augenblick, töten. Sie war dumm, wenn sie nicht immer Angst vor ihm hatte.

Er blickte ihr direkt in die Augen. »Vertrau mir.«

»Warum?«, fragte sie, bevor sie es verhindern konnte.

Er seufzte. »Wenn ich dir tödliche Fertigkeiten beibringe, vertraust du mir, dass ich dir nicht wehtue. Du vertraust mir, dass ich dich nicht töte. Vertrau mir also, dass ich dich beschütze. Es ist dasselbe.«

»Ich vertraue dir, dass du mich schützt.« Erst als sie den Satz beendet hatte, begriff sie, dass sie ihn genau so meinte. »Nur nicht, dass du Bazel schützt.«

Seine Zähne blitzten in einem kurzen Grinsen auf. »Wie scharfsinnig. Trotzdem werde ich es tun. Denn wenn ich es nicht tue, stürzt du dich ganz sicher in Gefahr, nur um mich zu ärgern.«

»Ich würde versuchen, ihn zu retten«, versprach Ileni. »Koste es, was es wolle.«

»Genau das meine ich.« Er seufzte und stand auf, fuhr sich mit einer Hand durchs Haar. »Selbst du musst doch verstehen, dass du mit deinem Leben bezahlen würdest.«

»Seit wann bedeutet dir mein Leben etwas?«

»Natürlich bedeutet es mir etwas«, sagte Sorin. Er lief zur Tür, ohne zu ihr zurückzublicken. »Wenn ich dich sterben ließe, würde ich den Meister enttäuschen.«

Er zog die Tür auf und war so schnell verschwunden, dass sie keine Chance hatte zu antworten. Was wahrscheinlich gut so war.

Allein in ihrem Zimmer fühlte sie sich plötzlich leer. Sie überprüfte, ob die Tür richtig verschlossen war. Dann streifte sie ihre dreckverschmierten Kleider ab, zog sich die Decke über den Kopf und flüchtete in einen Traum, in dem sie den Schwarzen Fluss hinunterschwamm und unter leuchtend blauem Himmel auftauchte.

Die nächsten Tage waren noch unerträglicher als sonst. Sie hatte gedacht, diese Höhlen wären uneinnehmbar und der einzige Ausweg sei der Tod. Doch keiner bewachte den Fluss. Noch besaß sie genug Magie, um unter Wasser atmen zu können – außerdem konnte sie schwimmen. Sie könnte *verschwinden*.

Aber sie würde es nicht tun. Sie würde noch nicht einmal eine Nachricht an Tellis schicken. Sie fühlte sich irritiert und reizbar. Während ihres Unterrichts teilte sie so oft aus, dass die jüngeren Schüler sie bereits düster ansahen.

Im Anschluss an die Messerwurfeinheiten mit Sorin ging sie jeden Nachmittag mit Bazel in eine leer stehende Höhle und brachte ihm sogenannte »fortgeschrittene magische Theorie« bei. Meistens erfand sie irgendwas, doch sie legte auch die Basis für seine eigenen Zaubersprüche … mächtige Zauber. Wenn sie sein verbissenes, verzweifeltes Gesicht beobachtete, fragte sie sich manchmal, ob das wirklich eine gute Idee war. Und sie grübelte die ganze Zeit darüber nach, wie sie die Frage beantworten sollte, warum sie selbst ihre magischen Fertigkeiten nie einsetzte.

Sie versuchte, nicht darüber nachzudenken, ob das überhaupt noch relevant sein würde, wenn die Spione wieder auftauchten.

Sie unternahm nur einen einzigen Versuch, ihn über Absalm auszufragen, eine unverbindliche Frage, ob sie beide Freunde gewesen waren. Bazel presste die Lippen zusammen und wandte sich den in den Boden gezogenen Mustern zu. Kurz bevor er das tat, sah Ileni etwas in seinem Gesicht aufflackern.

Trauer? War das möglich?

Sie sprach so sanft wie möglich. »Absalm hat dir den Fluss gezeigt, stimmt's?«

Bazel blieb so lange stumm, dass sie schon dachte, er

würde ihr nicht antworten. Dann sagte er: »Er dachte, es würde mir helfen. Wenn ich derjenige wäre, der mit Schokolade handelt, der etwas hat, was die anderen wollen.«

»Hat *Absalm* davor mit Schokolade gehandelt?« Sie vergaß, dass sie sanft klingen wollte; ihre Stimme hörte sich vor Erstaunen schrill an. Doch Bazel schien es nicht zu merken.

»Absalm hat vor ein paar Jahren Kontakt zu den Händlern aufgenommen. Bis ich dazugestoßen bin, hatten sie bereits ein System, ein Paar magische Steine. Karyn wirft ihre ins Feuer und seine glühen dann in seinem Zimmer. So weiß er, dass sie sich in dieser Nacht treffen. Er hat sie seit Jahren getroffen und keiner wusste etwas davon. Wahrscheinlich noch nicht einmal der Meister.« Bazel sah sich verstohlen in der Höhle um, als er das sagte.

Ileni glaubte ihm keine Sekunde. *Jahre?* Der Meister musste davon gewusst haben. Er hatte es zugelassen, hatte Absalm und Bazel im Glauben belassen, dass sie damit durchkämen. Auch dies passte zu seinen Plänen. Aber sie wusste nicht, wie. Sie wusste nicht einmal, wo sie ansetzen konnte, um sie zu entschlüsseln.

Absalm, was hast du nur im Schilde geführt? Und wenn er den Renegai Nachrichten schicken konnte, warum hatte er es nicht getan? Hatte Sorin recht – hatte Absalm aufgehört, sich um sein Volk zu sorgen?

Eine stumme Bitte lag in Bazels blauen Augen. Ileni wusste nicht, was er wollte, doch sie war sich sicher, dass sie es ihm nicht würde geben können. Sie erinnerte sich selbst daran, dass Bazel – und Sorin – die einzigen Assassinen waren, die Absalms Geheimnis kannten. Wenn er deshalb getötet worden war, konnte wahrscheinlich nur einer von ihnen sein Mörder sein.

»Weißt du, warum er den Kontakt zu den Händlern hergestellt hat?«, fragte sie.

Bazel sah sie zweifelnd an. »Um Handel zu treiben.«

»Aber *warum*? Warum war es das Risiko wert, die Regeln zu brechen und sich gegen den Meister zu richten? Für Schokolade?«

»Nicht nur Schokolade.« Bazel krümmte die Schultern. »Es … ich glaube, es ging darum, etwas für sich zu haben. Etwas, das nicht Teil dieser Höhlen, unserer Missionen war. Er war ein Außenseiter. Er brauchte das.«

Sicher. *Absalm* brauchte das. Ileni dachte an Bazels Lachen, wie ungezwungen er mit den Händlern gesprochen hatte. Die Händler, die in Wirklichkeit Spione des Imperiums waren. Wenn Sorin das sofort herausgefunden hatte, dann war ausgeschlossen, dass sie einen der Ältesten jahrelang hinters Licht geführt haben konnten. Absalm musste die Wahrheit gekannt haben.

»Er mochte es also, mit ihnen zu reden«, probierte sie es vorsichtig. »Mehr als den Handel mit ihnen? Er wollte mit jemandem reden?«

Bazel zuckte mit den Schultern. Für ihn ergab das natürlich Sinn. Denn er wusste nicht – oder wollte nicht wissen –, was die Händler tatsächlich waren. Egal wie einsam Absalm sich in diesen Höhlen voller Mörder gefühlt hatte, wie konnte es ihm nur geholfen haben, mit Spionen des *Imperiums* zu reden?

»Über was hat er mit ihnen gesprochen?«, fragte sie.

»Über alles Mögliche. Politik, Magie …«

»Magie?«

Bazel sah nach unten auf die mit Kreide gezogenen Muster. »Na ja, nur einmal. Soweit ich weiß. Ich war normalerweise zu sehr mit den Verhandlungen beschäftigt und es war mir eh zu hoch. Er hat Karyn darüber befragt, wie man Magie überträgt.«

Ileni starrte ihn so lange an, bis Bazel immer noch mit der Kreide in der Hand aufstand. »Sagt dir das irgendwas?«

»Magie zu übertragen ist schwarze Magie«, sagte Ileni ausdruckslos. »Alle Menschen tragen Kraft in sich, selbst wenn die meisten sie nicht in Magie verwandeln können. Und wenn jemand stirbt, kann er diese auf einen Magier übertragen, wenn der Magier sie einzufangen weiß. Deshalb ist das Rathianische Imperium so mächtig. Deshalb sind sie nicht zu schlagen.«

»Weil sie Menschen wegen ihrer Kraft töten?«

Er klang nicht sonderlich schockiert. Nun ja, warum auch.

»Schlimmer als das«, sagte Ileni. »Die Kraft kann nicht einfach genommen werden. Sie muss *freiwillig* von der Person, die stirbt, übertragen werden.«

Bazel nickte.

»Man kann viele Dinge tun«, sagte Ileni, »damit jemand um den Tod fleht. Damit er alles gibt, um den Schmerz zu beenden.«

Vor vierhundert Jahren war Ciara, ihre Anführerin, solchen *Dingen* ausgesetzt worden und war entkommen. Sie hatte es niedergeschrieben, jede entsetzliche Einzelheit, bevor sie gestorben war – unter Qualen, aber mit unversehrter Seele. Die Ältesten hatten Ciaras Klagelied jedes Jahr auf dem Platz vorgetragen, um Mitternacht am Jahrestag ihres Todes. Ileni hatte jedes Mal geweint.

Sie schätzte, dass sie Ciaras Klagelied nie wieder lauschen würde. Vielleicht würde sie es zum nächsten Jahrestag selbst anstimmen, zumindest an was sie sich erinnerte …

Und dann fiel es ihr ein: Der Jahrestag war vor zwei Wochen vorbeigezogen.

Sie hatte es nicht bemerkt.

Tränen traten ihr in die Augen und sie kämpfte sie nieder. Bazel starrte in ihre Richtung und sie drehte sich weg. Sie wollte sein Mitleid nicht oder seinen Spott, was auch immer es sein würde. Sie wollte nicht hier sein. Sie wollte nach Hause.

Sie atmete tief durch. »Den Stein. Hast du ihn dabei?«

»Ja.«

»Ich will das nächste Mal mitkommen, wenn ihr euch trefft.«

»Warum?«

»Ich habe meine Meinung geändert«, sagte Ileni. »Ich möchte doch eine Nachricht in mein Dorf schicken.«

Er nickte, und erst dann begriff sie, dass es keine Lüge war. Sie hätte diese Nachricht schicken sollen. Nicht unbedingt an Tellis, aber an die Ältesten oder ihre Mutter oder einen der anderen Novizen … nur um ihnen zu zeigen, dass sie sie nicht vergessen hatte.

Wenn sie das getan hätte, hätte sie vielleicht die Nachricht erhalten, dass auch sie nicht vergessen war.

Das Messer bohrte sich in sein Ziel, direkt ins Zentrum, ein Todeswurf. Sorin trat zurück und zeigte auf Ileni.

»Jetzt du«, sagte er.

Ileni packte ihr eigenes Messer und konzentrierte sich auf ihr Ziel. Ein scharfer Stich zuckte durch ihren Oberarm, und sie schummelte, indem sie einen winzigen Heilzauber anwendete. Sie konnte treffen. Sie wusste, dass sie es konnte.

Sie trat zurück und warf. Sobald das Messer aus ihrer Hand flog, wusste sie, dass es sauber landen würde. Als es das Ziel traf, lachte sie laut.

Sorin hob die Augenbrauen und sah sie an. »Hast du hinter meinem Rücken geübt?«

»Natürlich nicht.«

»Dann ist das eindrucksvoll.«

Sie versuchte, sich nicht zu sehr zu freuen. In den letzten drei Wochen hatte Ileni sich selbst mit ihrem Talent fürs

Messerwerfen überrascht. Nicht dass sie auch nur annähernd Sorins Niveau besaß. Aber wenn irgendjemand sie angreifen würde, während sie ein perfekt ausbalanciertes Messer hielt, und ihr genügend Zeit ließ, ihren Griff auszutarieren und darüber hinaus lange genug stillstand, damit sie zielen konnte, dann wäre sie mehr als fähig, sich zu verteidigen.

Sorin nickte. »Tritt zurück.«

»Was?«

Er reichte ihr das Messer. »Zwei kurze Schritte zurück und dann wirf noch einmal.«

Sie blickte ihn finster an, gehorchte aber. Ihr Herz schlug schneller, während sie die Entfernung bemaß. Sie konnte auch von hier treffen. Und Sorin würde zwar nicht beeindruckt aussehen, wäre es aber.

Sie sprang vor und warf. Das Messer wirbelte durch die Luft, ging komplett am Ziel vorbei und traf die Steinmauer mit dem Knauf zuerst. Es landete mit einem Klirren auf dem Boden, das Sorin zusammenzucken ließ.

Ileni fluchte, woraufhin sich das Zucken in eine hochgezogene Augenbraue verwandelte. Er begegnete ihrem wütenden Blick amüsiert und trottete dann zur Wand. Selbst als er das Messer aufhob, war er ganz geschmeidige Stärke – rasche Bewegungen, präzise und tödlich. Sie begann, ihn darum zu beneiden, statt zu fürchten.

Er reichte ihr wieder das Messer. »Versuch deinen Nichtwurfarm zum Zielen zu verwenden, wie wir es in deiner ersten Stunde geübt haben, dann kontrollierst du das Loslassen. Du wirfst zu hart und das Messer hat sich zu schnell gedreht.«

»Ich weiß, was das Problem ist.« Und sie wusste es wirklich. Sie wusste genau, wie sie sich bewegen musste, was ihr Körper tun sollte. Das Problem bestand darin, ihren Körper dazu zu kriegen.

Sorin trat zur Seite. »Dann löse es.«

Als ob das so einfach wäre. Aber für ihn war es das ja auch, so, wie es für sie einfach gewesen war, Probleme beim Formen eines Zaubers in den Griff zu bekommen. Scheinbar begriff er nicht, dass ihr Körper nicht wie seiner geschliffen war, dass sie ihre Probleme nicht durch beharrliches Werfen beheben würde? Wenn sie über Magie verfügen würde, würde sie es ihm zeigen …

Sie hielt mit dem Messer in der Hand mitten im Wurf inne.

»Ileni?«, sagte Sorin.

Dann warf sie ohne aufzupassen. Das Ergebnis war entsprechend katastrophal. Das Messer drehte sich wild und prallte links neben dem Ziel gegen die Wand. Es krachte zu Boden und sie wandte sich Sorin zu. »Jeder Assassine in diesen Höhlen, selbst die Lehrer, könnten eine Zielscheibe treffen, ohne sich wirklich anzustrengen.«

»Du fängst gerade erst an.« Er lief wieder zu den Zielscheiben hinüber. »Und du hast eine echte Begabung dafür …«

»Also warum würde einer von ihnen«, unterbrach Ileni, »*Magie* einsetzen, um Cadrel zu töten?«

Sorin hielt inne. »Vielleicht um irgendeinen Schutzschild zu durchbrechen.«

»Nein. Der Zauber bestand darin, *das Messer zu werfen*. Wenn sie einen Zauber eingesetzt hätten, um das Schutzsiegel zu durchdringen, dann wäre das eine andere Sache. Warum würde ein Assassine einen *Zauber* benutzen, um ein Messer zu werfen? Unter welchen Umständen würdest *du* das tun?«

Sorin wirbelte zu ihr herum. »Mir fallen keine ein«, antwortete er langsam. »Es muss also einen Grund geben, an den wir noch nicht gedacht haben.«

»Das ergibt keinen Sinn«, sagte Ileni und lachte fast über die Untertreibung. Natürlich ergab es keinen Sinn. *Nichts* ergab Sinn. Sie tappte im Dunkeln, machte alles falsch, und irgendwo lachte der Meister sich ins Fäustchen. Irgendwie hatte er sie im Netz seiner undurchschaubaren Intrigen gefangen, sah jede ihrer Handlungen voraus …

»Ileni?«, sagte Sorin. Er stand jetzt direkt vor ihr. »Wir kriegen es heraus. Wenn es mit den Spionen zu tun hat, erfahren wir es schon bald. Wir müssen einfach nur abwarten. Manchmal ist es besser, die Teile zu sammeln, als ein unvollständiges Puzzle zusammensetzen zu wollen.«

An diesen einstudierten, ehrfürchtigen Ton hatte sie sich bereits gewöhnt. Ein weiterer Lehrsatz des Meisters. Die Schraubstöcke um ihre Brust zogen sich zusammen. Sorin auch nur ein wenig zu vertrauen war dumm. Er war nicht Herr seiner selbst.

Und doch. Er stand nur Zentimeter von ihr entfernt mit einer Klinge in der Hand und sie fürchtete ihn kein bisschen. Und das betraf nicht nur ihre Schutzsiegel.

Sie war einfach dumm.

Sie holte tief Luft. »Wir warten also ab.«

»Das tun wir.«

Sie streckte die Hand aus. »Während wir warten, kann ich auch noch mal einen Wurf ausprobieren.«

Kapitel 14

Zwei Nächte später rollte Ileni aus dem Bett, als es an ihrer Tür klopfte. Erleichterung durchflutete sie und spülte die unruhigen Träume davon. Endlich würde es vorbei sein.

Vorfreude sprach aus jeder Faser von Bazels Körper. Er grüßte Ileni mit einem knappen Nicken und sie erwiderte die Geste. Sie schritten schweigend durch die matt erleuchteten Gänge, kletterten stumm durch das Labyrinth der Felsen, um schließlich den schmalen Pfad hinunter zum Fluss zu nehmen.

Sorin folgte ihnen in sicherer Entfernung – er hatte Ilenis Zimmer seit der Nacht zuvor beschattet, als Bazel ihr gesagt hatte, dass die Spione auf dem Weg waren –, doch sosehr Ileni auch die Ohren spitzte, sie konnte ihn nicht hören.

Die Spione warteten dieses Mal bereits auf sie, lagerten auf dem flachen Felsen am Ufer. Da sie inzwischen wusste, was sie waren, gelang es Ileni nicht, sie auch nur mit geheuchelter Freundlichkeit zu begrüßen. Sie hielt sich nahe bei Bazel und hoffte, dass seine so offensichtliche Freude für zwei reichte. Zum Glück war sie schon das letzte Mal nicht sonderlich freundlich gewesen. Vielleicht fiel der Unterschied gar nicht auf.

Sie merkten es nicht. Sie verhandelten und schacherten und tauschten Sticheleien aus. Die Händler waren entspannt, und Bazel war glücklich, bis Sorin am Fuß des Pfades auftauchte.

Er war so leise, dass selbst Ileni, die damit gerechnet hatte, nicht sagen konnte, wann er auf den flachen Felsen getreten war. Er war einfach da, stand dort mit hängenden Armen und schwarzen Augen, die rasch über die Szene streiften.

Bazel fluchte. Ileni versuchte, erschrocken auszusehen, obwohl sie nicht so genau wusste, was das überhaupt bewirken sollte. Der blonde Mann sprang auf die Füße und zog eine gefährlich aussehende Klinge unter seiner Tunika hervor. Das schien Sorin überhaupt nicht zu berühren.

Karyn blieb sitzen, spreizte aber ihre Hände an den Seiten auf dem Boden. Ihre Aufmerksamkeit ruhte voll und ganz auf Sorin. »Was soll das?«

»Sein Name ist Sorin.« Bazels Stimme war tonlos. Alle auf diesem engen Raum – Bazel, die Händler, Sorin – waren angespannt vor Erwartung. Gewalt lag in der klammen Luft und ein Schauer rann Ilenis Rücken hinunter. Plötzlich war sie sich sicher, etwas Schreckliches getan zu haben.

Karyns Ausdruck wechselte von Zorn zu kaltem Kalkül. »Ich gehe nicht davon aus, dass du in Erwägung ziehen würdest, unsere Anwesenheit geheim zu halten? Im Gegenzug für –«

Bazel unterbrach sie mit einem rauen Lachen. »Mach dir bloß nicht die Mühe, ihn zu fragen, ob er den Meister anlügt.«

»Na dann.« Karyn beugte sich vor. »Dann gibt es nur einen Weg, um sein Schweigen sicherzustellen.«

»Mach dir nicht die Mühe.« Bazel stand auf. »Er ist einer der Besten. Wir drei würden noch nicht einmal sein Haar zerzausen.«

Drei – er ging also davon aus, dass Ileni auf Sorins Seite stand. Oder sie war einfach nicht erheblich.

»Ich weiß, was du bist«, sagte Sorin zu Karyn. »Du bist eine Spionin des Imperiums.«

Karyn sprang auf die Füße und alles passierte gleichzeitig. Als sie ihr Messer zog, sprang Sorin mit trügerischer Anmut vor und trat zu. Das Messer flog aus Karyns Hand und schlug dumpf mit dem Heft zuerst gegen die Stirn des blonden Mannes.

Dieser stolperte mit einem Schrei zurück. Er fing sich wieder und hob seine eigene Klinge.

Bazel schoss dazwischen, griff nach dem fallenden Messer und schlitzte dem blonden Mann sauber die Kehle auf.

Er tat es mit unglaublicher Leichtigkeit, seine Bewegungen

waren so geschmeidig – wenn auch nicht so schnell – wie die von Sorin. Blut spritzte und der blonde Mann stürzte mit flatternden Armen. Sein schwerer Körper traf mit einem dumpfen Aufschlag auf den Boden. Er schrie noch einmal auf, ein Stakkato von gluckernden Geräuschen, und dann war nur noch das Rauschen des Flusses zu hören.

Es ging so schnell, so leicht, so … unwiderruflich. Bazel trat zurück, das Messer noch in der Hand, und sein Gesicht verriet keine Regung, als hätte er den Mann nur bewusstlos geschlagen. Karyn wirbelte herum und rannte auf das Kanu zu, doch Bazel schnitt ihr den Weg ab. Sorin blieb, wo er war.

Ileni starrte auf den blonden Mann, während dessen Blut sich langsam auf dem Stein ausbreitete. Sie konnte es riechen, scharf und metallisch. Seine blauen Augen waren weit aufgerissen und ohne Blick, sein Mund stand leicht offen. Nur wenige Minuten zuvor hatte er noch gelacht.

Ilenis Magen verkrampfte sich zu einem Knoten, sodass sie keine Luft mehr bekam; dann löste er sich urplötzlich und sie spuckte seinen gesamten Inhalt auf den Felsen. Sie fiel auf Hände und Knie, und ihr Magen hob sich immer wieder, bis er nichts mehr herzugeben hatte.

Als sie mit brennender Kehle hochblickte, hatte Bazel Karyn gegen die Klippe gedrängt. Das Messer gezückt – ein roter Tropfen rann sacht von seiner Kante und spritzte auf den Stein –, bewegte er sich dennoch nicht auf sie zu. Stattdessen sah er zu Sorin.

»Es genügt nicht«, knurrte Sorin ihn an. »Das wiegt nicht auf, was du getan hast.«

Bazel lachte ungezügelt. Dann stürzte er sich auf Karyn.

Sie wich aus. Bazels Klinge ritzte sie am Hals, jedoch nicht tief genug, um sie zu töten. Gleichzeitig pulsierte eine Welle von Magie durch die Höhle. Ileni warf den Kopf herum, als der Zauber über sie hinwegspülte.

Etwas Dünnes, Weißes blitzte schimmernd auf und flog von der Spitze der Klippe: ein Seil, das gegen den Felsen schlug. Während Ileni auf die Füße kletterte, packte Bazel das Ende des Seils und sprang nach oben, stützte seine Beine am Felsen ab und bewegte sich so schnell, wie Ileni es nicht für möglich gehalten hätte. Bis sie ihren Mund wieder geschlossen hatte, hatte ihn die Dunkelheit bereits verschluckt, und das Ende des Seils zuckte unruhig gegen die Klippe.

Sorin fluchte. Er trat auf Karyn zu, die still wie eine Statue dastand. Dann warf er sich auf das Seil und hetzte Bazel in einem Wettrennen zweier Assassinen im Dunkeln hinterher.

»Ich glaube«, sagte Karyn, während sie ihre Hand an den Hals presste, »das ist mein Einsatz, von hier zu verschwinden.«

Ileni drehte sich scharf um, ihre Kehle brannte und Tränen stachen in ihren Augen. Ihre Stimme krächzte. »Du lässt Bazel zurück?«

»Er steht nicht unbedingt unter meinem Schutz.« Karyn

wischte ihre blutverschmierte Hand an ihrer Tunika ab und marschierte dann zur Leiche des blonden Mannes. Ileni öffnete den Mund und schloss ihn wieder, sie fühlte sich unglaublich hilflos. Wenn sie ein Messer hätte … aber sie hatte keins. »Außerdem ist er wahrscheinlich schon tot.«

Ileni hoffte, dass Bazel das nicht hörte – vor allem nicht, wie unbekümmert Karyn sprach.

Warum war Sorin Bazel gefolgt und hatte Karyn zurückgelassen, sodass sie fliehen konnte?

Karyn kniete neben dem Körper des blonden Mannes, und Ileni glaubte schon, sie würde etwas sagen oder die starren blauen Augen schließen. Stattdessen schob sie beide Arme unter ihn, hob ihn an, zerrte die Leiche ohne ein Zeichen von Anstrengung zum Fluss und hievte ihn hinein.

Als er eintauchte, spritzte Wasser auf und traf Ilenis Gesicht. Sie zuckte zurück. Bis der Widerhall verklungen war, hatte Karyn ihre Becher eingesammelt, sie ins Boot geworfen und es ins dunkle Wasser geschoben. Ein schartiger Fleck markierte den Stein, zu dem sie die Leiche ihres Freundes gezogen hatte.

»Warte«, japste Ileni. »Du kannst nicht …«

»Ich weiß.« Karyn versetzte dem Kanu einen letzten Stoß, schickte es den Fluss hinunter und sprang dann hinein. »Du kannst mit mir kommen.«

Damit hatte Ileni überhaupt nicht gerechnet. »Bitte?«

»*Du* bist nicht tot – bis jetzt jedenfalls nicht. Willst du nicht am Leben bleiben? Du kannst von Bord springen, sobald wir die Höhlen hinter uns haben, und zu deinen Leuten zurückkehren.«

Deinen Leuten. Menschen, die nicht versuchten, sie zu töten oder zur Mörderin zu machen. Ihre Lehrer. Ihre Mitschüler. Tellis. Ileni schüttelte den Kopf, sodass ihr die Haare in die Augen flogen. »Warum sollte ich dir glauben?«

»Es ist mir egal, ob du das tust oder nicht. Du kannst es wagen, mit mir zu kommen, oder du kannst hierbleiben und ganz sicher sterben.« Sie hob die Ruder.

Das Kanu gewann an Fahrt. Es lag nun so viel Wasser zwischen ihnen, dass Ileni schwimmen müsste; zum Springen war es zu spät. Ileni lief zur Wasserkante und hielt dann an.

»Ich kann nicht«, sagte sie. »Ich kann nicht gehen. Meine Leute haben mich aus einem bestimmten Grund hergeschickt.«

Karyn schnaubte. »Was für ein Grund? Um zu sterben?«

»Ja«, sagte Ileni.

Karyn zuckte die Schultern und wendete langsam das Boot. Das Kanu schoss mit der Strömung vorwärts, folgte der Biegung des Flusses und war verschwunden.

Als Sorin zurückkehrte, war er allein. Ileni hörte den dumpfen Aufprall seiner Füße gegen die Klippe, als er das Seil hinunterflog. Sie drehte sich aber erst um, als er auf den Boden sprang und ein paar Schritte hinter ihr stand. Er sah vollkommen ruhig aus, bis auf einen kaum sichtbaren Schmutzfleck auf einer Wange unberührt.

»Wo ist Bazel?«, frage sie scharf.

Sorin ignorierte ihre Frage. Er sah sie stirnrunzelnd an, eine Furche hatte sich zwischen seine Augen gegraben. »Ich dachte, du wärst nicht mehr hier.«

»Tut mir leid, wenn ich dich enttäuscht habe.« Ileni wusste, dass sie ihre Bitterkeit eigentlich gegen sich selbst richten sollte – *dumm, dumm,* ging es ihr durch den Kopf –, aber sie konnte nicht anders, als einen Teil davon an Sorin auszulassen. Sie hasste ihn für das, was passiert war, für das Blut auf dem weißen Felsen, für den toten Mann im Fluss, für das davonschießende Kanu auf dem Wasser. »Keine Angst. Ich bin mir sicher, deinem Meister fällt ein besserer Weg ein, mich umzubringen.«

Sorin sah sie weiter an. Ileni beugte sich herunter und schaufelte sich dann Wasser in den Mund, sie spuckte es zusammen mit dem ätzenden Geschmack von Erbrochenem wieder aus. Dann drehte sie sich um und marschierte über den glitschigen Stein, während sie einen großen Bogen um die Blutlache machte. Sie begann den Aufstieg.

»Warum bist du nicht mit ihr verschwunden?«, fragte Sorin.

Ileni wirbelte herum und stützte sich mit der Hand an den weißen Felsen ab. Urplötzlich hatte sie das Gefühl, sich komplett verschätzt zu haben. »Hättest du mich nicht aufgehalten?«

»Ich war oben auf den Felsen. Wie hätte ich dich aufhalten können?«

Deshalb war er Bazel gefolgt. Um ihr eine Chance zur Flucht zu verschaffen.

Die Tür ihres Gefängnisses hatte sperrangelweit offen gestanden und sie hatte ihr den Rücken gekehrt.

Ileni fühlte, wie ihre Lippen zuckten, als sie ihm die Wahrheit sagte, denn sie wusste, dass er ihr nicht glauben würde. »Man hat mich aus einem guten Grund hergeschickt. Und ich gehe sicher nicht, bevor ich herausgefunden habe, wer Absalm und Cadrel umgebracht hat.«

Etwas flackerte über sein Gesicht – etwas, das nicht Unglauben war –, bevor seine Züge wieder ausdruckslos wurden. »Oder bis du das nächste Opfer bist?«

Sie wandte sich von ihm ab. »Oder das.«

Sorin hatte Bazel mit einem Teil des Seils, das sie zum Klettern benutzt hatten, an Händen und Füßen gefesselt und ihn auf dem rutschigen abfallenden Felsvorsprung zurückgelassen. Wie Ileni direkt erkannte, gab es einen praktischen Grund für diese Grausamkeit: Bazel war zu beschäftigt damit, nicht hinunterzurutschen, um sich befreien zu können. Aber sie bezweifelte, dass das der einzige Grund war, und sie warf Sorin einen wütenden Blick zu, als sie sich dem gefangenen Assassinen näherten.

Sorin schenkte ihr keine Aufmerksamkeit. Mit einer Hand packte er Bazels Tunika und zerrte ihn auf die Füße.

Bazel kämpfte nicht mehr, sein ganzer Körper erschlaffte und sein Gesicht war von Resignation gezeichnet.

Sorin sah ihn einfach nur an. Ileni wich zurück. Die unausweichliche Drohung in Sorins Gesicht war furchterregend, und dabei war sie nicht einmal gegen sie gerichtet.

Sie erschauderte in ihrem Innersten. In diesem Augenblick konnte sie sich gut vorstellen, dass Sorin Absalm wegen seines Verrats umgebracht hatte. Dafür, dass er die Mission gefährdet hatte, der er sich mit Haut und Haar verschrieben hatte.

Sie wusste, dass er töten konnte. Er hatte bereits getötet. Er war nicht anders als die anderen Assassinen in diesen Höhlen.

Allerdings hätte keiner der anderen ihr eine Chance zur Flucht gegeben.

»Ich wusste nicht, was sie sind«, flüsterte Bazel. »Ich schwöre, ich habe es nicht gewusst. Ich weiß, was du von mir hältst, aber du kannst nicht ernsthaft glauben, dass ich wissentlich Spione des Imperiums in unsere Höhlen gelassen hätte.«

»Und glaubst du ernsthaft«, antwortete Sorin sanft, »dass es einen Unterschied macht, ob du es gewusst hast oder nicht?«

»Nein«, sagte Bazel. »Das glaube ich nicht.«

Sorin zerrte Bazel näher heran, sodass ihre Gesichter nur Zentimeter voneinander entfernt waren. »Das mit dem Seil war clever. Wie lange hast du das vorbereitet?«

Bazel antwortete nicht. Sorin schüttelte ihn. »Das ist deine Chance, es dir einfacher zu machen. Antworte.«

Ein trotziger Funke flackerte in Bazels Augen auf, auch wenn er nach wie vor besiegt aussah. »Du wirst mich nicht foltern«, sagte er. »Zu viele haben mit mir zu tun gehabt und würden mit hineingezogen, wenn ich rede. Sie würden sicherstellen, dass ich tot bin, bevor ich sie verraten kann.«

»Dann stirbst du«, sagte Sorin.

»Ich würde eher sterben«, flüsterte Bazel, »als dem Meister gegenüberzutreten, wenn er herausfindet, was ich getan habe. Und ich *werde* sterben. Du kannst mich nicht vor allen beschützen.«

»Darauf würde ich nicht schwören«, sagte Sorin, »aber um auf der sicheren Seite zu sein, könnte ich jetzt die Antworten aus dir herauspressen.«

»Sorin«, sagte Ileni.

Sorin hielt Bazel ohne ein Zeichen von Anstrengung aufrecht. Im matten Licht bildeten seine Lippen eine grimmige Linie. »Ich habe nur gesagt, dass er nicht sterben wird. Ich habe nicht versprochen, dass sein Leben angenehm sein wird.«

Bazels Kopf zuckte scharf nach oben. Er sah Ileni an, dann Sorin, dann wieder zu Ileni. »Warum?«

»Ich mag es nicht«, sagte Ileni, »wenn Menschen sterben. Du würdest das nicht verstehen.«

»Ich meine, warum hast du es ihm *gesagt?*«

Die Qual in seiner Stimme ließ sie die Augen senken. Sie

war sich bewusst, dass Sorin sie beobachtete. »Weil es stimmt. Sie *sind* Spione des Imperiums.«

»Du sagst mir jetzt alles, was du weißt«, sagte Sorin zu Bazel, »und vielleicht fällt mir dann ein Weg ein, wie wir damit umgehen können, ohne dich hineinzuziehen.«

»Ich weiß überhaupt nichts«, flüsterte Bazel. »Absalm hat mir von ihnen erzählt. Ich weiß nicht, wie er sie gefunden hat.«

»Und hat Absalm dir den Trick mit dem Seil beigebracht? Oder war *sie* es?«

Ileni zischte durch ihre Zähne: »Das war ich nicht.«

»Absalm dachte immer, wir könnten einen Fluchtweg gebrauchen.« Bazel wand sich leicht, als Sorins Faust sich um sein Hemd spannte. »Er hat das Seil vorbereitet. Der Zauber zum Entrollen ist wirklich einfach.«

Genauso war es … und es hätte deutlich weniger Kraft benötigt, als Bazel aufgewandt hatte. War das ein Mangel an Fertigkeiten und Training? Oder log er?

Sorin ließ Bazel los. Bazel schlug mit einem dumpfen Geräusch auf den abschüssigen Felsen und kämpfte verzweifelt, um nicht hinunterzustürzen, ohne dabei auch nur einen Laut von sich zu geben. Sorin beobachtete ihn ausdruckslos, zog dann ein Messer und durchschnitt das Seil in drei sauberen Hieben. »Lasst uns gehen. Ich denke, das genügt.«

Es war schon eine ganze Weile genug, dachte Ileni wütend in seinem Rücken. Dann musste sie sich darauf konzentrieren, mit den beiden Assassinen Schritt zu halten, die im Gegensatz zu ihr leichtfüßig über die Felsen kraxelten und durch den Tunnel kletterten.

Sobald sie im bebauten Teil der Höhlen ankamen, verschwand Bazel in einem Seitengang, und Ileni folgte Sorin durch den inzwischen vertrauten Teil, wo ihr Zimmer lag. Sorin sagte kein Wort und wandte sich nicht mal zu ihr um, doch als sie ihr Zimmer erreichten, trat er mit ihr hinein und schloss die Tür.

Sie drehte sich um und ihre Augen begegneten sich. So nah erkannte man alle Linien und Züge seines Gesichts. Sie konnte kaum glauben, dass sie einmal gedacht hatte, dass er Tellis ähnlich sah.

»Ileni.« Sorins Stimme war sehr leise. »Warum bist du geblieben?«

»Ich … weiß es nicht.« Mit dieser Frage hatte sie nicht gerechnet, doch sein Ton war so grimmig, dass sie überhaupt nicht in Erwägung zog, der Frage aus dem Weg zu gehen. Seine Augen waren wie Nachtschatten, sie verrieten nichts. »Was hätte es für einen Zweck, wenn ich ginge? Ich bin mit einem Auftrag hergeschickt worden und den habe ich noch nicht erfüllt.«

»Du hättest frei sein können.« Er war so reglos, dass sie kaum sagen konnte, ob er atmete.

»Frei, um nach Hause zurückzukehren und dort verachtet zu werden? Nie wieder etwas zu tun, was von Bedeutung ist? Niemals!«

Etwas flackerte in den schwarzen Tiefen dieser Augen. Respekt? »Du wärst in Sicherheit gewesen.«

»Du warst doch derjenige, der mir gesagt hat, wie unwichtig Sicherheit ist.«

»Und du hast *zugehört?«*, sagte er mit so unverhohlenem Erstaunen, dass sie trotz allem lachen musste. In das Lachen hatte sich ein Hauch von Hysterie gemischt, doch sie hielt sich zurück, bevor sie am Ende noch in Tränen ausbrach.

»Nicht mit Absicht, das kann ich dir versichern.«

Er verlagerte sein Gewicht in ihre Richtung und ihr Herz begann zu pochen. Dann wandte er sich abrupt um und legte eine Hand auf den Türgriff.

»Sorin«, sagte sie und er blickte mit der Hand auf dem dunklen Holz zu ihr zurück. Sein Arm war so angespannt, dass er leicht zitterte. »Hat dir dein Meister gesagt, dass du mir eine Fluchtmöglichkeit verschaffen sollst?«

Er blinzelte. »Was würde der Meister durch deine Flucht gewinnen?«

»Was würdest *du* gewinnen?«

Sein Ausdruck blieb unverändert, aber sie erkannte ihn auf einmal. Nur Tellis hatte sie je so angesehen. Ihre Kehle wurde trocken.

»Hast du wirklich gedacht, ich würde flüchten?«, sagte sie.

Sie konnte hören, wie er einatmete. »Ich hatte gehofft, du würdest es tun.«

Ileni stand wie angewurzelt da und wusste nicht, was sie denken sollte. Die ganze Zeit hatte sie geglaubt, dass sie nicht mehr als eine Pflicht für Sorin bedeutete … hatte sich die ganze Zeit eingeredet, dass es ihr egal sein sollte. Obwohl es ihr doch so viel bedeutete, dass sie kaum atmen konnte.

»Ich hätte das nicht tun sollen.« Er sagte es, als wäre er wütend. »Ich versuche, nicht an dich zu denken. Aber wenn du so etwas *Dummes* tust, dich in Gefahr bringst, und wenn du sterben würdest …« Ihm ging der Atem aus und er starrte sie quer durch das Zimmer an.

Ilenis Stimme kam als Flüstern heraus. »Das ist in Ordnung.«

Sein Atem kam zischend, und sie begriff, dass er wütend war. »Natürlich nicht. Wie ich fühle, ist nicht …«

»Sicher?« Sie trat auf ihn zu, ohne sich dessen groß bewusst zu sein. »*Magst* du es eigentlich, sicher zu sein? Den Eindruck hatte ich nicht.«

»Ich habe nicht das Recht, mein Leben so aufs Spiel zu setzen.« Er wich gegen die Tür zurück, als wäre sie eine Bedrohung. Es war das Schmeichelhafteste, was er getan hatte, seit sie die Höhlen betreten hatte. »Es bedeutet nichts. Es war sogar unausweichlich. Immerhin bist du das einzige Mädchen, das ich je sehen werde.«

Das war weniger schmeichelhaft.

»Ich dachte, wenn ich erst auf eine lange Mission geschickt werde – also ich meine, wenn ich die Chance bekomme, mit anderen Frauen zusammen zu sein …«, Sorins Kiefer spannte sich, »dann würde ich dich vergessen.«

Das war's. Ileni stürzte vorwärts, mehr aus Entschlossenheit als mit Anmut, und küsste ihn.

Nach einem Schreckmoment reagierte er, seine Hände fanden zögernd zu ihrem Gesicht, fielen dann auf ihre Schultern. Nach einem weiteren Augenblick – oder mehreren – lehnte sich Ileni zurück und starrte ihn voller Unglauben an.

Sorin errötete bis an die Haarspitzen und ließ seine leicht zittrigen Hände sinken, es waren seine ersten Bewegungen, die nicht vollkommen anmutig waren. »Ich hab es dir doch gesagt. Du bist das erste Mädchen, das ich jemals –«

Ileni fing an zu lachen. »Du bist einer der berühmt-berüchtigten Assassinen, die für Frauen unwiderstehlich und eine pure Verlockung sind? Und du hast noch nie ein Mädchen geküsst?«

»Ich war erst auf einer Mission«, antwortete er steif. »Und es war eine kurze. Wen hätte ich da küssen sollen?«

»Vermutlich bin ich davon ausgegangen, dass das zu eurer Ausbildung gehört. Du weißt schon, wie verführe ich eine Frau, damit ich ihren Mann leichter umbringen kann. Oder so in etwa.«

»Vielleicht ist das ja eine Einheit für Fortgeschrittene«, sagte Sorin.

Die Anspannung in seiner Stimme machte Ileni nichts

aus, aber da sie auch seine Verlegenheit spürte, versuchte sie, nicht ganz so amüsiert auszusehen.

Sorin beugte sich mit geröteten Wangen vor und sagte: »Wie auch immer, ich hatte noch keinen Unterricht. Du musst ganz von vorne anfangen.«

Nach reiflicher Überlegung schien das keine schlechte Idee zu sein.

Kapitel 15

Am nächsten Morgen erwischte sich Ileni dabei, wie sie auf ihrem Weg zum Unterrichtsraum vor sich hin pfiff.

Sie hörte sofort auf und presste die Lippen aufeinander. Was war nur los mit ihr? Letzte Nacht hatte sie gesehen, wie ein Mann umgebracht worden war, hatte eine Spionin des Imperiums flüchten lassen, ihre Chance, nach Hause zu gehen, ziehen lassen …

Und es war ihr fast egal.

Sorin marschierte vor ihr her. Sie widerstand der Versuchung, seine Schulterblätter anzulächeln. Er war so distanziert auf dem Weg zum Frühstück, mied ihren Blick. Sie mochte wetten, dass er sie nicht ansehen konnte, ohne sich an seinen Überschwang in der Nacht zuvor zu erinnern.

Wobei sie um keinen Deut besser war. Sie waren weiter gegangen als geplant. Und sie war sich nicht sicher, was passiert wäre, wenn ihr nicht eingefallen wäre, dass sie keine Magie mehr besaß, die sie vor einer Schwangerschaft bewahrte.

Wie hatte sie nur daran denken können, mit Sorin zu schlafen, wenn sie Tellis so lange hatte warten lassen? Aber damals war sie bereit gewesen, Dinge zu tun, die schwierig und frustrierend waren. Nun schien es keinen Grund mehr zu geben, zu warten oder zu widerstehen.

Sie wusste, dass es schlimm enden würde. Es war so lächerlich und von vorneherein zum Scheitern verurteilt und fast verachtete sie sich dafür. Aber dann fiel ihr ein … dass ihr gesamtes Leben lächerlich und dem Untergang geweiht war und sie deshalb wohl dieses kurze Zwischenspiel an Glück, das sich ihr in den Weg legte, ergreifen würde. Sie hatte vergessen, wie *gut* es sich anfühlte, glücklich zu sein.

Aber als sie vor ihrer Klasse stand und die Gruppe von jungen Killern beobachtete, die sich durch die vorbereitenden Meditationsübungen ackerten, schob sie ihre widerspenstigen Gefühle zur Seite und konzentrierte sich. Etwas hatte sie bei Karyns Flucht gestört: das Seil, die konzentrierte Welle von Magie, bevor es heruntergeglitten kam. Im Unterricht schmeckten Bazels Zauber nach Kraft und Verzweiflung und die Magie leckte immer an den Rändern. Der Zauber, der das Seil begleitet hatte, fühlte sich ganz anders an.

»Bazel«, sagte Ileni. »Vor die Klasse, bitte.«

Bazel stand langsam auf und lief nach vorne, bis er neben ihr stand. Er mied ihren Blick, benahm sich aber wie immer und gab nicht zu erkennen, dass sie ihn erst verraten und ihm dann das Leben gerettet hatte – oder dass sie mitangesehen hatte, wie er einen Mann getötet hatte.

»Ich möchte, dass du uns den Verteidigungszauber vorführst, den ich euch letzte Woche beigebracht habe«, sagte Ileni. »Sorin, greif ihn bitte an.«

Sorin stand mit einer anmutigen Bewegung auf. Ilenis Herz schlug schneller, als er an ihr vorbeikam, und sie fürchtete, dass alle die Anziehung zwischen ihnen erkennen würden.

Aber Sorin sah nicht zu ihr. Er hielt ein paar Schritte vor Bazel, senkte kurz den Kopf und griff dann ohne Vorwarnung an. Bazels Kopf schnellte unter der Wucht des Schlages zur Seite. Keiner der Assassinen gab einen Laut von sich, und Sorin war so schnell auf seinem Platz zurück, dass Ileni fast glaubte, nur geträumt zu haben.

Bazels Kopf kam wieder hoch und er trat mit gebleckten Zähnen vor. Sorin drehte sich und startete aufreizend langsam einen Kick gegen sein Gesicht.

Kraft brach in einem reißenden Strom aus Bazel hervor. Er traf Sorins Fuß und schlug ihn fester nach hinten als nötig. Sorin drehte sich in der Luft und landete leichtfüßig und immer noch kampfbereit auf den Füßen. Er beugte sich vor, um anzugreifen, und Ileni fühlte, wie Bazel mehr Kraft zusammenzog.

»Die Übung ist beendet«, sagte sie scharf. »Danke. Setzt euch wieder.«

Bazels Blick brannte auf ihr. Er würde ihr nicht gehorchen ... und in diesem Fall gab es nichts, was sie dagegen tun konnte. Dieses wilde Freisetzen von Kraft hatte ihn überhaupt nicht geschwächt.

Er wandte sich scharf um und ging zu seiner Matte zurück. Sorin wippte glatt auf seinen Fußballen und folgte ihm dann. Wieder hatte er Ileni keines Blickes gewürdigt.

Sie fühlte sich gekränkt, was einfach lächerlich war. Was erwartete sie denn, was er tun würde? Sie vor allen anderen mit Hundeblick anschmachten? Ileni konzentrierte sich auf Bazel, der verwirrt und aufgebracht auf seiner Matte saß.

Sie konnte den Widerhall seines Zaubers spüren. Er fühlte sich überhaupt nicht wie die Magie an, die das Seil letzte Nacht entrollt hatte.

Bazel hatte dieses Seil nicht herunterholt. Und wenn er es nicht war ...

Dann konnte es nur eine Person getan haben.

Karyn war nicht nur eine Spionin.

Sie war auch eine Magierin.

Zum Mittagessen setzte sich Sorin nicht zu ihr. Ileni fühlte den ersten Stich des Zweifels, als sie alleine über ihrer Schüssel voll gewürztem Fleisch und gekochtem Gemüse saß und sich seiner Anwesenheit quer durch den Speisesaal nur zu bewusst war. Sie versuchte, nicht allzu oft zu ihm hinüberzuschauen, aber sie befürchtete, dass ihr das nicht sonderlich gut gelang. Er fläzte förmlich zwischen seinen Mitassassinen, war entspannter, als er es je mit ihr war, redete, lächelte und lachte sogar. Sie waren zusammen aufgewachsen. Sie war kaum einen Monat hier. Was wusste sie schon über ihn?

Das Bild von Tellis' blauen, seelenvollen sowie traurigen und unglaublich unerbittlichen Augen tauchte unvermittelt in Ilenis Gedanken auf. Erinnerte sie daran, wie wenig ein Kuss oder sogar ein Versprechen bedeuteten.

Als das Essen vorüber war und Sorin an ihren Tisch kam, stand Ileni so rasch auf, dass sie mit den Kniekehlen gegen die Bank stieß. Sorin wartete geduldig, bis sie über die Bank geklettert war, und marschierte dann auf die Tür zu, ohne nachzuschauen, ob sie ihm folgte.

Er tut nur so. So musste es sein. Oder tat er nicht so? Sie konnten nicht zulassen, dass die anderen Schüler ahnten, was zwischen ihnen war.

Es sei denn, zwischen ihnen war nichts. Es sei denn, die letzte Nacht war nicht mehr als ein maßloser Fehltritt, und er gab jetzt vor, dass es nie passiert war.

Das glaube ich nicht. Als sie die enge Abzweigung im Gang erreicht hatten, drehte sich Ileni abrupt um und marschierte in einen rauen, windigen Gang. Nach einem kurzen Augenblick hörte sie, dass ihr Sorin folgte.

Sie musste nicht weit gehen, bis sie außer Sichtweite

waren. Im dämmrigen Licht sahen die Kurven und Linien der Höhlenwände wie Knochen aus, ihre dunklen Risse wie bösartige schmale Augen. Ileni drehte sich auf dem Absatz um und wartete, bis Sorin direkt vor ihr stand. Sein Mund bildete einen unnachgiebigen Strich. Seine Nähe ließ ihr Blut kochen und sie überwand ihre Nervosität. Sie legte ihre Hand in seinen Nacken und zog ihn noch näher.

Es fühlte sich an, als wollte sie einen Stein bewegen. Er wich nicht zurück, bewegte sich aber auch nicht vorwärts. Demütigung verbrannte sie und sie ließ ihre Hand zur Seite sinken.

»Ileni.« Seine Stimme war so tief, dass sie seine Worte nicht hätte ausmachen können, wenn er nicht so nah gewesen wäre. »Wir können das nicht tun.«

»Können wir nicht?« Sie wünschte sich, mit dem Felsen hinter sich zu verschmelzen. »Letzte Nacht hat es aber so ausgesehen, als könnten wir durchaus.«

»Wir hätten das nicht ...« Er holte tief Luft. Es klang, als hätte er Schmerzen. *Na also, gut.* »Verstehst du nicht, wie unklug – wie gefährlich – das ist? Keiner von uns darf dich anrühren. Das ist ein klarer Befehl des Meisters.«

Ihre Augen brannten, und sie riss sie weit auf, damit ihr nicht die Tränen kamen. Was war nur *los* mit ihr? Er war nicht wichtig. Er war nicht der Grund, warum sie hier war, oder der Grund, warum sie geblieben war.

»Du fürchtest dich vor Gefahr?«, fragte sie so höhnisch, wie sie vermochte.

»Nein. Es ist mir egal, ob ich sterbe.« Er presste seine Antwort zwischen zusammengebissenen Zähnen hervor. »Es ist mir nicht egal, ob du stirbst.«

Ileni holte Atem. »Mir auch nicht. Aber was ist das Leben schon ohne ein wenig Gefahr?«

Er stieß sie gegen die Wand und beugte sich vor. Sein Mund war nur Zentimeter von ihrem entfernt. »Es ist mehr als nur ein wenig.«

»Ich weiß«, flüsterte sie.

»Wir müssen zum Meister und ihm alles sagen.«

»Was?« Kälte rann ihr den Rücken hinab. Sie hob ihre Hände, um ihn von sich zu stoßen, aber er war schon zurückgewichen. »Wovon redest du?«

»Ich rede von den Spionen des Imperiums. Das geht weit über das Schmuggeln von Schokolade hinaus. Wir können es ihm nicht verheimlichen. Wir hätten es nie tun sollen.«

»Sorin, das kannst du nicht tun. Es ist zu spät. Wenn du es ihm sagst, wird er wissen, dass du ihm die Wahrheit bis jetzt verschwiegen hast …«

Er schwenkte um und ging davon, während er ihr die Worte über die Schulter zuwarf. »Und er wird mich bestrafen, wie ich es verdiene.«

»Er könnte dich töten! Und selbst wenn es dir egal ist, mir ist es das nicht …« Er verlangsamte seine Schritte nicht. Ileni rannte hinter ihm her, ihre Füße stampften auf den Boden und sie packte ihn an der Schulter. »Er wird auch Bazel töten und du hast versprochen …«

Sorin riss sich von ihr los und wirbelte zu ihr herum, sein Gesichtsausdruck war so kalt, wie sie es noch nie gesehen hatte.

»Wenn du mit ihm sprichst, wird er es herausbekommen«, sagte Ileni verzweifelt. »Du weißt genau, dass er das tun wird. Selbst wenn du nichts sagst, wird er die Wahrheit wissen. Über … über uns.«

Er begegnete ihrem Blick. Seine Augen waren dunkel und leer und sie erkannte diesen Ausdruck wieder. Sie hatte ihn letzte Nacht schon gesehen, hatte es aber nicht wahrhaben wollen.

Es war Scham.

Er schämte sich für sie.

Sie fühlte sich klein und widerlich und einen Augenblick lang hasste sie ihn dafür. »Wenn du es ihm sagst, wird er auch mich töten. Ist dir das egal?«

Sorins Kehle krampfte sich zusammen. »Du weißt, dass es mir nicht egal ist. Aber ich … Ileni, ich kann nicht …«

»Was kannst du nicht?«, schnappte Ileni. »Kannst du nicht wenigstens einen Teil deines Lebens für dich behalten? Gehört nicht wenigstens ein kleiner Teil von dir nur dir allein? Kannst nicht etwas mögen, was nicht zum Plan des Meisters gehört?«

»Hör auf!« Er packte ihr Handgelenk so fest, dass es wehtat. Sie war zu wütend, um Angst zu haben. »Du verstehst einfach nicht …«

»Ich verstehe ganz genau! Er hat dich geholt, als du noch klein warst, hat dich mit Leuten umgeben, die dir beigebracht haben, dass nichts wichtig ist, noch nicht einmal du selbst. Und du hast gewusst, dass das nicht stimmt, aber du hattest niemanden, der dir etwas anderes gesagt hat …«

Sein Lachen schmerzte heftiger als sein eiserner Griff, der immer fester wurde. »Bis du aufgetaucht bist und alles verändert hast? Ist es das, was du glaubst?«

Sie schüttelte seinen Griff ab, als die Erde zu beben begann.

Sie stolperte zurück. Die Mauern um sie herum wackelten, der Boden kippte unter ihren Füßen. Sorin machte einen raschen Schritt zur Seite und stand absolut still. Nur sein Kopf und seine Augen bewegten sich, als er jeden Zentimeter der bebenden Höhle sondierte. Er hielt zwei Messer, in jeder Hand eines. Ileni hatte keine Ahnung, wo sie hergekommen waren.

Ein schweres, grollendes Geräusch erfüllte die Höhle wie ein wütender Wind und Sorin stieß hervor: »Auf den Boden!«

Sie folgte seinem Befehl, allerdings nicht ganz aus eigenem Antrieb, eines ihrer Handgelenke gab nach, als sie hinfiel. Schockwellen durchrannen den Felsen unter ihnen und liefen schmerzhaft durch ihren Körper. Etwas barst weit oben und ein großer Steinbrocken krachte nur knapp an ihrem Kopf vorbei auf den Boden. Dreck rieselte in ihr Haar. Ileni verbiss sich einen Schrei, schützte ihren Hinterkopf mit den Armen und kniff die Augen zu.

»Setz deine Magie ein!«, rief Sorin. »Wir werden angegriffen …«

Etwas traf sie am Hinterkopf. Sie schrie. Schmerz durchbohrte sie und dann versank alles im Nichts.

Ihr schien es wie nur eine Sekunde später, als sie ihre Augen blinzelnd öffnete. Sie lag auf dem Rücken, und Arme hielten sie vom Boden fern, wiegten sie gegen eine vertraute graue Tunika gepresst.

Sie blinzelte noch einmal und erkannte verschwommen Sorins Gesicht direkt vor sich, ganz nah. Seine Augen waren geweitet, sein Mund zusammengepresst. Den Ausdruck auf seinem Gesicht hatte sie zwar noch nie gesehen, doch er sprach Bände.

»Ileni«, flüsterte er, und auch seine Stimme verriet ihn: Angst lag darin. »Bist du in Ordnung?«

Sie schloss die Augen. Nichts zu sehen erleichterte das Denken. »Was ist passiert?«

»Ein Stein ist aus der Decke gebrochen und hat dich am Kopf getroffen. Er hätte dich …« Seine Stimme brach. Sie fühlte, wie sich seine Brust hob und senkte. Dann pressten sich seine Lippen kurz auf ihr Haar. Als er wieder sprach, war seine Stimme kühl und ruhig. »Warum bist du nicht tot?«

Sie suchte nach ihren letzten Erinnerungen. Sie hatte den

Aufprall gespürt – und hatte instinktiv das Wort für den Heilzauber herausgeschrien. Sie musste ihn gerade noch rechtzeitig angewandt haben.

Sie verlagerte ihr Gewicht und legte ihre Stirn auf Sorins Schulter. »Ich wollte eigentlich wissen, warum die Höhlen gebebt haben? War das ein Erdbeben?«

»Es war ein Angriff. Das Imperium hat versucht, unsere Schutzsiegel zu durchbrechen. Sie sind gescheitert. Kannst du stehen?«

»Ich … was?«

Er stand mit einer einzigen Bewegung auf und zog sie an den Armen hoch. Sie schwankte und lehnte sich an ihn.

»Es tut mir leid«, flüsterte Sorin. »Ich … wenn du …« Er drehte sie zu sich, um ihr ins Gesicht sehen zu können, und hielt sie weiter fest. Die Bewegung ließ die Höhle hin und her wogen, hin und her … »Ich beschütze dich. Um jeden Preis. Ich verspreche es.«

Ihn anzusehen machte sie noch schwindliger. Aber sie tat es trotzdem.

Sorin strich ihr eine Strähne aus dem Gesicht. »Ist wirklich alles in Ordnung?«

»Ja. Nachwirkung des Heilzaubers.« Sie hatte keine Ahnung, warum sie log, nur das vage Gefühl, dass sie vor ihm keine Schwäche zeigen wollte. »Es wird in ein paar Minuten vorbei sein.«

»Gut.« Er holte tief Atem und ließ sie los. »Ich muss zu den Trainingshöhlen und herausfinden, was der Meister als

Nächstes von mir erwartet. Ich bin mir sicher, dass er längst einen Gegenschlag plant. Und du solltest vermutlich die Siegel prüfen und sicherstellen, dass sie beim Angriff nicht beschädigt wurden. Kannst du das?«

»Ich – ja natürlich.« Der Heilzauber *hatte* sie all ihre Kraft gekostet. Aber selbst ohne ihre Kraft konnte sie Probleme erkennen. »Geh schon.«

Ileni wartete, bis Sorin außer Sichtweite war, dann lehnte sie sich schwer gegen die Mauer. Ihr Kopf tat weh und die Höhle drehte sich. Sie sollte hier nicht allein sein, ohne ihre Magie.

Ihr Zimmer. Sie sollte auf ihr Zimmer gehen. Dort wäre sie sicher, hinter Schutzsiegeln.

Es sei denn, das Imperium griff erneut an.

Aber das würde es nicht, oder? Nicht so bald nach dieser Niederlage. Nach seinem *Scheitern*. Die Macht des Imperiums zerbrochen an den Schutzsiegeln ihres Volkes.

Sie konzentrierte sich darauf, einen Fuß vor den nächsten zu setzen, bis sie im Hauptgang war. Es war so hell. Wenn sie Kraft gehabt hätte, hätte sie die Glimmsteine abgedunkelt, die in ihren Augen stachen.

Welches war noch einmal ihr Zimmer? Sie sollte es eigentlich wissen. Sie kannte die meisten der Gänge inzwischen auswendig.

»Ist alles in Ordnung?«, fragte jemand, und Ileni begriff, dass sie mit geschlossenen Augen auf dem Boden kauerte. Sie konnte sich nicht erinnern, dass sie sich gesetzt hatte.

Sie öffnete ihre Augen vorsichtig einen Spaltbreit. Neben ihr war Arkim in die Hocke gegangen und sah sie mit gerunzelter Stirn und zusammengezogenen grauweißen Brauen an.

»Wir sind angegriffen worden«, erklärte Ileni trüb.

»Ja.« Er streckte die Hand aus, um ihren Hinterkopf zu berühren, und schaute dann auf das Blut an seinen Fingern. »Ich bringe dich auf dein Zimmer.«

»Ich bin unterwegs dorthin.«

»Das sehe ich.« Er hielt ihr die knochige Hand hin. Ileni schaute nur auf sie. Einst hatte diese Hand einen Dolch gehalten und ein Kind ermordet. Sie sah hoch in sein Gesicht, das nichts als Sorge verriet.

Sie waren alle Schauspieler und Lügner, jeder Einzelne in diesen Höhlen. Daran musste sie sich unbedingt erinnern.

»Warum hat man uns angegriffen?«, fragte sie.

»Ich vermute«, sagte Arkim, »dass wir die Aufmerksamkeit der Magier des Imperiums auf uns gezogen haben.« Er lächelte sie an, als wäre sie Teil desselben *uns*. »Der Meister wählt seine Ziele wie immer gut. Das Imperium spürt, wie wir näher rücken. Sie haben Angst.«

Seine Hand war immer noch ausgestreckt. Ileni nahm sie, und er zog sie hoch, sie schwankte einen Moment, bevor sie sich gerade halten konnte. »Was werden wir tun?«

»Der Meister wird wissen, was zu tun ist. Aber ich vermute stark, dass er sagen wird, dass wir nichts tun müssen.

Die Siegel haben gehalten und werden das auch in Zukunft tun. Als Nächstes mag das Imperium Soldaten aussenden, aber das ist ein vergebliches Unterfangen – diese Höhlen können einer Belagerung auf Jahre standhalten, und die Berge bieten perfekte Verstecke für Angriffe aus dem Hinterhalt.« Er ließ ihre Hand los. »Das hier ist doch dein Zimmer?«

Ileni blickte auf die massive Holztür. »Ja.«

»Ich kann sie nicht öffnen«, sagte Arkim geduldig. »Das musst du selbst machen.«

Na klar. Wegen der Siegel. Die Schutzsiegel – Ileni drehte sich von der Tür weg und zuckte zusammen, als der Gang kippte. »Ich muss die Siegel überprüfen! Um die gesamten Höhlen …«

»Zuerst musst du schlafen. Dann kannst du deinem Teil der Aufgabe nachgehen.«

Wieder drehte sie sich um und stieß die Tür auf. Arkim wartete im Türrahmen, bis sie sich auf ihrem Bett niedergelassen hatte.

»Bitte schließ die Tür ganz«, sagte sie. Aber sie bekam schon nicht mehr mit, ob er es getan hatte, da sie die Augen nicht lang genug aufhalten konnte.

Ihren Teil der Aufgabe, hatte er gesagt. *Ihren Teil der Aufgabe.* Weil sie eine von ihnen war, ein Bestandteil des Plans des Meisters, der das Imperium zum Einsturz bringen würde.

Es zerstören würde.

Trotz des Schmerzes, der durch ihren Kopf pulsierte, lächelte sie, als sie einschlief.

Ileni wachte später wieder auf – wie viel Zeit vergangen war, wusste sie nicht, aber ihr Verstand fühlte sich klar an und sie war hungrig. Ihr Hinterkopf war immer noch empfindlich, und sie zuckte zusammen, als sie ihn berührte, aber ihre Finger waren zumindest trocken.

Sie fand ohne Probleme in den Speisesaal und war erleichtert, dass sie offenbar rechtzeitig zum Frühstück ankam. Noch nie hatte sie sich so auf Haferbrei gefreut.

Die Höhle war voll, aber Sorins Platz war nicht besetzt. Genau wie Iruns. Versuchten sie immer noch herauszufinden, was der Meister von ihnen wollte?

Als sie in ihren Unterrichtsraum ging, überraschte es sie ein wenig, dass der Rest ihrer Schüler bereits kerzengerade in ordentlichen Reihen saß. Änderte der Angriff des Imperiums denn nicht alles? Statt sich auf den Krieg vorzubereiten, gingen sie ihre normalen Abläufe durch.

Aber dann dämmerte ihr, dass sie ja genau das immer taten – sie bereiteten sich auf den Krieg vor.

Zum allerersten Mal fühlte sich Ileni schuldig, dass sie ihre Schüler durch eine sinnlose Meditationsfolge führte. Sie kämpften schließlich für etwas. Diese jungen Männer trainierten jeden Tag. Sie schadeten dem Imperium. Und anstatt ihnen zu helfen, hielt sie sie zurück.

Und in der Zwischenzeit saß ihr Volk nur da und erzählte sich Geschichten von Grausamkeiten oder sang traurige Lieder über Märtyrer.

Wir bereiten uns darauf vor, gegen sie anzutreten. Das hörte sie seit ihrer Kindheit, die Zerstörung des Imperiums hatte immer im Mittelpunkt ihres Lebens gestanden. Doch plötzlich schien ihr dieses Versprechen fern und leer. Mit »*Eines Tages werden wir frei sein*« schloss der Gesang am Ende jeder Renegai-Klasse, doch niemand hatte je hinterfragt, wann *eines Tages* zu *jetzt* werden würde.

Für diese Jungen, die hell und mutig brannten, war eines Tages *jetzt*. Sie würden das Imperium mit Blut und Angst zahlen lassen, und sie würden es tun, während die Renegai ihre Siegel- und Heilzauber zum millionsten Mal übten.

Als ihre Stunde vorbei war, hob sie die Hand, um die Schüler vom Aufstehen abzuhalten. »Wo sind Sorin und Irun?«

Niemand antwortete ihr. Sie konzentrierte sich auf einen der schwächeren Schüler, einen großen Jungen mit lockigem, schwarzem Haar. »Weißt du es?«

»Nein«, sagte er.

Ein Schauer durchrann sie. »Sind sie … sind sie auf einer Mission?«

»Wir. Wissen. Es. Nicht«, antwortete er geduldig.

Aber Ileni wusste es. Schnell wandte sie sich um, damit ihre Schüler ihren Gesichtsausdruck nicht lesen konnten.

Ich bin mir sicher, dass er längst einen Gegenschlag plant. Und die Assassinen kannten nur eine Antwort. Menschen draußen im Imperium würden sterben, um für den Angriff zu zahlen.

Und Sorin war einer der Assassinen, die diese Strafe durchsetzen würden.

Er war fort.

Kapitel 16

Ileni aß kaum mehr als zwei Happen von ihrem Mittagessen – der Haferbrei vom Frühstück lag ihr noch wie ein Klumpen im Magen –, bevor sie sich auf den Weg in die Messerwurfhöhle machte. Ein kleiner Teil von ihr hoffte idiotischerweise, dass Sorin dort auf sie warten würde. Aber natürlich tat er das nicht. Sie hatte einen halben Tag und die Nacht verschlafen. Er war längst weg.

Vielleicht starb er ja draußen im Imperium, fern von hier.

Aber zuerst würde er jemanden umbringen. Irgendwie hätte ihr das mehr ausmachen müssen.

Sie stand vor den Gestellen mit funkelnden Klingen. Die zu ihrer Linken waren vergiftet. Sie streckte ihre Hand aus und wagte es, eine zu berühren.

Ihre Finger streiften die kalte Kante eines Knaufs und sie riss ihre Hand zurück. Sie dachte, sie hätte etwas gehört, und sah über die Schulter. Aber da war niemand.

Sie griff wieder nach dem Messer, und ihr Herz schlug schneller, pumpte mit jedem Schlag Angst und Aufregung in das klaffende Loch in ihrem Innern. Es fühlte sich … nicht wirklich gut an. Aber klar und scharf genug, um den dumpfen Schmerz über Sorins Abwesenheit zu durchbrechen. Sie strich erneut mit den Fingern über den Knauf, nur dieses Mal näher an der Klinge entlang.

Töteten die Assassinen *deshalb* so eifrig? Wegen der Jagdlust, die einen kurz vor dem Tod übermannte.

Eine Hand umschloss ihren Oberarm, riss sie nach hinten zurück. Angst durchschoss sie und plötzlich prickelte der Nervenkitzel nicht mehr und die Jagdlust erlosch. Sie stolperte und wirbelte herum.

»Was machst du da?«, wollte Sorin wissen.

Ihr Herz pochte heftig gegen ihre Brust. Drahtig und gut aussehend stand er in seinen grauen Kleidern nur einen Schritt vor ihr. Sein Gesicht war grimmig.

»Ich dachte …« Ihre Worte waren nicht mehr als ein kaum hörbares Flüstern. Sie räusperte sich und versuchte es noch einmal. »Wo warst du?«

»Das Ausmaß des Angriffs begutachten. Der Meister hat mir aufgetragen, die entfernteren Bereiche der Höhlen zu inspizieren.« Sorin atmete lang und zittrig aus. »Er wusste es, Ileni. Er hat gewusst, dass ich die Höhlen erkundet habe. Die ganze Zeit dachte ich, es wäre mein Geheimnis. Aber er hat es schon immer gewusst.«

Ileni hatte keine Ahnung, wie sie darauf reagieren sollte.

Sie konnte sich nicht auf sein Problem konzentrieren, konnte einfach nicht aufhören zu lächeln, obwohl sie wusste, wie unangebracht es war. Sorin war *hier*. Er war nicht meilenweit entfernt. Er stand direkt vor ihr. »Ich dachte … ich dachte, er schickt dich auf eine Mission.«

»Das habe ich auch gedacht«, sagte Sorin.

Er lächelte nicht.

Ileni fühlte, wie ihr eigenes Lächeln gefror, wie es zusammen mit ihrer Freude verschwand. Offensichtlich war sie als Einzige glücklich darüber, dass er nicht weg war.

Sie nahm seinen gespannten Kiefer und die herunterhängenden Schultern wahr und eine Flut echten Mitleids überraschte sie. »Es tut mir leid«, sagte sie. »Du hasst es sicher, hier festzustecken.«

Sorins Mund verzog sich zu einem Strich. »Was ich will, ist nicht wichtig. Wenn der Meister sagt, dass ich ihm hier in den Höhlen am besten diene, dann gehöre ich hierher.« Er zeigte auf das Gestell mit den Klingen. »Was machst du mit diesen Messern? Du solltest sie nicht anrühren.«

Sie hob eine Augenbraue. »Es gibt eine Menge Dinge, die ich nicht tun sollte.«

Er drehte sich um und sah sie an, doch anstatt näherzukommen oder ebenfalls eine Augenbraue zu heben, lief er an ihr vorbei und warf eine der nicht giftigen Klingen. »Lass mich dir Würfe über Kopf zeigen.«

Ileni würde sich nicht so leicht ablenken lassen. »Was hat dir der Meister über den Angriff des Imperiums gesagt?«

»Nichts.«

»Und damit meinst du eigentlich, nichts, was du mir sagen darfst.«

Sorin wandte sich um und warf erneut. Die Klinge schnitt mitten ins Herz der Zielscheibe, mit der Ileni immer noch nicht üben konnte – die in Kindergröße. Die Stofffigur klappte gegen die Steinmauer. »Natürlich meine ich genau das.«

Ileni wollte schon fragen, ob Sorin dem Meister irgendetwas über Karyn oder sie beide erzählt hatte … doch irgendwie traute sie sich nicht.

Ich beschütze dich. Aber konnte Sorin in Gegenwart des Meisters tatsächlich irgendetwas verbergen? Ileni glaubte nicht, dass *ihr* das gelingen würde.

Sorin schloss kurz die Augen, dann wandte er sich zu ihr um. »Es tut mir leid, Ileni. Es ist nur … der Meister hat mir rein gar nichts gesagt. Er hat überhaupt nicht mit mir gesprochen. Er hat Arkim damit beauftragt, mir meine Aufgabe zu übermitteln.«

Ileni trat zögerlich vor und legte ihm die Hand auf den Arm, dessen Anspannung sie regelrecht in seinen Muskeln pulsieren spürte. Als ob er zuschlagen wollte. »Vielleicht gab es nichts zu besprechen. Der Angriff hat nicht wirklich etwas verändert.«

»Vielleicht.« Sorin konnte ihr nicht in die Augen schauen. »Vielleicht ist er aber auch enttäuscht von mir. Und er … er vertraut mir nicht mehr.«

Sinnlos zu fragen, warum. Vielleicht gab es ein anderes Geheimnis, von dem der Meister wusste.

Ileni ließ die Hand sinken. Sorin bewegte sich nicht, aber er schluckte mühsam.

Was hätte sie sagen können? Schuld und Wut rangen in ihr. Ileni holte tief Luft.

»Ich weiß, wer Absalm und Cadrel umgebracht hat«, sagte sie.

Sorin wandte sich ihr mit einer ruckartigen Bewegung zu, und sein Gesicht veränderte sich, sein intensiver Blick leuchtete geradezu. »Wer?«

»Karyn.«

»Karyn? Aber … wie?«

»Sie ist nicht nur eine Spionin.« Ileni sah ihn an, und Erleichterung breitete sich warm in ihr aus, als er ihren Blick nicht länger mied. Trotzdem wagte sie es noch nicht, ihn wieder zu berühren. »Sie ist eine Magierin.«

Sie wollte gerade erklären, woher sie es wusste, aber Sorin nickte nur. Er ging wohl davon aus, dass sie Karyns Kraft gespürt hatte.

Und warum *hatte* sie das eigentlich nicht direkt bei ihrer ersten Begegnung? Sie hätte die Kraft spüren müssen. Selbst mit ihren geringen verbliebenen Kräften hätte sie das Gefühl von Magie erkennen müssen. Ileni runzelte plötzlich unsicher die Stirn.

Aber Sorin sah sie an, als wäre sie jemand, auf den man zählen konnte, nicht nur eine Quelle für Schuld und

Scham. Er zog ein weiteres Messer aus dem Gestell und fuhr mit den Fingern über die Schneide. »Warum sollte Karyn Renegai-Magier töten?«

»Weil ihr hinter *ihren* Magiern her seid«, antwortete Ileni. »Der Imperator scheint zu denken, dass die Renegai-Lehrer euch dabei helfen. Deshalb möchte er uns aus dem Weg schaffen.«

Sorins Finger klammerten sich um den Messerknauf. »Warum hat Karyn dich dann nicht umgebracht, als sie die Chance dazu hatte?«

»Ich weiß es nicht.« Oder hatte sie es vielleicht versucht? Vielleicht hätte Karyns Angebot zur Flucht damit geendet, dass Ilenis Körper den Fluss hinabgetrieben wäre.

Wie Absalms Leiche. Hatte Karyn ihm dasselbe Angebot unterbreitet? Hatte Absalm versucht heimzukehren?

Sorin warf das Messer in die Luft und fing es an der Klinge. »Das Imperium hat also einen Tag, nachdem ihre Magierin entkommen ist, angegriffen? Das kann kein Zufall sein. Sie muss Magie eingesetzt haben, um eine Nachricht zu schicken. Es war Rache.«

»Nein«, sagte Ileni. »Einen solchen Angriff bereitet man nicht einfach an einem Tag vor. Sie hatten den Plan offenbar schon in der Hinterhand. Das war ihr Ersatzplan.« Sie hielt inne und grübelte weiter. Sorin schnippte das Messer wieder herum, sodass er es am Knauf hielt. »Was auch immer Karyn getan hat, das war ihr erster Versuch. Sie muss ihnen irgendwie übermittelt haben, dass er schiefgegangen ist, und deshalb haben sie es mit dem Angriff versucht.«

»Der gescheitert ist«, betonte Sorin ein wenig selbstgefällig. »Karyn wird also zurückkommen und versuchen zu beenden, was auch immer sie hier vorhatte.«

Sie ist kein Assassine. Sie darf aufgeben. Doch als sie sich Karyns Sicherheit vor Augen rief, mit der sie die Leiche ihres Freundes im Fluss entsorgt hatte, glaubte sie selbst nicht daran. Ein Schauer rann ihr den Rücken hinunter. Karyn *würde* zurückkehren. Eine Magierin des Imperiums konnte problemlos ein Kanu flussaufwärts führen.

Und ihr Auftrag war es, Renegai zu töten.

»Wir müssen sie finden«, sagte Ileni.

Sorin senkte das Messer mit angespannten Armmuskeln. »Warum sollten wir das tun? Um es ihr leichter zu machen?«

»Nein, aber …« Ileni widerstand der Versuchung, ebenfalls nach einem Messer zu greifen. »Die ganze Zeit über wusste ich, dass jemand mich töten will. Und ich konnte rein gar nichts dagegen tun. Jetzt weiß ich, wer es ist. Und ich muss nicht mehr darauf warten, dass mir jemand ein Messer in den Rücken stößt. Ich kann sie finden und überraschen …«

Sorin schüttelte den Kopf. »Das ist eine blöde Idee. Wir können Vorsichtsmaßnahmen treffen …«

»Und darauf warten, dass sie versagen?« Ileni grub die Fingernägel in ihre Oberschenkel. »Sie ist eine Magierin des Imperiums. Du kannst mich unmöglich gegen sie verteidigen. Und ich kann auch nicht mehr so weitermachen, Sorin. Ich kann nicht einfach darauf warten, dass ich sterbe, ohne zu wissen, wann oder warum oder wie. Ich muss mich stellen. Ich muss die Wahrheit herausbekommen, muss herausfinden, was hier vor sich geht.«

»Vor allem musst du sicher sein.«

Seine Stimme brach, wenn auch nur für einen Moment. Ileni erinnerte sich an seine Umarmung, an die Bitte in seinen Augen, als er sie gefragt hatte, warum sie nicht tot war.

Sie milderte ihre Stimme. »Bitte, Sorin. Ohne deine Hilfe kann ich das nicht.«

»Gut«, antwortete er tonlos.

Sie streifte seine Finger mit ihren und beobachtete, wie sich seine Wangen leicht röteten. »Ich werde es trotzdem versuchen. Wenn du mir dabei hilfst, dann bin ich sicher.«

»Hör auf.« Er zog abrupt seine Finger zurück und wich aus. »Du bist darin nicht sonderlich gut.«

Ileni fühlte, wie ihr die Röte ins Gesicht schoss, und drehte sich um, damit er es nicht sehen konnte. Er hatte recht, das war sie wirklich nicht. Sie wünschte, sie hätte mehr Übung darin, ihren Charme spielen zu lassen. Oder einfach nur zu wissen, wie das überhaupt ging. Bei Tellis hatte sie nie schmeicheln oder tricksen müssen. Mit Sorin war alles anders. Sie fühlte sich ständig so, als würde sie auf Messers Schneide balancieren, als stockte ihr immer wieder der Atem.

Bei Tellis war sie geborgen gewesen. Mit Sorin fühlte sie

sich immer, als wäre er es wert, um Haaresbreite am Tod vorbeizuschrammen.

»Du wirst mir also nicht helfen.« Sie machte sich gar nicht erst die Mühe, ihre Wut zu verbergen. Wut fühlte sich deutlich besser an als Schuld oder Scham.

»Ich *helfe* dir doch.«

»Tust du das? Erinner mich doch daran, dir später zu danken.« Sie ging Richtung Tür.

»Ileni ...«

»Lauf mir bloß nicht hinterher«, sagte sie scharf, ohne sich umzudrehen, und versuchte, sich selbst einzureden, dass sie nicht enttäuscht war, als er ihrem Befehl gehorchte.

Nach ihrem Unterricht am nächsten Morgen nahm Ileni all ihren Mut zusammen und näherte sich Bazel. Sie hatte ihn bis dahin gemieden, versucht, ihn wenn möglich nicht direkt anzusprechen. Jedes Mal, wenn sie versehentlich seinem Blick begegnet war, hatte sie blanken Hass darin gespürt, eine verbissene Bösartigkeit, die beunruhigender als Iruns drohendes Starren war. Aber das war nun egal. Wenn Sorin ihr nicht helfen würde, dann brauchte sie jemand anderen.

Sie fühlte Sorins Augen auf sich ruhen, als sie zu Bazels Matte hinüberlief. Aber sie geriet nicht aus dem Gleichgewicht und Sorin verließ mit den anderen die Klasse.

»Wir sollten«, sagte sie, »unsere Lektionen fortsetzen.«

Bazel sah sie über die Matte hinweg an, und sie begriff

ihren Fehler; sie hätte ihn herbeizitieren sollen, seinen Gehorsam einfordern, anstatt wie eine Bittstellerin zu ihm zu gehen. Sein Hass war unverhohlen. Er sah sie an, als wäre sie ein Wurm, der sich schleimig sein Bein hinaufwand.

Zum Glück hatte sich die Trainingshöhle geleert. Sie zwang sich, die Schultern zu straffen. »Du gibst mir die Schuld an dem, was passiert ist, stimmt's?«

Seine Mund verzog sich zu einer hässlichen harten Linie, bevor er ihr den Rücken zuwandte. »Fällt dir jemand anders ein, dem ich die Schuld geben könnte?«

»Was, wenn du Karyn wiedersehen könntest?«

Bazel wirbelte ohne seine gebändigte Anmut herum, sodass sie sich schon auf einen Angriff vorbereitete. Aber er schüttelte nur den Kopf. »Du erwartest, dass ich dir dabei helfe, sie zurückzulocken? Damit du sie gefangen nehmen und foltern kannst?«

»Sie ist mir egal«, sagte Ileni. »Ich will nur herausfinden, warum Absalm Spione des Imperiums in die Höhlen gelassen hat.«

Misstrauisch korrigierte Bazel seine Haltung. »Gehst du davon aus, dass er wusste, was sie waren?«

»Er muss es geahnt haben, irgendwann.« *Denn das hätte jeder.* »Und sie ist mehr als nur eine Spionin.«

Bazels Finger zuckten.

»Aber das weißt du bereits, oder etwa nicht? Du weißt, dass Karyn eine Magierin ist. Du hast Sorin wegen des Seils belogen, und du hast es getan, um sie zu schützen.«

Ein Aufflackern von Angst. »Hast du es ihm gesagt …«

»Nein«, log Ileni und ignorierte dabei ihre Gewissensbisse. »Es ist mir egal. Was auch immer Absalm und sie getan haben, hat ihn umgebracht. Das ist alles, was mich interessiert.«

Bazel atmete aus. »Du willst meinen Stein benutzen, um sie herbeizuzitieren.«

»Ja.«

»Erwartest du etwa, dass ich ihn dir einfach aushändige?«

»Nein.« Das würde ihr rein gar nichts bringen. Selbst mithilfe der Steine kosteten Kommunikationszauber enorm viel Kraft. Sie versuchte, verzweifelt zu klingen, was gar nicht so schwer war. »Du kannst dabei sein. Du kannst den Zauber sogar ausführen – ich zeig dir, wie – und sie selbst kontaktieren.«

Bazel sorgte dafür, dass keine Regung über seine Gesichtszüge huschte. »Dir ist aber schon klar, dass ich nicht blöd bin?«

Ihr Herz pochte plötzlich mit lähmendem Grauen.

»Ich weiß, dass ich ihr egal bin.« Bazel stupste die Ecke seiner Matte mit dem Fuß. »Ich weiß, dass ich nur ein Werkzeug für sie bin.«

Ilenis Erleichterung war so groß, dass sie ohne nachzudenken sprach. »Niemand in diesen Höhlen ist mehr als ein Werkzeug.«

Bazel blinzelte zweimal und dann grinste er zu ihrem

Erstaunen. »Na gut. Richtig nett, endlich mal ein nützliches und kein geringgeschätztes Werkzeug zu sein.«

Ileni dachte darüber nach zurückzulächeln, aber es erschien ihr zu riskant. Stattdessen nickte sie. »Verstehe.«

Bazels Lächeln verrutschte leicht, verschwand aber nicht ganz. Bevor sie noch etwas sagen konnte, kamen die nächsten Schüler in die Klasse und er machte sich auf den Weg in den Trainingsbereich.

»Was hast du vor?«, wollte Sorin wissen, sobald sie ihr Zimmer nach dem Mittagessen erreicht hatten.

Ileni, die den Raum bereits halb durchquert hatte, wandte sich um und verschränkte die Arme vor der Brust. Sie selbst hatte sich dazu entschieden, zu ihrem Zimmer zurückzukehren statt in die Höhle zum Messerwerfen, und es hatte sie überrascht, dass Sorin ihr gefolgt war. Um ihre Genugtuung zu verbergen, blickte sie ihn finster an.

Sorin lehnte sich an den Türpfosten und starrte düster zurück. »Unterschätze Bazel nicht. Selbst wenn er der Schwächste von uns ist, ist er gefährlich. Was auch immer du vorhast, ich sollte dabei sein. Um dich zu schützen.«

Damit er darüber nachdenken konnte, warum sie den Zauber nicht selbst ausführte? Ileni setzte sich aufs Bett und hob das Kinn. »Um mich aufzuhalten, meinst du wohl? Nein danke. Ich glaube, diese Diskussion hatten wir schon.«

»Bitte?«

Schockiert richtete sie sich auf. Seine Augen, die in seinem leicht geröteten Gesicht tief schwarz wirkten, suchten unverrückbar nach ihren. Ileni fragte sich plötzlich, ob er es wagen würde, die Tür hinter sich zu schließen. Ihre Haut prickelte. Das wäre alles andere als *sicher,* weshalb er es eher nicht tun würde.

Sorins Stimme klang angespannt. »Ich will nicht, dass dir etwas passiert.«

Sie errötete ebenfalls. »Mir wird auch nichts passieren!«

»Wie kannst du dir da so sicher sein?« Er trat in den Raum. Wenn sie Kraft übrig gehabt hätte, hätte womöglich *sie* die Tür geschlossen. »Du bist seit Wochen hier. Hast du noch immer nicht begriffen, wie nah Tod und Leben beieinanderliegen? Wie zerbrechlich unsere Körper sind? Es braucht nur eine *Sekunde* …« Er brach ab. »Ist es dir immer noch egal, ob du lebst oder stirbst?«

»Ich …« Sie grub die Finger in ihre Decke. »Warum glaubst du, dass es mir egal ist?«

»Du hast es mir gesagt. Mehrfach, wenn ich mich recht erinnere.«

Bis jetzt hatte sie nicht begriffen, dass er ihr geglaubt hatte.

»Und schon davor war es das Erste, was mir an dir aufgefallen ist. Du hattest keine Angst vor mir – nicht so viel, wie du hättest haben sollen. Ich hätte dich so leicht töten können. Und es hätte mir nichts ausgemacht.«

Er klang nicht bedauernd, sondern sehnsüchtig. Als wünschte er, es wäre ihm noch immer egal.

»So dumm war ich nicht«, entgegnete Ileni sanft. »Ich habe mich vor dir geschützt.«

Er blinzelte und die Gewissheit verschwand aus seinem Gesicht. Ileni griff unters Bett und zog ihren Beutel hervor. Die flachen schwarzen Steine purzelten auf den Boden.

»Schutzsteine«, sagte sie. »Sehr starke. Den Schutz habe ich am Tag meiner Ankunft errichtet. Du hättest mich überhaupt nicht berühren können, egal wie *gleichgültig* es mir war.«

Sorins Augen verengten sich. »Ich dachte, euch Renegai wäre es nicht erlaubt, magische Gegenstände aus dem Dorf mitzunehmen.«

»War es auch nicht. Ist es nicht.«

»Wie dann – hast du sie gestohlen?« Er schien ehrlich schockiert, doch als sie ihn anstarrte, wurde sein Tonfall spöttisch. »Du, der Ausbund an Renegai-Tugenden?«

»Nein«, schnappte Ileni. »Man hat sie mir gegeben.« Sie zögerte und fügte dann hinzu: »Tellis hat sie mir gegeben.«

Sorins Grinsen verschwand zwar nicht, verrutschte aber leicht. »Verstehe. Nicht so rechtschaffen wie du, was? Oder hat er seine Prinzipien aus Liebe verraten?«

»Ich will nicht über Tellis sprechen.«

»Gut. Das will ich auch nicht.« Er sah zu den Schutzsteinen. Schmerz färbte seine Stimme, die weit tiefer klang als seine normale, ungerührte Tonlage. »An dem Tag, an dem du mir Haare ausgerupft hast, hast du …«

Sie blinzelte. »Du erinnerst dich daran?«

Er musterte sie von der Seite. »Ich erinnere mich an jede deiner Bewegung, seit du die Höhlen betreten hast.«

Ileni fühlte sich plötzlich wieder atemlos. *Sei nicht dumm*, riet sie sich selbst und konterte verschmitzt: »Der Vorteil einer Assassinenausbildung, schätze ich.«

Seine Schultern fielen leicht herab. Etwas Verletzliches lag in seiner Haltung und Ilenis Herz hüpfte ohne Vorwarnung. Bisher war ihr nicht klar gewesen, dass sie die Macht hatte, ihn zu verletzen. »Wenn du dich gegen mich schützen kannst, warum kann ich dir dann das Kämpfen beibringen? Oder sind die Schutzsiegel so empfindlich, dass sie zwischen echten und falschen Bedrohungen unterscheiden können?«

»Sie können erkennen, ob ich mich bedroht fühle oder nicht. Und außerdem ...« Sie holte tief Luft. »Bin ich es nicht. Ich meine, gegen dich geschützt. Nicht mehr.«

Er richtete sich auf, als ob er auf einen Angriff reagieren würde.

Die zögerliche Hoffnung in seinem Blick zog ihr den Brustkorb zusammen. Sie zwang die Worte unbeholfen und zögernd heraus. »Ich habe keinerlei Abwehr gegen dich, Sorin. Keine einzige.«

Als Sorin sprach, fehlte seiner Stimme die gewohnte Sicherheit. »Das hättest du nicht tun sollen.«

»Ich weiß«, antwortete Ileni.

Schwerfällig und schmerzhaft breitete sich das Gewicht des Augenblicks zwischen ihnen aus. Dann überbrückte

Sorin mit einer fast unmenschlichen Geschwindigkeit die Distanz zwischen ihnen.

Ihre Kraft reagierte ohne ihr bewusstes Zutun und die Tür schlug zu. Ihr war in diesem Moment egal, wie dumm es sein mochte. Und ganz offensichtlich war es auch ihm egal.

Später in der Nacht hörte Ileni dann das Pochen an ihrer Tür, doch sie war sowieso hellwach und noch angezogen. Sie zog die Tür einen Spaltbreit auf, und bis Bazel mit seinen rötlichen, vom Schlaf zerzausten Haaren eingetreten war, saß sie bereits wieder im Schneidersitz auf dem Bett.

Ileni senkte den Kopf. »Hast du den Stein dabei?«

»Er hat etwas anderes mitgebracht«, sagte Irun und schritt hinter Bazel durch die Tür.

Als Bazel zur Seite trat und Irun durch den Raum auf sie zukam, wollte Ileni hochschnellen. Bevor sie sich jedoch wieder bewegen konnte, riss er sie herum und drückte sie mit dem Gesicht aufs Bett. Er zwang ihr den Arm in einem Winkel auf den Rücken, der einen stechenden Schmerz ihre Schulter hinaufjagte.

Die dünne Decke drückte ihr ins Gesicht und erstickte sie. Sie drehte den Kopf zur Seite und öffnete den Mund, um nach Luft zu schnappen. Etwas Dickes, Raues glitt zwischen ihre Zähne. Sie würgte, schluckte und versuchte, den Knebel zu packen. Irun verdrehte ihr den Arm noch ein Stück und ihr wurde vor Schmerzen schwarz vor Augen.

Als sie wieder zu sich kam, sagte Irun in leichtem Plauderton: »Schau, das ist so eine Sache mit Magiern. Wenn sie nicht sprechen können, dann können sie auch keine Zauber weben.«

Er drehte sie herum und warf sie aufs Bett. Ilenis Hinterkopf knallte gegen die Steinmauer. Als sie die brennenden Tränen wegblinzelte, ragte Irun über ihr auf. Sie sah an ihm vorbei zu Bazel, der mit dem Rücken zur Tür stand. Seine blassblauen Augen mieden ihre.

Irun folgte ihrem Blick. »Siehst du, wie einfach es ist? Wie ich gesagt habe. Wir haben so lange in Angst vor Magiern gelebt, haben zugelassen, dass sie das Imperium unterstützen und uns von unserem kompromisslosen Angriff abhalten. Und doch ist es so einfach, sie zu überwältigen, wenn man keine Angst mehr hat. Wir können jetzt mit ihr machen, was wir wollen.«

»Bring sie einfach um«, sagte Bazel.

Irun spreizte die Finger. »Bist du sicher? Wenn ich ihr genug Schmerzen zufüge, kann ich sie sogar ohne Knebel kontrollieren. Ich bringe sie dazu, die Steine für dich einzusetzen.«

»Das möchte ich nicht.« Obwohl er Irun antwortete, begegnete Bazel nun Ilenis Blick. »Ich will Karyn nie wiedersehen.«

Irun trat vom Bett zurück. »Was bist du doch für ein erbärmliches Exemplar von einem Assassinen«, höhnte er. »Mach dir keine Gedanken, ich halte mich an unsere Abmachung. Du wirst beschützt. Aber was mit *ihr* geschieht, liegt nicht mehr in deiner Verantwortung.«

»Bring sie einfach um«, betonte Bazel erneut. Vermutlich sollte Ileni dafür dankbar sein. Als sie nach dem Knebel griff, schlug ihr Irun mit dem Handrücken gegen die Wange. Sie rollte zur Seite und ihr Schrei schnitt ihr die Luft ab.

»Dir fehlt es an Fantasie, Bazel«, sagte Irun. »Es gibt eine Menge äußerst interessanter Dinge, die wir vorher tun könnten.« Sie musste sich gar nicht umdrehen, um genau zu wissen, wie sein Lächeln aussah. »Außerdem können wir sie dazu benutzen, Sorin eine Botschaft zukommen zu lassen.«

Sie zuckte zusammen. Irun lachte. »Sorin, der Unnahbare. Ich wette, dein Tod wird ihm nahegehen. Aber du hast ihm nichts von *diesem* Treffen gesagt, oder, *Lehrerin?*«

Sie rollte sich auf den Rücken, und es gelang ihr, trotzig zu nicken.

»Ich glaube dir nicht.« Er beugte sich über sie und brach ihr mit einer nachlässigen Bewegung einen Finger.

Ileni schrie durch den Knebel. Ein hässlicher, rasselnder Laut. Sie schüttelte verzweifelt den Kopf und blinzelte die plötzliche Flut an Tränen rechtzeitig zurück, um zu sehen, wie Irun sich aufrichtete und den Kopf zur Seite legte. »Vielleicht sollten wir es trotzdem kurz machen. Nur um sicherzugehen.«

Ileni sah nicht, woher der Dolch kam, doch plötzlich war er in seiner Hand. Sie wand sich und trat mit dem Fuß nach ihm, eine Bewegung, die Sorin ihr beigebracht hatte. Irun wich dem Tritt problemlos aus, packte ihren Knöchel und zog ihn nach oben. Sie landete ungelenk mit einem Schlag, der ihre Knochen durchrüttelte, auf dem Boden.

Sie versuchte, sich selbst zu drehen, aber Irun setzte einen Fuß auf ihren Rücken. »Willst du es tun«, fragte er Bazel höflich frotzelnd.

Alles tat so schrecklich weh. Ileni griff mit ihrer unverletzten Hand unter das Bett, zog ihren Beutel heraus und schmiss ihn hinter sich. Die Bewegung verdrehte wieder ihre Schulter und neue Qualen schossen ihren Rücken hinab. Die Schutzsteine purzelten aus dem Beutel.

Irun sprang zurück und das drückende Gewicht seines Fußes verschwand. *Wir haben so lange in Angst vor Magiern gelebt* … Aber er hatte immer noch Angst vor Magie, und er wusste nicht, wozu die Steine fähig waren. Sie griff den nächstbesten und schickte ihn schlitternd … nicht Richtung Irun, sondern auf Bazel zu.

Er sprang aus dem Weg und Ileni hievte sich hoch und rannte die Steine wild zur Seite kickend zur Tür. Sie war noch nicht halb da, als Irun sie an den Haaren packte, sie herumriss, als würde sie nichts wiegen, und die Klinge sauber über ihre Kehle zog.

Sie warf den Kopf zurück, riss sich dabei Haare aus, und das Messer schnitt ihren Kiefer und ihre Wange hinauf. Zu spät. Die Klinge hatte die Haut durchbrochen und Atem und Blut trieben durch ihre Luftröhre.

Schmerzen wie diese hatte sie noch nie erlitten. Sie griff nach ihrer Kehle und Blut spritzte über ihre Finger, pulsierte heiß in schmerzenden Stößen, die sich durch ihren Verstand brannten und sie unaufhaltsam in blinde Panik stürzten. Irun ließ sie los und sie fiel sterbend zu Boden.

Doch Irun hatte auch durch ihren Knebel geschnitten.

Todesangst befeuerte ihre verbleibenden Kräfte. Sie bäumte sich auf und konzentrierte sich. Der Zauber war kurz, ein einziges Wort. Sie öffnete den Mund und schrie es durch das sie erstickende Blut, durch die unsäglichen Schmerzen und die allumfassende Panik hinaus. Das Wort schoss aus ihrer durchtrennten Kehle und in die Stille.

Ein neuer Blutstrom folgte ihm, floss zwischen ihren Fingern hindurch; doch dann war da wieder Luft statt Blut, die ihre sterbenden Lungen füllte und sich ihren Weg durch ihren Körper bahnte. Sie hielt nicht inne, um tief durchzuatmen. Sprang stattdessen auf die Füße, packte das Messer, das Irun nachlässig in der Hand hielt, und stieß es ihm in den Rücken.

Es war nicht schwer. Körperlich verlangte es all ihre Kraft und dennoch fiel es ihr unglaublich leicht. Er war nicht auf der Hut – er dachte, sie wäre tot – und sie wünschte seinen Tod mit jeder Faser ihres Daseins herbei. So sehr, dass sie das Messer noch tiefer hineinstach, als er zu schreien begann. Er drehte sich halb und fiel und wand ihr dabei das Messer, das immer noch tief in seinem Rücken steckte, aus der Hand.

Sie griff nach dem Messer. Sie würde auch Bazel töten.

Sie hätte es besser wissen müssen. Genau wie sie war auch Irun im Todeskampf noch gefährlich. Er packte ihren Knöchel und schleuderte sie – nur halb – durch den Raum, doch damit war das Messer näher bei Bazel als bei ihr. Ileni knurrte zu Bazel hoch, die Haare klebten ihr in Strähnen im Gesicht. Er brauchte kein Messer, selbst er konnte sie mit bloßen Händen töten.

Aber das musste er ja nicht wissen.

»Araskinbalum«, rief sie und hob eine Hand, als ob sie ihm etwas entgegenschleudern wollte. Und da erkannte sie, dass es mehr als ein Täuschungsmanöver war. Sie beschwor ihre gesamte verbliebene Magie und bereitete sich darauf vor, Bazel damit zu töten. Es war ihr gleich. Er sollte sterben. Sie wollte ihn *jetzt* tot vor sich liegen sehen.

Doch da war nichts mehr.

Kein noch so schwacher Rest von Kraft, kein lächerlicher Fetzen Magie. Nichts. Eine Leere, die von innen aufstieg und sie vollständig umschloss.

Ihre Magie war fort. Und dieses Mal für immer.

Sie ließ die Hand sinken, zu getroffen, um noch etwas vorzutäuschen. Es war egal. Bazel hatte blitzartig mit schreckgeweiteten, panischen Augen und seinen rötlich braunen Haaren das Weite gesucht. Die Tür schlug hinter ihm zu.

Ich werde dich trotzdem umbringen. Sie schleuderte ihm den Gedanken hinterher und ihre Fingernägel kratzten über den steinigen Fußboden.

Langsam kam sie auf die Füße. Irun lag reglos verdreht auf der Seite. Sie sah auf den Kadaver, auf das Messer, das sie dazu benutzt hatte, um seinem Leben ein Ende zu setzen, und fühlte eine süße, wilde Freude in sich. Selbst jetzt, da er tot war, hasste sie ihn. Sie wünschte, sie könnte ihn noch einmal töten.

Sie hätte über sich selbst entsetzt sein müssen. Aber sie war es nicht.

Sie ging beschwingt zu Iruns Leiche hinüber. Der Heilzauber hatte ihre Knochen und die Haut geflickt. Blut trocknete in ihrem Nacken, auf der Tunika und in ihrem Haar, ihre Kehle schmerzte, aber ansonsten ging es ihr gut. Besser als gut – selbst ihre Muskeln schmerzten nicht mehr, wie sie es sonst taten, seit sie regelmäßig mit Sorin trainierte. Sie kniete neben Iruns Leiche nieder, drehte ihn auf den Bauch und begutachtete das Messer, das zwischen seinen Schulterblättern herausragte. Vielleicht brauchte sie es noch.

Sie schloss ihre Finger um den Knauf. Sie sah auf ihre Hand, auf die schmalen, blutverschmierten Finger. Sie fühlte ein Lächeln in ihrem Gesicht.

Und plötzlich wusste sie, wer Cadrel getötet hatte.

Kapitel 17

Absalm«, schrie Ileni. »Zeig dich!«

Ihre Stimme hallte in dem großen, leeren Trainingsbereich wider. Sie stürmte durch ihn hindurch, während ihre Schuhe den Steinboden in kurzen, harten Stößen trafen.

»Absalm. Ich weiß, dass du lebst. Und ich weiß, dass du Cadrel getötet hast. Ich weiß, dass du hier bist. Wenn du nicht mit mir redest, werde ich …«

Sie marschierte in den kleineren Trainingsraum und da war er.

Ileni blieb im Eingang stehen. Absalm saß im Schneidersitz auf ihrem Platz – auf dem Platz des Lehrers. Er wandte ihr langsam den Kopf zu und nickte zu ihr hinüber.

Sie erkannte ihn sofort. Nicht wegen seines Gesichts, aber wegen seines Alters. Sie hatte so viel Zeit umgeben von jungen Männern und Kindern verbracht, dass sie fast vergessen hatte, wie Alter aussah: faltige und fleckige Haut, tief zerfurchte Stirn und gebeugte Schultern.

»Ileni«, sagte Absalm. Er hielt die Handfläche in einer Geste des Grußes vor sich, wie ein Ältester gegenüber einer Schülerin.

Fast wäre sie vorgetreten, um ihre Hand auf seine zu legen, doch sie hielt sich zurück. Tradition hin oder her, Ältester hin oder her, sie würde ihm diesen Respekt nicht zollen. Er hatte kein Recht darauf, von irgendeinem Renegai begrüßt zu werden.

»Ich hätte es wissen müssen.« Sie versuchte, unterkühlt zu klingen, aber ihre Stimme zitterte. »Als ich herausgefunden habe, dass Cadrel durch Magie zu Tode kam, hätte ich wissen müssen, wer ihn ermordet hat.«

»Warum wusstest du es dann nicht?«, fragte Absalm. Seine Stimme klang sanft, prüfend, als wolle er ihr dabei helfen, einen Fehler zu korrigieren.

Ileni ballte ihre blutverschmierten Finger zu Fäusten. »Weil ich die falsche Vorstellung vom Töten hatte. Ich dachte, es wäre schwer. Ich dachte, es wäre etwas, wofür man ausgebildet werden müsste.«

Absalm strich sich mit einem Finger übers Kinn und beobachtete sie nachdenklich. Ileni biss die Zähne zusammen. Sie verstand jetzt, warum Sorin ihre Fragen, wie Assassinen dazu überredet wurden zu töten, immer umgangen hatte.

Es amüsierte ihn, dass sie dachte, ein anderes menschliches Wesen zu töten wäre schwierig.

»*Warum?*«, fragte sie. »Warum hast du deinen Tod vorgetäuscht? Und warum hast du Cadrel getötet? Und warum …«

»Eine Frage nach der anderen.« Absalm hob seinen Finger. »Zuallererst: Ich habe meinen Tod vorgetäuscht, da es an der Zeit war, dass du mir nachfolgst.«

Totenstille. Sie starrte ihn sprachlos an.

»Sie hätten dich schicken sollen.« Er schüttelte bedauernd den Kopf. »Nicht Cadrel.«

»Mich? Warum hast du damit gerechnet, dass sie ausgerechnet mich schicken …« Ihre Worte erstarben auf ihren Lippen, als sie die Antwort fand. »Du *wusstest*, was mir zugestoßen ist? Dass ich meine Magie verloren habe? Wie konntest du das wissen?«

Absalms Augen waren sehr sanft. »Du erinnerst dich natürlich nicht daran, aber ich war der Älteste, bei dem du deine erste Prüfung abgelegt hast.«

Ileni hatte eine vage Erinnerung daran, aber der Älteste, der sie geprüft hatte, war darin nur eine schimmernde blaue Robe und ein gesichtsloser Erwachsener. Sie sah langsam in Absalms Gesicht, auf seine faltige Haut und in die dunkelgrauen Augen.

»Du warst unglaublich kraftvoll«, sagte Absalm. »Du hast bestanden, ohne dich anzustrengen. Ein Wunderkind. Aber ich konnte damals schon erkennen, dass deine Kräfte nicht von Dauer sein würden.«

Der Angriff, den Sorin ihr beigebracht hatte, funktionierte.

Ileni hatte die Höhle sekundenschnell durchquert und drückte ihren Unterarm gegen seine Kehle, ihr Atem zischte zwischen ihren Zähnen hervor.

»Du wusstest es?« Sie drückte fest genug zu, um ihm wehzutun, und ohne Rücksicht darauf, ob sie es übertrieb. »Du hast mich in dem Glauben aufwachsen lassen, dass ich mächtig wäre, obwohl du *wusstest,* dass ich alles verlieren würde, wenn ich alt genug wäre …«

Ein Windstoß hob sie von den Beinen und rammte sie gegen die gegenüberliegende Mauer. Instinktiv beschwor Ileni ihre Verteidigungsschilde, scheiterte jedoch kläglich. Tränen schossen ihr in die Augen.

»Es war notwendig«, sagte Absalm.

»Warum?«

Er senkte den Kopf. »Dies ist nicht der Zeitpunkt für Erklärungen. Du musst dich selbst wieder unter Kontrolle bringen.«

Ilenis Zorn war wie ein lodernder Brand in ihrer Brust und machte ihr das Atmen schwer. Sie wollte etwas zerschlagen. Dinge zerschmettern, etwas zerbrechen, die Höhle in Schutt und Asche legen. Alles zerstören, was anderen etwas bedeutete, damit sie sich wie sie fühlten.

Aber das war nicht möglich. Sie konnte nur ihre Fäuste ballen und heiße, nutzlose Worte ausspucken. »Du lügst mich an! Die Ältesten hätten dabei nie mitgemacht – nicht all die Jahre –, sie haben an mich *geglaubt!* Sie haben mich nicht getäuscht.«

»Nein. Das haben sie nicht.« Absalms Stimme und sein Gesicht waren aufreizend gelassen. »Aber ich wusste, dass die Ältesten die Gelegenheit beim Schopf packen und dich hierherschicken würden, sobald die Wahrheit über deine Kräfte ans Licht kam. Deshalb habe ich meinen Tod vorgetäuscht. Um ihnen eine Gelegenheit zu bieten. Ich weiß nicht, warum sie ausgerechnet Cadrel geschickt haben.«

»Er hat sich freiwillig gemeldet«, sagte Ileni wie betäubt. »Seine Frau war gestorben …« Seine Augen taxierten sie unverwandt. »Und du hast ihn umgebracht. Damit sie mich als Nächste schicken.«

»Gib dir nicht die Schuld …«

»Ich gebe«, unterbrach Ileni, »nicht *mir* die Schuld.«

»Oder mir«, beendete Absalm etwas überhastet seinen Satz. Sein abschätzender Blick wurde wachsam. »Ich wollte ihn nicht umbringen. Ich dachte, er könnte seinen Tod vortäuschen wie ich, die Illusion einer Leiche heraufbeschwören und im Verborgenen bleiben. Aber er war … er wollte davon nichts hören. Ich habe versucht, es zu erklären.«

»*Was* zu erklären?«

Absalm schüttelte den Kopf.

Ilenis Fingernägel schnitten in ihre Handfläche. »Welchen Nutzen kann ich überhaupt für dich haben? Ich habe keine Magie. Ich bin nutzlos!«

»Du bist alles andere als *nutzlos*, Ileni. Du besitzt Fähigkeiten. Größere Fähigkeiten als irgendjemand sonst, der mir über den Weg gelaufen ist. Und du bist dazu ausgebildet, diese bestmöglich einzusetzen.« Er kam langsam auf die Füße. Er trug nicht die blaue Robe der Ältesten, sondern die unauffällige graue Kleidung der Assassinen. »Deshalb war die Täuschung notwendig. Damit du ernsthaft ausgebildet werden konntest. Es tut mir wirklich leid, dir damit Schmerz zugefügt zu haben.«

Schmerz zugefügt. Ileni ballte die Fäuste.

»Wer wusste es noch?«, flüsterte sie.

»Niemand.«

»Selbst der Meister der Assassinen nicht?«

»Nun. Natürlich wusste es der Meister.« Er klang schockiert. »Korjan und ich, wir sind … befreundet, wenn ich das so sagen darf. Seit unserer Kindheit. Er hat mir gezeigt, was man alles erreichen könnte, wenn die Renegai und die Assassinen nur ihre Begabungen vereinen würden.«

»Seit deiner Kindheit …« Sie sog die Luft ein. »Du meinst, seit er in unserem Dorf war, um einen von uns zu töten. Einen *Renegai!*«

Absalm zupfte sich am Ohrläppchen, ließ die Hände dann in den Schoß sinken. Der ruhige, entrückte Ausdruck legte sich wieder über sein Gesicht. »Der für das größere Ziel gestorben ist.«

Das hatte sie schon einmal gehört. »Was für ein *größeres Ziel?* Was planst du? Sag es mir!«

Selbst in ihren Ohren klang das leicht hysterisch, und sie war daher nicht überrascht, als Absalm nur den Kopf schüttelte. »Es tut mir leid, dass wir dieses Gespräch jetzt führen müssen.« Er klang aber nicht, als ob es ihm leidtäte. Er klang wohlwollend und väterlich. »Du hättest die Wahrheit nicht so früh herausfinden sollen. Ich wollte warten, bis ich sicher bin …«

»Dass ich wie du bin?« Sie strich sich einen Haarklumpen von der Wange und hoffte, dass kein Blut mehr in ihrem Gesicht klebte. »Einer von ihnen etwa? Das wäre nie passiert.«

»Nein?« Er klang sehr sanft und plötzlich war sie sich sicher, dass er von allem wusste: der Feier, den Kampfstunden und – vor allem – von Sorin. Röte schoss ihr ins Gesicht.

»Komm schon, Ileni. Du musst doch inzwischen begriffen haben, dass die Assassinen nicht unbedingt so sind wie das Bild, das die Ältesten von ihnen gezeichnet haben.« Absalm lehnte sich mit sanften grauen Augen vor und fuhr in seiner schrecklich gütigen, unerbittlichen Stimme fort: »Ich denke, du solltest dir Zeit nehmen. Du hast eine Menge zu verarbeiten. Wenn wir uns wieder sprechen …«

Sie wartete nicht darauf, dass er den Satz beendete. Mehr als alles in der Welt wollte sie den Raum verlassen, in dem Mörder ausgebildet wurden und wo einer ihrer eigenen Ältesten sie ganz nach den mysteriösen Plänen des Meisters in eine Falle gelockt hatte. Sie durchschritt die Tür, bevor sie groß darüber nachdenken konnte, ihre eigenen Fußtritte pochten dabei in ihren Ohren. Dann rannte sie die Treppen hinunter und durch die Gänge – zu der einzigen Person in diesen Höhlen, von der sie zumindest dachte, sie könne ihr trauen.

Sorin schlief tief und fest, als Ileni seine Tür aufriss, doch nur für den Bruchteil einer Sekunde. Dann hatte er den Raum durchquert, drückte sie gegen die Wand und hielt ihr eine Klinge an die Kehle. Ileni erstarrte und ihr Atem kam in schmerzhaften Stößen.

Seine Augen begegneten ihren, kalt und tödlich, und die Kante des Messers presste gegen ihre Haut. Dann verwandelte sich sein Ausdruck in Entsetzen. Er senkte das Messer und trat zurück. »Ileni. Das war nicht sonderlich schlau.«

»Ich weiß. Es tut mir leid …« Und dieses Mal versuchte sie nicht, die Tränen zurückzuhalten.

Aber dieses Mal beobachtete er ihr Weinen auch nicht vom anderen Ende des Raums aus.

»Er ist nicht tot«, schluchzte Ileni gegen Sorins Schulter, seine Arme lagen fest und stark um sie. Seine Lippen streiften ihr Haar. Ihr blutverschmiertes Haar. »Absalm. Er ist hier, und er – er …« Sie zog sich leicht zurück, als er überrascht zusammenzuckte. »Irun ist es aber. Tot, meine ich.« Sie brach in lauteres Schluchzen aus und vergrub ihr Gesicht wieder in seiner Tunika.

Sorin wartete ab, bis sie sich beruhigt hatte, bevor er angespannt vorschlug: »Warum fängst du nicht ganz von vorne an?«

Und das tat sie dann auch, beginnend mit Bazels Klopfen

an ihrer Tür. Sie ließ nur das Schlimmste aus, was ihr in dieser Nacht widerfahren war: den endgültigen Verlust ihrer Magie. Sie überlegte kurz, ihm auch das zu sagen, doch die Worte blieben ihr einfach im Hals stecken.

Nachdem sie ihm alles erzählt hatte, saßen sie nebeneinander auf dem Bett. Sorin hielt ihre beiden Hände in seinen und knetete sie gelegentlich beruhigend. Dann fragte er schließlich: »Und du hast keine Ahnung, was er von dir will?«

Ileni schüttelte den Kopf. Ihre Haut spannte unter den getrockneten Tränen und dem Blut. »Aber es ist alles Teil eines Plan – er hat es geplant, noch bevor … bevor ich geboren wurde, glaube ich.«

»Hat er wirklich gesagt, es sei an der Zeit, dass die Renegai und Assassinen ihre Fähigkeiten vereinen? Wie soll das denn funktionieren?«

»Ich habe keine Ahnung.«

»Aber der Meister weiß es.« Sorin atmete erleichtert aus.

Ileni entzog ihm die Hände. »Damit fühle ich mich auch nicht besser.«

»Wenn wir zu ihm gehen …«

»Wird er denn die Wahrheit sagen? Obwohl Absalm es nicht tut?« Sie kletterte vom Bett. »Nein. Karyn ist diejenige, die am ehesten Antworten für uns hat.«

Sorin schüttelte den Kopf.

»Wir wissen jetzt, dass sie niemanden getötet hat. Jedenfalls hat sie weder Absalm noch Cadrel auf dem Gewissen.

Und sie hat auch keinen Grund, mich zu töten. Sie ist aus einem anderen Grund hier.«

»Und der wäre?«

»Ich weiß es nicht. Aber es hat etwas mit Absalms Plan zu tun. Er hat schließlich Kontakt zu ihr aufgenommen. Und das sicher nicht nur, weil er Appetit auf Schokolade hatte. Bazel hat erzählt, dass er sie über Magie befragt hat …« Ileni holte tief Luft. »Wenn sie immer noch hier ist, muss ich sie finden. Und ohne deine Hilfe schaffe ich das nicht.« Sie griff wieder nach seinen Händen. »Sorin, *bitte.*«

Im dämmrigen Licht der Glimmsteine beugte sich Sorin mit von Linien und Schatten gezeichnetem Gesicht vor. »Warum brauchst du meine Hilfe? Kannst du deine Magie nicht einsetzen?«

Ileni zögerte. Jetzt konnte sie ihm endlich die Wahrheit sagen. Sie war schließlich zu ihm gekommen, weil sie ihm vertraute … doch da hatte er den Meister noch nicht erwähnt. »Ich habe nichts von ihr, was ich für einen Suchzauber verwenden könnte. Wenn sie sich irgendwo in den Höhlen aufhält, sind wir auf deine Fähigkeiten angewiesen, sie zu finden.«

»Und was für Fähigkeiten sollen das sein?«

»Ich habe keine Ahnung. Kannst du sie nicht aufspüren oder so etwas?«

»Und wo genau soll ich damit anfangen? Die Höhlen sind so riesig, dass niemand sie je ganz erforscht hat, selbst ich nicht. Karyn könnte überall sein. Wir könnten Jahre damit verbringen, sie zu suchen, ohne sie zu finden.« Sorin stand auf. »Kannst du nicht versuchen, ihre Magie aufzuspüren?«

»Sie weiß, dass ich hier bin. Sie wird sich gegen mich schützen.«

»Bist du denn nicht stark genug, um ihre Schilde zu durchbrechen?«

Sie fand ihre Stimme nicht. Zum Glück missverstand Sorin ihr Schweigen und hielt beide Hände hoch. »Es tut mir leid, Ileni. Ich habe nicht gemeint …«

»Wirst du mir jetzt helfen oder nicht?«

Sorin atmete aus und sagte mit unbestimmtem Gesichtsausdruck: »Wir gehen das alles falsch an. Wenn Karyn noch hier ist, dann versteckt sie sich bestimmt nicht in weit entfernt gelegenen Höhlen. Sie will etwas. Vielleicht findet ja *sie uns*, wenn wir zum Fluss zurückgehen. Oder zumindest ist sie nahe genug, um sie aufzuspüren.«

Ileni schluckte ein Danke hinunter, von dem sie annahm, dass er es nicht hören wollte. »Du könntest recht haben.«

»Gut.« Sorin zog sie auf die Füße. »Dann lass uns aufbrechen.«

Das Ufer lag dunkel und still da, als Ileni und Sorin den schmalen Pfad die Klippen hinunter nahmen. Ileni, die Sorins Waschschüssel verwendet hatte, um sich das Blut von den Händen zu waschen – und, weniger erfolgreich, aus den Haaren –, trat mit einem erleichterten Seufzen vom

Überhang auf den Boden und löste den Blick von dem großen dunklen Fleck auf dem weißen Fels.

Sorin rollte ein dickes Seil, das er auf dem Weg hierher aus dem Lagerraum mitgenommen hatte, ein Stück ab, knotete eine Schlinge an ein Ende und schloss dann seine Hand um den vierzackigen Haken am anderen Ende.

»Das Seil, das Bazel benutzt hat, ist weg«, sagte er. »Bedeutet das, sie war hier und hat es hochgezogen?«

»Nicht unbedingt. Vielleicht hat sie es mit Magie erschaffen und es ist kurz darauf einfach verschwunden.« Eine Leistung, die Ileni selbst auf dem Höhepunkt ihrer magischen Kraft ausgelaugt hätte. Wenn sie sich in Karyns Motiven irrte, würde die mächtige Magierin sie ohne den Hauch einer Anstrengung umbringen.

Ileni schluckte schwer. Unter ihrer Tunika verbarg sie zwar ein Messer – Sorin hatte darauf bestanden –, aber sie fühlte sich vollkommen schutzlos. Sie widerstand der Versuchung, näher an Sorin heranzutreten.

Er nickte, lehnte sich zurück, schwang das Seil in ein paar raschen Kreisen und warf es über die Klippe. Der Metallhaken an seinem Ende prallte dumpf über ihnen auf. »Willst du zuerst hoch?«

Sie sah ihn ungläubig an.

»Hm.« Er besaß diese Art zu lächeln, ohne zu lächeln. Diesen Ausdruck mochte sie am allerliebsten an ihm. »Es gibt nur ein Seil, das heißt, wir müssen nacheinander hinaufklettern.«

»Können wir nicht einfach den Pfad nehmen?«, schlug Ileni schwach vor.

»Gerade nach oben wäre doch leichter für eine Magierin, oder? Wenn Karyn sich tiefer in den Höhlen verstecken wollte, dann wäre sie geradewegs die Klippen hinaufgeklettert. Wenn wir denselben Weg nehmen, habe ich alles im Blick und mir entgeht nichts.« Er ruckte zweimal am Seil und wandte sich zu ihr. »Ich ziehe dich nach mir hoch. So schwierig ist das nicht.«

»In Ordnung.«

Sorin stemmte einen Fuß gegen die Klippe und lehnte sich zurück. Das Seil spannte sich. »Besser, du rufst dein eigenes Magierlicht, sonst wird es stockdunkel, wenn ich weg bin.«

Ileni schüttelte den Kopf. »Ich sollte meine Magie schonen. Wenn ich gegen sie antreten muss, dann werde ich all meine Kraft brauchen.«

»Na gut.« Sorin atmete aus und ein neues Magierlicht flackerte direkt über Ilenis Kopf auf. Dann drehte er sich leicht und war verschwunden, tanzte das Seil mit einer Geschwindigkeit hoch, die ihr Herz in der Kehle stocken ließ.

Einige Momente war sie allein, der Fels lag bis auf den dunklen Blutfleck flach und weiß vor ihr, der Schwarze Fluss zog murmelnd an ihr vorüber. Sie drehte sich in einem schmalen Kreis und starrte misstrauisch in die Schatten, bildete sich das Atmen eines anderen ein. Dann beruhigte sich das Seil. Sorin hatte die Spitze erreicht.

Sie stieg linkisch in die Schleife, klammerte sich mit beiden Händen fest und schloss die Augen. Das erwies sich als Fehler, als das Seil seinen ersten Ruck nach oben tat und ihr Kopf gegen die Felswand prallte. Sie öffnete die Augen und nutzte ihre Füße, um sich von der Klippe abzustoßen, während sie sich immer weiter vom Boden und dem Fluss unter sich entfernte. Sorins Magierlicht reiste mit ihr, und aus dieser Höhe sah das Wasser wie schwarzer Marmor aus, so still wie der weiße Felsen, der sich scharf davon abhob.

Als sie schließlich auf die Klippenspitze kletterte und sich aus dem Seil befreit hatte, schenkte ihr Sorin ein anerkennendes Nicken, bevor er das Seil aufrollte und es wieder in sein Bündel packte. Er senkte den Kopf gen Boden. »Sieht so aus, als hättest du recht gehabt.«

Ein Paar schmaler Fußspuren zeichnete sich kaum sichtbar im Staub ab, der den Felsen bedeckte.

»Die waren letztes Mal noch nicht da«, sagte Sorin.

Ileni starrte ihn an. »Das letzte Mal, als du Bazel verfolgt hast? Vielleicht hast du sie einfach übersehen?«

»Nein«, antwortete Sorin ohne Umschweife.

Sie öffnete den Mund, beschloss dann aber, nicht zu diskutieren. »In Ordnung. Offensichtlich *ist* Karyn immer noch hier.« Sie holte tief Luft. »Lass uns herausfinden, was sie uns zu sagen hat.«

Sorin streckte die Hand vor und berührte ihre Wange. Er rieb mit seinem Finger über ihre Haut und schnippte dann ein Blättchen getrockneten Bluts weg.

Hitze stieg Ileni ins Gesicht. »Entschuldige.«

»Wofür?« Sorin grinste sie an. »Du solltest stolz sein. Du hast Irun besiegt.«

Eine Welle von Übelkeit überrollte sie. Sie roch immer noch schwach das Blut, als wäre sein Geruch in ihren Nasenflügeln festgebacken. »*Gratulier* mir nicht. Es war Notwehr. Ich wollte nicht …« Aber sie hatte es gewollt. Als sie mit dem Messer zugestoßen hatte, *wollte* sie ihn töten. Sie hatte ihn gehasst und wollte ihn tot sehen.

Sie wandte sich ab und Sorin sagte rau: »Ich wollte nicht – Ileni, nicht. Es ist egal. Wenn du Irun nicht getötet hättest, dann hätte ich es für dich getan.«

Und er hätte gar nicht erst vorgegeben, es wäre etwas anderes als Rache. Es hätte ihm überhaupt nichts ausgemacht.

»Gut, dass du es nicht getan hast«, sagte sie schärfer als geplant. »Was zwischen uns ist, würde den Moment nicht überleben, in dem ich dich jemanden töten sehe.«

Sorin erstarrte und wandte ihr abrupt den Rücken zu. »Dann lass uns hoffen, dass du mächtig genug bist, um Karyn zur Zusammenarbeit zu bewegen.«

Ileni holte tief Atem. Es war nicht fair, ihn blind loszuschicken. »Ich kann … ich kann nicht gegen sie antreten. Du weißt nicht …«

»Mach dir keine Gedanken«, antwortete er steif. »Wenn Irun einen Magier des Imperiums besiegen kann, kann ich das auch.«

»Oder sie könnte dich töten.«

Er zuckte die Achseln. »Selbstverständlich.«

Ileni kämpfte damit, ihre Atmung zu kontrollieren. Er war unbestritten waghalsig, aber auch mutig; und er tat all das im Grunde für sie. Sie gestikulierte in Richtung des Felsens, der sich vor ihnen ausbreitete. »Nach dir.«

Die Spur führte beständig einen unebenen, schräg abfallenden Fels hinunter. Die Fußspuren verschwanden nach ein paar Minuten, aber Sorin lief weiter, seine Augen schnellten vom Boden zu den Brocken, die sich um sie herum auftürmten, hin zu den Stalaktiten, die über ihnen hingen. Welche Hinweise auf Durchgänge er auch immer sehen mochte, Ileni konnte sie nicht erkennen, aber sie folgte ihm schweigend. Als der Weg breit genug war, damit sie Seite an Seite gehen konnten, griff sie nach seiner Hand und war erleichtert, als seine warmen Finger ihre umschlossen. Plötzlich musste sie Tränen wegblinzeln, und sie war froh, dass er sich zu sehr auf den Boden vor ihnen konzentrieren musste, um es zu bemerken.

Nach ein paar Minuten endete die Spur an einer Wand, und Sorin ließ ihre Hand los, damit er sich durch eine schmale Spalte zwängen und auf einen Felsvorsprung klettern konnte. Der Vorsprung ging in einen Tunnel über, der so niedrig war, dass Ileni auf den Armen vorwärtsrobben musste, ihr Körper schrammte dabei gegen die Steine.

Der Tunnel schien endlos. Sie musste ihren Kopf unten

halten, damit sie nicht gegen die zerklüftete Decke stieß, sodass es unmöglich war, ein Gefühl dafür zu bekommen, wie weit es noch war oder wie viel bereits hinter ihr lag. Zweimal war sie kurz davor, Sorin vor sich zu bitten, langsamer zu machen. Jedes Mal hatte sie den Mund geöffnet und sich dann gezwungen, ihn wieder zu schließen und sich weiterzuziehen.

Dann schrammte Sorins Körper vor ihr plötzlich nicht mehr gegen Felsen, und sie zog sich so fest nach vorne, dass ihr ein kantiger Felsen in den Arm schnitt. Einen Augenblick später konnte sie bereits knien und dann aufstehen. Erleichterung durchflutete sie, als sie stand, bis sie die gähnende Leere vor sich sah.

Der Boden fiel unvermittelt ab, als hätte ihn Magie abgeschnitten. Unter ihnen klaffte unendliche Dunkelheit, ein Raum, so weit und tief, dass sie weder vor sich noch an den Seiten auch nur den Ansatz von Felsformationen ausmachen konnte.

»Sie muss einen anderen Weg genommen haben«, schlug Ileni hoffnungsvoll vor. Aber Sorin hatte bereits das Seil hervorgeholt und band es ihr fest um Beine und Hüfte.

»Diesmal musst du zuerst gehen.« Seine Finger fuhren über ihre Tunika, als er das Seil festzurrte, und verweilten kurz auf ihrer Hüfte. »Für dich ist es einfacher, wenn ich das Seil von hier hinunterlasse.«

Ileni sah in den Abgrund hinab und dann zu Sorin.

»Gut«, sagte sie.

Nur sein unvermitteltes, überraschtes Grinsen hielt sie davon ab davonzurennen, bis das Seil sie sicher umschlang und sie mit dem Rücken zu der klaffenden Leere hinter sich am Rand der Klippe balancierte. Dann stieg so rasch Panik in ihr auf, dass sie sie nicht niederringen konnte. »Sorin …«

»Lehn dich zurück. Wenn du erst einmal spürst, wie dich das Seil hält, wirst du keine Angst mehr haben.«

Es schien ihm wirklich ernst damit. Sie begann sich zu winden, doch Sorin sagte scharf: »Schau nicht nach unten, schau zu mir.«

Sie sah ihn an. Seine Augen waren so schwarz wie die Weite hinter ihr, seine Züge scharfe, in Schatten getauchte Linien. Er sah wild und gefährlich aus, aber er wartete geduldig auf sie. Seine starken Hände umklammerten das Seil.

Sie heftete ihren Blick auf ihn und lehnte sich zurück, selbst als all ihre Instinkte schrien, es nicht zu tun, um nicht abzustürzen.

Sorin behielt recht. Sobald sie den Punkt erreichte, an dem sie schreiend in den Abgrund hätte stürzen sollen, fühlte sie, wie sich das Seil fester um sie legte und sie aufrecht hielt. Sie stemmte ihre Füße gegen die Klippe und schwebte horizontal über dem Nichts.

Sorins Augen funkelten und plötzlich sah er überhaupt nicht mehr gefährlich aus. »Stoß dich mit den Füßen ab.«

Sie beugte die Knie und stieß ihre Füße von der Klippe ab. Sorin gab Seil nach, und sie pendelte in der Dunkelheit, bevor sie wieder etliche Meter weiter unten an der Felswand landete. Sie lachte laut und stieß sich erneut ab, noch bevor sie Sorins Lachen hörte, das ihrem antwortete.

Es fühlte sich wie Fliegen an. Heiterkeit durchfloss sie, als sie sich immer fester von der Klippenwand abstieß und immer weiter und schneller flog, bis sie Sorins Umrisse über sich kaum mehr erkennen konnte.

Und dann endete die Klippenwand.

Die Erkenntnis traf sie, kurz bevor ihr nächster Schwung sie nach unten und damit unter den Felsen katapultierte. Ihr Kopf streifte die untere Kante der Klippe und dann schwang sie unkontrolliert durch die Dunkelheit und wartete auf den Aufprall, mit dem sie sich losreißen und in den Tod stürzen würde.

»Ileni!«, rief Sorin von oben.

Ihre Antwort bestand in einem Luftschnappen. Die Klippe war so scharf nach innen abgefallen, dass sie den Fels nicht mehr erreichen konnte. Sie konnte ihre Füße nicht mehr abstemmen, hatte keine Möglichkeit, ihren Fall zu verlangsamen. Panik breitete sich in ihr aus.

Als sie wieder wild von den Felsen wegschaukelte, ruckte das Seil nach oben und brachte sie zurück auf die Höhe, in der die Felswand noch in Reichweite war. Sie streckte die Füße aus und prallte damit auf den Fels. Sie wimmerte, beugte die Knie und schwang ohne es zu wollen zurück – diesmal jedoch nicht ganz so weit und nicht ganz so schnell. Zwei weitere Pendelschwünge, und sie hatte sich gefangen, ihre Füße fest am Felsen. Das Seil zitterte nur noch ein wenig.

Nie hätte sie gedacht, dass sich das sicher anfühlen könnte. Aber genau das tat es. Sie sah nicht in das Nichts unter sich.

»Hier ist kein Fels mehr«, rief sie hinauf. Ihre Stimme zitterte.

»Dann lass ich das Seil langsam herunter, bis du auf Boden triffst. Halt dich fest.«

»Warte …« Aber er hatte bereits angefangen und ihre Füße glitten über Stein und baumelten dann im Nichts. Ihr Körper zuckte, als sie sich fester an das Seil klammerte, und es fing an, sich zu drehen. Es ließ sie beängstigend von links nach rechts schwingen, als sie immer tiefer in die Höhle abgesenkt wurde.

Dann endete die Abwärtsbewegung mit einem Ruck. Das Drehen allerdings nicht, und Ilenis Magen hob sich. Zum Glück hatte sie seit Stunden nichts gegessen.

»Sorin?«

»Wir haben kein Seil mehr.« Seine Stimme klang weit weg, aber deutlich. »Einen Moment.«

Etwas zischte an ihr vorbei und sie hörte ein Platschen unter sich.

»Gut«, sagte Sorin. »Der Abstand sollte zum Springen reichen.«

Wehmütig dachte Ileni an die Zeit zurück, als es ihr egal war, ob sie starb. Dann arbeitete sie sich ungelenk aus dem Gurt und versuchte, nicht darüber nachzudenken, was sie tat.

Sie hätte sich keine Gedanken machen müssen. In ihrem Kampf, sich aus dem Gurt zu befreien, verlor sie den Halt. Nach einem kurzen, beängstigenden Sturz vornüber spritzte ihr eisiges Wasser ins Gesicht, mit einem scharfen Schrei war sie auf Händen und Knien in unfassbar kaltes Wasser gestürzt.

Eiskalt, aber flach; es ging ihr nicht einmal bis zum Ellbogen. Sie kniete darin, schnappte nach Luft und kam dann auf die Beine. Als Sorin direkt neben ihr landete, trafen sie erneut eisige Spritzer.

Sein Magierlicht beleuchtete den unterirdischen See, der so ruhig dalag, dass er fast unsichtbar war. Unter der Wasseroberfläche konnte sie so klar weiße Felsformationen erkennen, als wären sie überhaupt nicht mit Wasser bedeckt. An den Ufern befanden sich weitere Strukturen, wie kleine Burgen und Forts, die aus glänzenden, farnartigen Steinen geformt schienen. Ranken aus Stein so dünn wie Blumenstängel und genauso unheimlich weiß überzogen den Boden. Ileni holte tief Luft. Sie fühlte sich wie ein Eindringling, plump und linkisch an einem Ort, wo Menschen nicht vorgesehen waren.

»Sorin. Vielleicht sollten wir …«

»Schh!«, zischte er scharf, und sie presste ihren Mund genau in dem Moment zu, als ein weiteres Licht über ihnen aufflackerte. Es erleuchtete einen Schlund etliche Meter vom Rand des Sees entfernt, und hinter ihm eine flache weiße Felswand, die von tiefen Furchen gezeichnet war und einen riesigen Durchgang aus schimmerndem Stein umrahmte.

Karyn stand wartend im Bogen.

Kapitel 18

Die Magierin stand mit gespreizten Beinen da, ihr Gesicht war entrückt und ruhig. Ihre grüne Tunika und die schwarzen Strümpfe waren schmutzbefleckt und zerrissen, doch sie sah dennoch majestätisch aus. Das Magierlicht schwebte etliche Meter über ihrem Kopf, unter der weißen Decke, die von Löchern durchfressen war und an der winzige Tropfen glitzerten.

Sorin sprang aus dem Wasser auf das weiß-felsige Ufer und bewegte sich mit solcher Anmut, dass Ileni noch nicht einmal ein Platschen hörte. Karyn hob die Hand und eine Reihe von dicken weißen Stalaktiten brach von der Decke und landete in einer Abfolge widerhallenden Krachens direkt vor ihm. Sorin blieb stehen, und Ileni kraxelte aus dem See, um sich neben ihm zu postieren. Wasser schwappte in ihren Schuhen.

»Nun«, sagte Karyn freundlich. »Hier sind wir also alle.«

Ileni schloss kurz die Augen und versuchte, Karyns Kraft zu erspüren. Doch die Magierin fühlte sich vollkommen alltäglich an, ohne auch nur einen Funken Magie.

Irgendetwas stimmte hier nicht.

Sorin umrundete den heruntergestürzten Stein vor ihm, und Ileni folgte ihm, als würde jeder zusätzliche Schritt etwas ausmachen. Tat er nicht. Der Abgrund zwischen ihnen und Karyn spannte sich weit, bildete einen Keil aus Dunkelheit zwischen alldem überirdischen Weiß, und noch immer spürte sie keine Magie.

»Wir sind zum Reden hier«, sagte Sorin.

»Ich ebenfalls.« Karyn lächelte. »Aber nicht mit dir.«

Sie schwang herum, um Ileni anschauen zu können. Ilenis Magen krampfte sich zusammen und sie hob das Kinn.

»Ich verwirre dich, stimmt's?« Karyn tauchte ihre Hand unter die Tunika. »Erlaube mir, dich zu erhellen.«

Sorin zischte und duckte sich auf die Fußballen. Ileni griff nach dem Messer unter ihrer Tunika. Aber Karyn hielt nur einen perfekt runden Stein hoch, der so klein war, dass er genau in ihre Handfläche passte.

Die Luft entwich mit einem Wusch aus Ilenis Körper. Der Stein war wunderschön – gläsern und klar, mit einem Dutzend schimmernden Farben, die unter seiner Oberfläche herumwirbelten. All ihre Sinne loderten mit dem Gefühl von Magie, von Kraft auf. Er wisperte von allem, was sie verloren hatte.

»Was ist das?«, wollte Sorin wissen.

»Ich weiß es nicht«, flüsterte Ileni, und es war ihr egal, was er von ihrer Unwissenheit dachte. Sie konnte ihre Augen nicht von dem Stein lösen. Die Kraft darin war zu mächtig und weitreichend, um in einen so kleinen Gegenstand gepresst zu sein, sie rief nach ihr mit hypnotischer Dringlichkeit.

Karyn hielt den Stein vor sich, ganz so, als ob sie einen besseren Blick darauf werfen wollte. »Wir nennen sie Lodesteine. Sie speichern magische Energie.«

Schwarze Magie! Ileni versuchte, ihren Blick davon loszureißen, doch es gelang ihr gerade lang genug, um die Begierde in Sorins Augen zu sehen, als er mit dem Blick eines Raubtiers einen Schritt nach vorne glitt.

Karyn sah es auch und lachte. »Er kann nur von jemandem benutzt werden, der keine eigene Kraft besitzt. Versuch es also gar nicht erst.«

Ilenis Herz pochte so heftig, dass es schmerzte, und ihr Atem stockte jedes Mal, wenn sie Luft holen wollte. All die Kraft, gefangen ... sie sah vor sich, wie sie die Stärke in sich aufnahm. Wieder erfüllt von Magie zu sein, alles tun zu können.

Es würde nicht ewig halten. Sie würde die Kraft verbrauchen und die Magie wäre verschwunden. Dann würde sie wieder mit dem Verlust leben müssen. Aber das war ihr egal. Noch nie in ihrem Leben hatte sie etwas so sehr gewollt.

Karyn hob die Augenbraue. »Jetzt doch interessiert daran, mit mir zu reden?«

Ilenis Mund war zu trocken, um Worte zu formen.

»Ich denke, wir nehmen das«, sagte Sorin und zog zwei Messer unter der Tunika hervor.

Die Klingen funkelten in einem wirbelnden Silberstreifen über den Abgrund. Magie blitzte blendend kraftvoll von Karyn aus, und die Messer flogen zurück, auf Sorin zu.

Sorin duckte sich weg, als kämen sie in Zeitlupe, und rannte ungebremst direkt auf den Abgrund zu. An der Kante katapultierte er sich über die schwarze Leere hinweg.

Ileni konnte einen kurzen, herausgewürgten Schrei nicht unterdrücken. Der Sprung erschien ihr unmöglich. Doch Sorins Hände prallten auf den Felsen an der anderen Seite, er krümmte sich zu einem Ball zusammen und rollte herum. Als er geschmeidig und flink wieder auf die Füße kam, hatte er bereits ein weiteres Messer in der Hand, seine Spitze nur Zentimeter von Karyns Kehle entfernt.

Karyn senkte die Hände und seufzte. Sacht verstaute sie den Lodestein in ihrer Tunika. Ileni fühlte, wie ein Schild hochging, und dann verstummte der Stein für ihre Sinne. Seine plötzliche Abwesenheit ließ die Höhle matter wirken. »Du langweilst mich, Assassine.«

»Ileni«, sagte Sorin ungemein ruhig, »durchbrich ihre Schilde.«

Ileni öffnete den Mund, schloss ihn dann wieder. Die Stille dehnte sich in einem langen, schrecklichen Augenblick. Sorin schaute zu ihr und sein rascher Blick sprach von Verrat.

Er wusste nicht, dass sie es nicht konnte. Er dachte, sie hätte sich dagegen entschieden.

Sorin. Nein. Ileni hatte es die Sprache verschlagen. Sie konnte kaum atmen.

Karyn lachte erneut. Sie drehte sich auf dem Absatz um, als ob Sorin überhaupt nicht da wäre, und er stürzte vorwärts und stach zu. Sein Dolch glitt an der Seite von Karyns Hals ab, als wäre er aus Marmor und nicht aus Fleisch und Blut. Sie blieb unverletzt. Als er den Angriff abschloss, drehte er sich und hakte Karyns Beine mit seinen unter, sodass beide hart auf den flachen Fels schlugen.

Sie rollten einmal herum, und dann war Sorin obenauf, kniete über der Magierin mit um ihren Hals gelegten Fingern. Der Dolch war fort, doch er brauchte ihn nicht. Seine Finger gruben sich fest in Karyns Kehle. Ihre Augen flackerten benommen – ihr Kopf war hart auf den Felsen geschlagen –, und sie öffnete den Mund, doch es kam nur ein Krächzen heraus. Seine Finger drückten zu, und ihre Absätze kickten verzweifelt gegen den Fels, ihr Mund stand in einer tonlosen Bitte offen. Sorin beugte sich mit gespannten Armen vor, wie ein jagendes Tier, das zum Todesstoß ansetzte.

Und dann zögerte er. Er wandte den Kopf und blickte über den Abgrund zu Ileni. Ihre Augen begegneten sich und seine waren alles andere als tödlich und konzentriert. Sie waren … angsterfüllt.

Was zwischen uns ist, würde den Moment nicht überleben, in dem ich dich jemanden töten sehe.

Sorins Gesicht versteinerte. Er drehte sich wieder zu Karyn und drückte zu.

Doch das kurze Zögern hatte ausgereicht. Karyn wandte den Kopf zur Seite und keuchte ein Wort hervor. Ein Feuerwerk an Kraft brach aus ihr hervor, und sie schleuderte sie gegen Sorin durch die Luft, sein Körper verrenkte sich, als er in hohem Bogen in den Abgrund stürzte.

Ileni schrie, als er in die Dunkelheit fiel, und beschwor ihre Magie. Kratzte am Innersten ihrer Seele.

Mitten in der Luft kam Sorin ruckartig zum Stillstand und hing wie gefangen zwischen den weißen Felsen und der leeren Schwärze. Ein Schluchzer entrang sich Ilenis Kehle. Einen verrückten Moment lang glaubte sie, es wäre ihr irgendwie gelungen; dass sie ihn gerettet hätte. Dann sprang Karyn auf die Füße und mit einer Geste drehte sie Sorin in der Luft, sodass er sie ansah.

»Jetzt«, sagte Karyn freundlich, »können wir vielleicht die Diskussion wieder eröffnen.«

»Verschwende nicht deine Zeit, Magierin«, knurrte Sorin. »Ich bin kein Verräter und ich fürchte mich nicht vor dem Tod. Du kannst mich genauso gut gleich fallen lassen.«

Nicht. Ileni hatte sich noch nie so hilflos gefühlt. Sie hatte jeden verraten, alles zerstört, und nun würde Sorin sterben. In eine dunkle Schlucht geworfen, für immer fort, sein Tod *verschwendet.* Wegen ihr.

»Wie edel.« Die Blutergüsse an Karyns Hals leuchteten fleckig rot. »Aber ich rede immer noch nicht mit *dir.*«

Ileni riss ihren Blick von Sorin los.

»Ileni«, sagte er eindringlich. »Nicht. Sie wird mich sowieso umbringen.«

»Warum sollte ich das tun?«, murmelte Karyn. »Manche von uns bevorzugen es, nicht zu töten, wenn es nicht notwendig ist.« Sie schenkte Ileni ein kleines Lächeln und schloss sie damit in das *manche von uns* ein. »Ich erwarte nicht, dass ein Assassine das versteht.«

Ileni zwang sich, sich aufrecht hinzustellen, damit sie der Magierin in die Augen sehen konnte. Sorin trotzte Karyn im Angesicht des Abgrunds, der unter ihm klaffte. Dem wollte sie nicht nachstehen. »Was willst du wissen?«

»Viele Dinge. Aber vor allem würde ich gerne wissen, wie ich die Renegai-Schutzsiegel um diese Höhlen umgehen kann.«

Ileni erstarrte. Sie konnte fühlen, wie Sorin darum kämpfte, seine Magie gegen Karyn einzusetzen. Wie eine launenhafte Brise hörte sie sein Wispern gegen die Stärke ihres Zaubers.

Sie hatte noch nicht *alles* verraten. Noch hatte sie ihr eigenes Volk nicht verraten. Aber im Austausch für Sorins Leben würde sie auch das tun.

»Glaubst du wirklich, ich kann dir das verraten?«, fragte Ileni schließlich. »Jetzt und hier?«

»Kannst du das nicht?« Karyn rollte ihre Schultern nach

hinten. »Dann lass uns mit einer einfacheren Frage anfangen. Warum haben deine Assassinenfreunde Magier umgebracht? Kennst du die Antwort darauf?«

»Ja«, sagte Ileni. »Und ich verrate sie dir, wenn du ihn freilässt.«

Karyn hob die Augenbraue. »Ich könnte ihn trotzdem noch töten, wenn ich wollte. Was macht es also für einen Unterschied?«

»Ich würde mich besser fühlen«, presste Ileni zwischen zusammengebissenen Zähnen heraus. »Wenn du möchtest, dass wir uns nett unterhalten, dann lass ihn gehen.«

Karyn überlegte kurz und nickte dann. Sorin schwebte auf die Magierin zu, landete dann hart neben der Kante zum Abgrund. Er lag absolut reglos.

Ileni konnte sein Gesicht nicht erkennen. Ihr letzter flüchtiger Eindruck war der getroffene Blick gewesen, den er ihr zugeworfen hatte, als er Karyn nicht töten konnte.

»In Ordnung«, sagte Karyn. »Jetzt sind wir aber nett zueinander.«

»Besser nicht«, fauchte Sorin.

Die Kraftwelle überraschte Ileni. Noch nie hatte sie Sorins geballte Kraft gespürt. Er war gewandter, als sie erwartet hatte, und seine Magie besaß eine Schärfe, eine ungebändigte Gewalt, die unter der perfekten, sauberen Präzision des Zaubers pulsierte.

Der Zauber, der Sorin festhielt, zerbrach mit einer Wucht, die Ileni nach Luft schnappen ließ. Karyn stolperte mit einem scharfen Schrei. Sorin war auf den Füßen und über den Felsen, bevor die Magierin sich erholen konnte. Er glitt hinter sie, packte sie mit einem Arm im Würgegriff und presste die andere Hand über ihren Mund.

»Netter Zauber, nicht wahr?« Sorins Lächeln war hart und wild. »Weißt du, Absalm hat uns nämlich unterrichtet, neben seinen … außerschulischen Aktivitäten. Und ich schätze, gleich wird es etwas weniger nett.«

Karyn wand sich vergebens in seinem Griff. Sorin presste seinen Arm gegen ihre Kehle und ignorierte die Finger, die verzweifelt an seinem Arm zerrten.

Diesmal sah er nicht zu Ileni hinüber.

Karyn presste einen gebrochenen, erstickten Laut heraus, bei dem Ileni an Iruns Hände an ihrer Kehle denken musste. Sie zwang sich hinzusehen, wie Karyns Gesicht puterrot wurde und ihre Gegenwehr schwand. Sie konnte nichts anderes tun.

Dann öffnete Karyn die Hand und schleuderte den Lodestein wild von sich.

Sorin ließ sie los und sprang, um ihn zu fangen. Er landete in der Hocke und hielt den glimmenden Stein in einer Hand. Wirbelnde Lichter tanzten über sein Gesicht.

Als Karyns Magie ihn traf und in die Knie zwang, grunzte er. Obwohl sein Gesicht schmerzverzerrt war, hielt er den Stein fest.

Karyn warf den Kopf zurück und lachte.

»Du kannst ihn nicht benutzen«, sagte sie. »Aber ich

kann es, selbst auf die Entfernung. Du hättest mich töten sollen, als du die Chance dazu hattest.«

Sie hob die Hand und begann zu singen. Ileni erkannte den Zauber nicht, aber die Kadenz krampfte ihren Magen zusammen. Er war dunkel und hässlich und rachsüchtig, versprach fürchterlichen Schmerz. Die Farben des Steins drehten sich und wirbelten heftig, als Karyn seine Kraft beschwor.

Obwohl sie ihn noch nie zuvor gehört hatte, nur geflüsterte Gerüchte darüber vernommen hatte, wusste sie genau, was es war: ein Todeszauber.

»Sorin!«, rief sie. »*Ich* kann den Stein benutzen.«

Er blickte zu ihr hoch, und sie sah, wie er verstand, was das bedeutete. *Er kann nur von jemandem benutzt werden, der keine eigene Kraft mehr besitzt.* Seine Augen weiteten sich trotz der Schmerzen schockiert.

Er warf ihr den Stein zu.

Karyn ließ den Zauber mitten im Gesang ziehen und warf sich auf Sorin, krachte in ihn hinein, gerade als er den Stein losließ. Die schimmernde Kugel flog in hohem Bogen über den Abgrund, und Ileni lief darauf zu, um sie abzupassen. Sie würde in den Abgrund stürzen, würde fallen – sie warf sich hinterher, und ihre Fingerspitzen streiften seine glatte Oberfläche.

Dieser winzige Kontakt reichte, damit Kraft durch ihre Hand prickelte. Doch der Stein entglitt ihr und fiel.

Ihr Ruf verwandelte sich in einen Schrei, als sie ihm hinterherstürzte.

Etwas rumste hinter ihr und eine Hand packte ihren Knöchel. Sorins Griff hielt sie auf, renkte ihr fast das Bein aus. Sie hing über dem Abgrund und ihre Finger scharrten über rutschigen Stein. Sie konnte den Lodestein nicht mehr sehen. Sie hatte noch nicht einmal gehört, wann er auf dem Grund aufgeschlagen war. Er war weg, weg, weg.

Sorin zerrte sie zurück nach oben, ihr Körper schrammte dabei über Felsen, bis sie wieder festen Boden unter den Füßen hatte. Dann schlossen sich seine Hände um ihre Taille und zogen sie hoch. Sie hatte gerade genug Zeit, um zu sehen, wie Karyn verschwand, bevor er sie unsanft herumriss.

Sie sahen sich an. Ilenis Beine fühlten sich wie Wackelpudding an und ihr Herz war gebrochen. Sie hatte Angst davor, was sie in seinen Augen sehen würde. Sie seufzte.

Sorin zog sie zu sich und hielt sie fest, so fest, dass es wehtat. Es fühlte sich dennoch besser an als alles andere, was sie fühlte. Sie schloss die Augen und vergrub ihr Gesicht in seinem Hemd, atmete den Staub und Schweiß und den kaum wahrnehmbaren metallischen Geruch von Blut ein.

»Es tut mir leid«, flüsterte sie. »Es tut mir leid, dass ich dir nicht gesagt …«

Seine Hand berührte ihre Wange, ein sanftes Stupsen. Mehr brauchte sie nicht als Ermutigung, um ihr Gesicht zu heben, damit sein Mund auf ihrem landen konnte. Sie klammerte sich verzweifelt an ihn, suchte in den Küssen, was sie vorher darin gefunden hatte: Vergessen.

Aber es funktionierte nicht. Sie konnte den Lodestein nicht vergessen, der in die Dunkelheit stürzte. Wie er ihre Finger gestreift und dabei prickelnde Kraft durch sie geschickt hatte, sodass sie sich für eine verschwindende Sekunde wieder wie sie selbst gefühlt hatte.

Die dunkle Kraft, die sie ihr Leben lang verabscheut hatte. Die Quelle des Bösen im Imperium.

Er kann nur von jemandem benutzt werden, der selbst keine Kraft mehr besitzt.

Von jemandem, der wusste, wie man magische Kraft einsetzte. Jemand, der die Fertigkeit besaß, Zauber anzuwenden, aber keine Kraft mehr hatte, um sie zu befeuern.

Jemand wie sie.

Deshalb war die Täuschung notwendig. Damit du ernsthaft ausgebildet werden konntest.

Absalm hatte das alles eingefädelt, um eine Renegai zu erschaffen, die einen Lodestein verwenden konnte. Aber warum?

Sie zog sich zurück, und Sorin brauchte einen Moment, um sie loszulassen. Obwohl die Schatten seine Augen verbargen, spürte sie die Wucht seines Blicks.

»Wir sollten hinter Karyn her«, flüsterte sie.

Sorin schüttelte knapp den Kopf. »Ich sehe keinen Grund dazu. Wir wissen, hinter was sie her ist – sie sucht einen Weg durch die Schutzsiegel. Und der Meister wusste von allem, Ileni. Das hier ist zu weit gegangen.«

Sie hatte nicht die Kraft, ihm zu widersprechen. Seine

Stimme klang kurz angebunden und abwesend. Schon verblasste die Erinnerung ihres wilden Kusses.

»Und was machen wir jetzt?«, fragte sie. Sofort wünschte sie, sie hätte länger gewartet, bis das Zittern aus ihrer Stimme verschwunden war.

Sorin trat zurück, sodass sie kalt und allein in der gewaltigen Höhle stand.

»Jetzt«, sagte er, »gehen wir zurück.«

Kapitel 19

Sorin starrte mit zusammengezogenen Augenbrauen in die Dunkelheit hinauf, wo das Seil etliche Meter über ihnen baumelte. Er musste davon ausgegangen sein, dass Ileni mit ihm hochfliegen würde, sobald sie erst einmal mit Karyn fertig wären. Ileni biss sich auf die Lippe, linkisch und stumm versuchte sie, sich auf einen nützlichen Vorschlag zu besinnen.

Schließlich marschierte Sorin zu einer der fedrigen Felsformationen an der Seite des Beckens. Er untersuchte sie einen Augenblick lang und brach sie dann mit einem gezielten, effizienten Tritt an der Basis ab. Sie brach direkt, zerschellte in einem Wirrwarr von weißem Stein. Die größten Stücke schleifte er in das Becken.

Bis er einen bedenklichen Berg an Steinen aufgetürmt hatte, war die Kammer voll von zertrümmerten Felsen, die ihre ätherische Natur für immer verloren hatten. Die Zerstörung tat Ileni weh: ein Ort voll Anmut und Schönheit in ein sinnloses, abartiges Chaos verwandelt.

Stumm kletterte Ileni hinter Sorin her bis zur Spitze seiner Konstruktion. Sie sagte kein Wort, selbst als unter ihren Füßen Steine wegsprangen oder als Sorin sie in den Gurt schnürte und sich dann das Seil hinaufhangelte, damit er sie nach oben ziehen konnte.

Sorin schwieg ebenfalls während seiner Kletterpartie zum Fluss hinunter und während des mühsamen Wegs durch das Labyrinth aus Felsbrocken. Es war schwieriger als zuvor. Er ließ sie die Klippe hinunter und half ihr über einige der besonders gefährlichen Geröllbrocken. Doch die wenigen Male, die er sie ansprach – weil es notwendig war –, hätte sie wegen seines unbeteiligten Tonfalls heulen können. Oder ihn schlagen. Irgendetwas jedenfalls, damit er die Maske ablegen und sie richtig ansehen würde.

»Sorin.« Sie zwang sich, seinen Namen auszusprechen, als sie sich durch den engen Tunnel zwängten und unter der tiefhängenden Decke bis an sein Ende krochen. Er hielt an. »Selbst wenn wir es ihm sagen: Was kann der Meister schon tun?«

»Ich weiß es nicht«, sagte er im selben zurückgenommenen Ton. »Aber er wird sich etwas einfallen lassen. Etwas, an das wir nicht gedacht haben.«

»Sorin …«

Er sprang aus dem Tunnel, blieb dann abrupt stehen, sodass nur sein Kopf für sie erkennbar war. Ileni beeilte sich, ihm nachzukommen, und stieß sich dabei den Kopf am Felsen.

Absalm wartete mit verschränkten Armen in der Höhle auf sie. Hinter ihm drängten sich Assassinen – eine Masse von grauen Tuniken und eifrigen schwarzen Augen.

Ileni stolperte neben Sorin. Absalms Gesicht war hart und wütend.

»Wie konntest du so töricht sein?«, fauchte Absalm. »Sie ist eine Magierin des Imperiums!«

Die Renegai in ihr schrumpfte im Angesicht des Zorns eines Ältesten. »Woher wusstest du …«

»Ich besitze noch Magie«, hob er hervor. »Aber selbst wenn du welche hättest – selbst auf der Höhe deiner Macht –, hätte sie dich töten können. Und dann wäre dein gesamtes Leben, *mein* gesamtes Leben … all unsere Pläne wären mit dir gestorben.«

Wut durchzuckte Ileni unvermutet und sie spuckte den nächsten Satz voll giftiger Befriedigung aus: »Deine Pläne sind bereits zerstört. Der Lodestein ist verloren.«

Absalm starrte sie einen langen Moment an und sie hielt seinem Blick stand.

»Der Lodestein?«, wiederholte Absalm. Und lächelte.

Eine kalte Vorahnung übermannte Ileni. Sie öffnete den Mund, doch nichts kam heraus. Sie fühlte, wie Sorins Hand sanft über ihren Rücken glitt, wie er sie trotz seiner Wut unterstützte, und Dankbarkeit durchflutete sie. Sie lehnte sich an ihn.

Absalm sah Sorins Hand ebenfalls. Ein Muskel in seinem Gesicht zuckte. »Weißt du, wie viele Lodesteine die Magier des Imperiums besitzen? Sie sind mächtige Objekte, ja, aber sehr begrenzt. Die Kraft einer Person. Der Tod einer Person. Was kann das gegen die Macht des Imperiums schon ausrichten?«

Von den Assassinen hinter ihm ertönte ein leises, zustimmendes Murmeln. *Sie wissen es,* dachte Ileni und ein Schauer rann ihr den Rücken hinab. Weshalb sollten sie wissen, was Absalm plante? Warum waren sie alle hier?

Sie schlang die Arme um sich, als die Kälte sich in ihren Knochen einnistete.

»Nein, Ileni«, sagte Absalm. »Wir werden viel mehr als das brauchen. Genug Kraft, um die Magier des Imperiums an ihrer Basis zu treffen, alle ihre Verteidigungslinien zu sprengen. Sie so stark zu verwunden, dass sie nicht die Kraft besitzen zurückzuschlagen.«

Er hat Karyn nach der Methode befragt, wie man Kraft überträgt.

»Sicher hast du verstanden«, sagte Absalm, »welch unglaubliche Kraft in diesen Höhlen schlummert, wenn die Magie aus dem Tod gezogen werden kann.«

Die Gesichter der Assassinen hinter ihm waren jung, hart und unerbittlich. Ilenis Blick ruhte kurz auf einem, der wegen seiner knallroten Haare auffiel: der Junge, der auf der Feier der Assassinen so fröhlich Flöte gespielt hatte.

Nein.

»Sie sind freiwillig hier. Wenn sie sich opfern, gehört dir ihre Kraft.« Absalms Stimme war so sanft, dass sie seine Worte kaum ausgemachen konnte. Doch es herrschte absolute Stille in der Höhle. »Stell dir die Kraft von Hunderten Freiwilligen vor. Stell dir vor, was du, die Magierin mit den größten Fertigkeiten, damit anfangen könntest.«

Sie stellte es sich vor, ohne es zu wollen. Macht flutete durch sie hindurch, so, wie sie es sich immer vorgestellt hatte. Magie stieg in ihr auf, pulsierte durch ihre Blutbahn. Gehörte ihr, um damit zu tun, was ihr beliebte.

Und dann würde sie verschwinden. Für immer. Doch das Imperium wäre vernichtet.

Sie *könnte* es tun. Sie konnte die Träume ihres Volkes erfüllen, die Hoffnungen übertreffen, die alle in sie gesetzt hatten, sie aus dem Exil befreien und das Imperium zu Fall bringen. Die Welt verändern.

Die Höhle war schmal und dämmrig, tief unter der Erde, randvoll mit Gesichtern, die sie beobachteten. Die darauf warteten, dass sie Ja sagte. Die *wollten,* dass sie Ja sagte.

Sie drehte sich nicht um, aber sie wusste, dass Sorin sie genauso ansah. Jeder, den sie kannte, wollte, dass sie es tat, selbst jene, die weit entfernt in den Bergen lebten. Oben, wo die Sonne schien und Menschen zögerten zu sterben. Die Ältesten. Tellis. Die Tode dieser Killer, von denen sie glaubten, dass sie böse waren, würden ihnen nichts ausmachen, sie nicht zum Nachdenken bringen.

Und die Tode der Magier des Imperiums würden erst

recht niemanden berühren, denn jeder wusste schließlich, dass sie auch böse waren.

»Nein«, sagte Ileni.

»Sie wollen es tun.« Sorins Stimme klang tief und dringlich. Bittend. »*Ich* will es tun. Wir sind sowieso dem Tod geweiht. Lass zu, dass unser Tod etwas bewirkt.« Sie fühlte, wie seine Fingerkuppen sie streichelten, und rührte sich nicht, als er seine Hand um ihre schloss. »Hilf uns, die Herrschaft des Imperiums zu beenden.«

Sie konnte ihn nicht ansehen. Sie wünschte, sie müsste keinen von ihnen mehr anschauen. Noch vor Kurzem hätte sie die Gelegenheit begrüßt, sie alle zu töten, das Ende dieser Höhlen zu erzwingen. Damals, als sie nichts als Geschichten und dunkle Legenden waren. Bevor sie unter den Assassinen gelebt und gelernt hatte, wie viel komplizierter die Realität doch war.

»Ich werde das nicht tun«, sagte sie bestimmt. Innerlich wand sie sich vor Scham – *Feigling, Verräter*. »Ich werde es nicht tun.«

Schließlich schaute sie Sorin an. Er starrte mit kalten Augen zurück. Er sah drahtig und grimmig und ungebändigt aus.

Ein Mörder.

»Du wirst tun, was der Meister befiehlt«, sagte er.

Ilenis Magen verkrampfte sich. Sie redete sich ein, dass er log – dass er versuchte, sie zu beschützen, dass er dies tat, um die anderen zu täuschen –, aber sein unverrückter, unnahbarer Ausdruck verriet ihr, dass es nicht so war.

Sein Gesicht sah aus wie das der anderen, wie Absalms, vereint in ihrem gigantischen Ziel. Sie war die Einzige, die anders war, der einzige Teil des Plans des Meisters, der nicht wirklich passte.

Man ließ ihr keine Wahl.

»Sorin«, hob sie an. Es fiel ihr nicht schwer, verletzt und verwirrt zu klingen, doch sein Ausdruck veränderte sich nicht. »Kann ich … können wir reden, bevor ich … unter vier Augen?«

Sorin wechselte einen Blick mit Absalm, der nickte.

Am liebsten hätte sie den Ältesten wegen seines selbstgefälligen Gesichtsausdrucks geschlagen, als sie mit Sorin an ihm vorbeischritt. Ihre Vermutung von zuvor bestätigte sich. Absalm wusste von ihr und Sorin.

Was für Narren sie gewesen waren, zu glauben, sie könnten etwas vor dem Meister geheim halten. Wie alles andere hatte auch dies zu seinem Plan gehört. Ihre Gefühle für Sorin waren ein weiteres seiner Werkzeuge, eine Absicherung, falls zusätzliche Überzeugungsarbeit notwendig war.

Begriff Sorin das? Sie konnte es nicht sagen, als sie schließlich hinter der Biegung in einem Durchgang außer Hörweite anhielten. Sein Gesicht war weich, sein Mund sanft. Doch seine Augen blieben dunkel und kalt.

»Ileni«, sagte er. Seine Stimme schickte einen Schauer

über ihren Rücken, und sie sah plötzlich ganz klar vor sich, dass der Meister auch damit recht gehabt hatte. Er *konnte* sie überzeugen. »Ich verstehe …«

»Nein, das tust du nicht«, unterbrach ihn Ileni und warf sich mit geballten Fäusten auf ihn.

Ihr Angriff kam langsam und ungelenk. Sorin duckte sich mit Leichtigkeit blitzschnell unter dem Schlag weg und hieb mit einer Handkante gegen ihre Sehne.

Seine Hand erreichte ihren Körper nie. Die Luft um Ileni explodierte in einem Flackern aus grünem Licht. Sorin wurde zurückgeschleuderte, prallte hart gegen die Felswand und glitt japsend in einer Kaskade aus Steinen und Staub zu Boden.

Hastig stürmte sie an ihm vorbei und rannte. Erst als sie die nächste Biegung erreichte, schaute sie sich kurz um. Sorin kam langsam mit schmerzverzerrtem Gesicht auf die Füße, kleine Steinsplitter rieselten von ihm herab. Er versuchte nicht, sie zu verfolgen; er musste verstanden haben, dass er ihr nichts anhaben konnte, selbst wenn er sie fangen würde.

»Wie?«, wollte Sorin wissen. Seine Augen waren geweitet und wild. »Hast du nicht gesagt, du hättest keine Schutzschilde mehr?«

»Ich habe gelogen.« Sie lächelte ihn an. »Ich liebe dich, Sorin. Aber ich bin nicht dumm.«

Die Sanftheit war aus seinem Gesicht gewichen, sein Mund bildete eine harte Linie aus verratenem Zorn. Doch für einen Augenblick funkelte in den Tiefen seiner dunklen Augen so etwas wie Bewunderung.

Ileni drehte sich um und rannte.

Ihr ging die Luft aus, als sie die Gedenksäule erreichte. Sie hielt nach Atem ringend an und lehnte sich gegen die Steinmauer. Es klang nicht so, als ob ihr jemand folgte. Was nicht viel bedeutete; Sorin konnte wahrscheinlich lautlos rennen und würde sie trotz ihres Vorsprungs mit Sicherheit einholen. Doch wenn er es tatsächlich versuchen sollte, könnte er nichts gegen ihre Schutzschilde ausrichten.

Die Säule mit ihren kleinen, eingeritzten Namen erhob sich in der Mitte der Höhle. Ileni hasste sie. Wenn sie die Kraft hätte, würde sie die Oberfläche des Steins zum Schmelzen bringen und alle diese stolzen Namen auslöschen, die hineingeschnitzt waren.

Sie schnappte nach Luft und rannte weiter, an der Ehrenrolle vorbei und auf die Stufen zu, hoch zu dem schwarzen Raum, wo der Meister der Assassinen wartete.

Auf sie wartete.

Er saß vollkommen ruhig mit im Schoß verschränkten Händen in seinem Sessel. Als ob er gewusst hätte, dass sie kommen würde; als ob auch dies Teil seines Plans wäre. Ileni zögerte im letzten Moment, doch es war zu spät, um umzukehren. Sie stemmte ihre Hände um Atem ringend auf die Knie. Als ihr Herzschlag nicht mehr schmerzte, richtete sie sich auf.

»Ich werde es nicht tun«, sagte sie tonlos, bevor er das Wort erheben konnte. »Selbst wenn sie alle sterben, werde ich ihre Kraft nicht übernehmen. Jeder hier hat mir versichert, dass ihr den Tod nicht ohne Grund zuteilt. Wenn ihr damit weitermacht, werdet ihr all ihre Leben verschwenden.«

Der Meister lachte. Sie tat alles, um bei diesem Geräusch nicht zusammenzuzucken.

»Ich nehme die Wette an«, sagte er. »Denn wenn ich ihnen befehle zu sterben, wird es deine Entscheidung sein, ob ihr Tod verschwendet ist – oder nicht.«

Die Stille hing lang und grausam zwischen ihnen. Nur ein kleines, enges Fenster darin schien mit dem Widerhall von Schreien angefüllt zu sein. *Für ihn ist der Tod nur Taktik.*

Er blufft, sagte sich Ileni. Aber das tat er nicht. Er wusste, wie sie entscheiden würde. Er wusste von jedem, was er tun würde, und er hatte alles bis zur Perfektion durchgeplant. Jastim hatte sterben müssen, damit sie ihm in diesem Moment glaubte.

Und das tat sie.

Sie versuchte es selbst mit einem Bluff. »Ich schätze, das wäre eine gute Sache. Der Tod einer Gruppe von Killern.«

»Ja.« Der Meister lehnte sich vor. »Alle deine Schüler, jeder Einzelne von ihnen, tot.«

Es sollte ihr egal sein. Sie waren Killer. Aber es war ihr nicht egal und er wusste es.

»Jeder Einzelne«, sagte er. Seine Mundwinkel hoben sich in einem halben, leicht amüsierten Lächeln. »Auch Sorin.«

Ihr Inneres zog sich zusammen und sie schlug zurück. »Ich wäre mir nicht so sicher, ob Sorin diesen Befehl befolgt.«

Der Meister verharrte reglos; er senkte seine Augen nicht. Doch Angst zuckte über sein Gesicht, so schnell, dass sie sofort wieder verschwunden war. Wenn sie nicht gelernt hätte, Sorin so gut zu lesen, dann hätte sie es wahrscheinlich gar nicht erst gesehen.

»Natürlich wird er das nicht«, sagte er dann immer noch unglaublich ruhig. »Warum glaubst du, habe ich mit dir gerechnet? Ich wusste, dass Sorin dich nicht davon abhalten würde hierherzukommen.«

Aber damit lag er falsch. Sorin *hatte* versucht, sie aufzuhalten.

Ihr war, als hätte man ihr den Boden unter den Füßen weggezogen. Dies war also ganz klar Teil seines Plans.

Aber er hatte es falsch verstanden.

Der Meister wusste nicht alles über Sorin.

Und er wusste nicht alles über sie.

»Sorin hat versucht, mich aufzuhalten«, sagte Ileni. Plötzlich musste sie ihr Selbstbewusstsein nicht mehr spielen. »Er hat nicht mit meiner Magie gerechnet.«

Der Meister hielt seinen gelassenen Ausdruck aufrecht. »Absalm hat mir versichert, dass deine Magie verschwunden ist.«

»Ich glaube gern, dass er das getan hat«, sagte Ileni und hob ihre linke Hand mit der Handfläche nach oben.

Die Hände des Meisters wanderten zu den Armlehnen. War da wieder Angst in seinem wächsernen Gesicht? Sie konnte es nicht sagen. »Es wird nicht funktionieren, Magierin. Ich habe Schutzschilde …«

»Sie sind nicht stark genug«, sagte Ileni und bog ihre erhobene Hand in der Ausgangsgeste eines Zaubers. Der Meister stand auf.

Er sah vermutlich ihre andere Hand unter der Tunika hervorschnellen. So schnell war sie trotz der vielen Trainingsstunden nicht. Aber er war nicht auf ein Messer gefasst. Er rechnete mit Magie.

Das Messer blitzte auf, und als er versuchte, zur Seite auszuweichen, erwies sich sein alternder Körper als zu langsam.

Sorin wäre stolz auf ihren Wurf gewesen. Die Klinge sank tief in die Brust des Meisters – ein paar Zentimeter rechts von ihrem anvisierten Ziel, aber der Treffer war gut genug.

»Es ist nicht schwer zu töten«, sagte Ileni sanft, als ob sie es gerade wieder neu entdeckt hätte. »Nicht, wenn du jemanden hasst. Dann ist es so einfach.«

Aber es sollte nicht einfach sein.

Sie versuchte, sich siegreich zu fühlen, selbst als sie den inzwischen vertrauten Geruch von Blut einatmete. Ein Teil von ihr wollte zum Leichnam des Meisters gehen und überprüfen, dass es wahr war, was sie gerade entdeckt hatte – dass auch er nur ein Mensch war. Und nun ein toter.

Stattdessen wandte sie sich zur Tür und ihrem nächsten Problem zu.

Denn in diesem Moment – und wahrscheinlich noch lange danach – besaß dieser Mann oder sein Andenken Macht über Hunderte von ausgebildeten Killern. Und wenn sie erst einmal entdeckten, was sie getan hatte, würden sie den stärksten Grund haben, jemanden zu hassen.

Sie wäre ein allzu leichtes Ziel. Sie sollte sich besser beeilen.

Als sie den Höhlenausgang erreichte, saß Sorin auf einer kurzen Felssäule. Ileni starrte ihn durch die gebogenen Reihen der farbigen Felsen mit einem seltsamen Gefühl der Leere an.

»Solltest du nicht bei Absalm sein?«, fragte sie.

»Reine Zeitverschwendung. Ich wusste, dass selbst der Meister dich nicht überzeugen würde, unsere Kraft zu übernehmen.« Sorin schüttelte den Kopf. »Du bist noch nicht so weit.«

Ileni sah in sein scharf geschnittenes, so vertrautes und doch so fremdes Gesicht. Sie lief wieder los, steuerte auf die Höhlenwände zu, um nicht direkt an ihm vorbeizumüssen. Ihr rasch gepackter Beutel, unförmig und klumpig, schlug gegen ihren Rücken.

»Ileni.«

Sie hielt nicht an.

»Du könntest bleiben.«

Fast gelang es ihm, seine Stimme ausdrucklos zu halten. Sie blieb stehen. Er saß gefasst und kraftvoll mit beiden Händen an den Seiten zu Fäusten geballt da.

»Nein«, sagte sie.

»Niemand wird dich zu irgendetwas zwingen. Ich beschütze dich.« Er schluckte hart. »Du kannst mir vertrauen.«

Bis er herausfand, was sie getan hatte. Sie gab sich keinen Illusionen hin, dass er sie dann immer noch beschützen würde.

»Sorin.« Ihr Brustkorb war wie zugeschnürt und sie konnte kaum atmen. »Nein.«

Seine dunklen Augen erforschten ihr Gesicht. »Aber du liebst mich«, sagte er schließlich.

Sie hatte keinen Grund, es zu leugnen. Ileni hob die Schultern. »Ich werde es überleben.«

Er zuckte zusammen und seine Gefasstheit wich Zorn. »Glaubst du denn, es wird so einfach?«

»Das tue ich nicht«, antwortete Ileni, »ich glaube nicht, dass es einfach wird.«

Seine Augen glühten jetzt wie dunkles Feuer, und sie zwang sich dazu, sich zu fürchten – es würde alles so viel leichter machen. Aber sie konnte es einfach nicht – trotz seiner Wut, obwohl sie gesehen hatte, wozu er imstande war, konnte sie nicht glauben, dass er ihr wehtun würde. Selbst als er sich vom Felsen abstieß und zu ihr herüberkam.

Sie liefen nebeneinanderher, bis sie den schmalen Durchgang zur Außenwelt erreichten. Ileni sah nach draußen in den grenzenlosen graublauen Himmel, ein Hauch von blassrosa Wolken zog über ihn hinweg. Dann merkte sie, dass sie nur stehen geblieben war, weil Sorin neben ihr angehalten hatte.

Der erste Schritt war der schwerste – sich von seiner Seite fortzureißen. Der zweite brachte sie unter den Himmel, der sich vor ihr ausstreckte und immer heller wurde. Eine versprengte Brise strich ihr das Haar aus dem Gesicht – noch vor ein paar Wochen hatte sie geglaubt, so etwas nie wieder fühlen zu dürfen. Die Brise war warm und sanft. Sie blinzelte das Verschwimmen vor ihren Augen weg.

Beim dritten Schritt hielt sie inne und wandte sich um.

»Du kannst mit mir kommen«, flüsterte sie. Sie war sich selbst nicht ganz sicher, was sie damit meinte, aber auch nicht gewillt, es unausgesprochen zu lassen.

In den Schatten des Höhleneingangs schüttelte Sorin den Kopf.

Ileni rechnete damit, dass er in der darauffolgenden Stille sagen würde, dass er sie nicht gehen lassen könnte. Sie wollte nicht, dass er … oh, doch. Doch, sie wollte.

Ihre Augen trafen sich. Sorin holte tief Luft. »Ileni. Du bist die wichtigste Person in diesen Höhlen.« Seine Worte kamen in einem plötzlichen Schwall über seine Lippen. »Was Absalm gesagt hat … du könntest *alles* verändern. Du könntest das Imperium mit einem Schlag vernichten. Uns zu dem Sieg verhelfen, auf den unsere Völker seit Jahrhunderten hingearbeitet haben. Du könntest darüber nachdenken. Du könntest deine Meinung ändern.«

Und sie würde es wahrscheinlich, irgendwann. Wenn sie blieb.

»Ich kann nicht«, sagte Ileni. »Ich kann nicht einfach glauben, was alle anderen glauben. Ich muss es mit eigenen Augen sehen.«

Er blinzelte. »Du gehst nicht zu den Renegai zurück?«

»Nein.« Nach allem, was geschehen war, überraschte es sie beinahe, dass er fragte. Dann begriff sie, was er eigentlich wissen wollte. »Dort wartet nichts auf mich. Und niemand.«

Sorins Ausdruck veränderte sich zwar nicht, aber seine Schultern entspannten sich ein wenig. Er starrte sie an, und dann lächelte er plötzlich, als ihm ein Licht aufging, und sein Grinsen erhellte die Düsterkeit. »Dein Ziel ist das Imperium.«

»Ja.«

»Denkst du, du findest dort Antworten?« Er schüttelte den Kopf. »Ich kann dir aus Erfahrung sagen, dass es dort keine gibt.«

»Vielleicht nicht.« Sie hob ihr Kinn und begegnete seinen dunklen Augen. »Aber keiner in den Höhlen denkt überhaupt, dass es Fragen geben könnte.«

Einen Moment lang war er still. Dann sagte er: »Wenn du

deine Antworten gefunden hast, wirst du zurückkommen. Du wirst nur Zeit verschwendet haben.«

Sie konnte es nicht abstreiten. Sie konnte ihm nicht sagen, dass er recht hatte. Sie drehte sich auf dem Absatz um, verlagerte ihr Gewicht, um den vierten Schritt zu setzen.

Seine Stimme war so leise, dass sie ihn fast nicht hörte. »Ich werde hier sein, Ileni. Wenn du zurückkommst.«

Sie wandte sich nicht um. Sie nahm den fünften Schritt und den sechsten, den siebten, und dann hörte sie auf zu zählen. Die Sonne stieg am grauen Himmel auf, vertrieb die Wolken. Sie ging die Straße entlang, auf das Ende des Schattens zu, den die Schwarzen Berge hinter ihr warfen.

Danksagung

Death Marked ist das erste Buch, von dem ich schon beim Schreiben wusste, dass es höchstwahrscheinlich veröffentlicht wird. Einerseits war das beruhigend, andererseits unglaublich beängstigend – und ich schulde den Menschen, die mich und mein Buch auf diesem Weg auf Spur gehalten haben, besonderen Dank.

Allen voran gilt mein Dank meinen Lesern.

Ich möchte mich bei meiner Lektorin, Martha Mihalick, bedanken, die mir dabei geholfen hat, die Dinge, die nicht funktionieren, herauszuschneiden, und die Dinge, die funktionieren, zu verbessern, die mich zu Besserem angespornt hat – danke für die Bilder und die hüpfenden Schafe.

Danke Anne Dunn für das sorgfältige Redigieren und die Mail, die meine Woche gerettet hat.

Ich danke allen bei Greenwillow, besonders Virginia Duncan, Lois Adams, Patty Rosati und Mary Ann Zissimos.

Danke Sylvie Le Floc'h für das unglaubliche Cover, das die Stimmung des Buches perfekt einfängt.

Danke Bill Contardi, dafür, dass er auf meiner Seite steht.

Ich danke meiner Familie, für ihre Begeisterung und ihr Mitfiebern und dafür, dass sie mich gegoogelt und nur die guten Sachen weitergeleitet haben.

Danke Leah Clifford für ihr unschätzbares Wissen über Höhlen. Es tut mir leid, dass ich die Höhle von Lechuguilla fiktional zerstört habe.

Danke all den Codexianern, für alles, insbesondere für die hilfreichen Antworten auf panische Fragen während der Korrektur.

Danke Shanna Giora-Gorfajn, die mich mit Kakao versorgt hat, auch wenn sie dafür keinen unterirdischen Fluss entlangrudern musste. (Du hättest es trotzdem getan, stimmt's?)

Danke Autumn Rachel Dryden und Janina Wilen für das Messerwerfen. Ich meine natürlich nicht im wörtlichen Sinn. Na schön, vielleicht irgendwie doch. Aber nicht nach mir. Danke übrigens auch dafür.

Und nicht zuletzt danke ich allen, die dieses Manuskript in seinen verschiedenen Stadien kommentiert haben (besonders die aufgelöste Ich-habe-nicht-gewusst-dass-das-die-letzte-Version-ist-Phase): Tova Suslovich (x 2 oder x 3 oder x 100!), Christine Amsden, Cindy Pon, Bethany Powell, Brant Williams, Anaea Lay, E. Catherine Tobler, Kat Otis, Deva Fagan, Gwendolyn Clare, Laurel Amberdine, Sol

Kim-Bentley und Shannon Vedol. Euer Einsatz und euer Rat sind unbezahlbar.

Leah Cypess

Death Marked – Das Geheimnis der Magierin

ca. 288 Seiten, ISBN 978-3-570-40295-5

Ileni kann die Welt für immer verändern. Wenn sie das tut, wozu sie von jeher bestimmt war: das Imperium zu zerstören. Doch Ileni weiß nicht mehr, wem sie noch trauen kann. Ist das Imperium wirklich eine Bedrohung? Oder wollte man sie das nur glauben machen? Und welche Rolle spielt Sorin, der ebenso anziehende wie mysteriöse Assassine? In der Akademie der Magier, dem Herz des Imperiums, sucht sie nach der Wahrheit – und macht eine überraschende Entdeckung, denn dieser Ort hütet nicht nur böse Geheimnisse ... Plötzlich muss Ileni sich neu entscheiden, auf wessen Seite sie steht.

40302

cbj

www.cbj-verlag.de